14.95

1.1

Reckless

Cornelia Funke

Reckless

I – Le sortilège de pierre

Imaginé et raconté par Cornelia Funke et Lionel Wigram

Illustrations intérieures de Cornelia Funke

Traduit de l'allemand
par Marie-Claude Auger

GALLIMARD JEUNESSE

Pour Lionel, qui a trouvé la porte de cette histoire et qui en savait souvent plus que moi.
Ami et dénicheur d'idées,
irremplaçable des deux côtés du miroir

Et pour Oliver, qui, inlassablement, a transposé cette histoire en anglais afin que le Britannique et l'Allemande puissent la raconter ensemble.

1. Il était une fois

La nuit respirait dans l'appartement comme un animal tapi dans l'ombre. Le tic-tac d'une pendule, le craquement du parquet quand il se glissa hors de la chambre – tout se noyait dans son silence. Mais Jacob aimait la nuit. L'obscurité était comme une promesse sur sa peau. Comme un manteau de liberté et de danger.

Dehors, les étoiles pâlissaient derrière les lumières vives de la ville et le grand appartement était devenu oppressant, avec la tristesse de sa mère. Elle ne se réveilla pas quand il se faufila dans sa chambre et ouvrit le tiroir de la table de nuit. La clé était à côté des comprimés qui l'aidaient à dormir. En ressortant dans le couloir sombre, Jacob sentit le froid du métal dans sa main.

Dans la chambre de son frère, il y avait encore de la lumière, comme toujours – Will avait peur dans le noir – et Jacob s'assura qu'il dormait profondément avant d'ouvrir la porte du bureau de leur père. Depuis qu'il avait disparu, sa mère n'y avait plus remis les pieds, mais ce n'était pas la première fois que Jacob s'y introduisait dans l'espoir d'y trouver les réponses qu'elle refusait de lui donner.

Le bureau était toujours le même, comme si John Reckless l'avait quitté depuis une heure seulement et pas depuis un an déjà. Le gilet de laine qu'il portait souvent était posé sur le dossier de la chaise, et un sachet de thé usagé avait séché sur une assiette près du calendrier qui datait de l'année passée.

Reviens! Jacob l'écrivait avec le doigt sur les fenêtres embuées, sur le bureau poussiéreux, sur la vitrine qui abritait toujours les vieux pistolets que son père collectionnait. Mais la pièce était silencieuse et vide : Jacob avait douze ans et n'avait plus de père. Il donna un coup de pied dans les tiroirs qu'il avait passé tant de nuits à fouiller en vain. Dans un accès de colère muette, il fit tomber des étagères des livres et des magazines, arracha les maquettes d'avion suspendues au-dessus du bureau et eut honte de la fierté qu'il avait éprouvée quand son père lui avait permis d'en peindre une en rouge.

Reviens! Il voulait le crier dans les rues qui, sept étages plus bas, traçaient des trouées de lumière entre les blocs d'immeubles, le crier aux mille fenêtres qui découpaient dans la nuit des carrés lumineux.

Une feuille de papier tomba d'un livre et atterrit sur les réacteurs d'un des avions. Jacob ne la ramassa que parce qu'il avait cru reconnaître l'écriture de son père, mais il ne tarda pas à constater son erreur. Des symboles et des équations, un dessin de paon, un soleil, deux lunes. Tout ça n'avait aucun sens. Sauf la phrase qu'il découvrit au dos de la feuille.

Le miroir ne s'ouvre que pour celui qui ne s'y voit pas.

Jacob se retourna et son reflet dans le miroir lui renvoya son regard.

Le miroir. Il se souvenait encore du jour où son père l'avait accroché. Tel un œil brillant entre les étagères. Un abîme de verre dans lequel se reflétait, déformé, tout ce que John Reckless avait laissé derrière lui : son bureau, ses vieux pistolets, ses livres... et son fils aîné.

Le verre était si irrégulier qu'on avait du mal à s'y reconnaître ; il était plus foncé que les miroirs habituels, mais la guirlande de roses qui s'enroulait autour du cadre argenté avait l'air si vraie qu'on s'attendait à les voir se faner d'un moment à l'autre.

Jacob ferma les yeux.

Il tourna le dos au miroir.

Chercha derrière le cadre pour voir s'il n'y avait pas une serrure ou un cadenas.

Rien.

Il ne voyait toujours que son propre reflet.

Jacob mit un certain temps à comprendre.

Le miroir ne s'ouvre que pour celui qui ne s'y voit pas.

Sa main était à peine assez grande pour cacher l'image déformée de son visage, mais le verre adhéra soudain à ses doigts, comme s'il n'avait attendu que lui, et il découvrit alors dans le miroir une pièce qui n'était plus le bureau de son père.

Jacob se retourna.

Le clair de lune qui filtrait à travers deux fenêtres étroites éclairait des murs gris ; ses pieds nus étaient posés sur un parquet couvert de coquilles de glands et d'os d'oiseaux rongés. La pièce était à peine plus grande que le bureau de son père, mais au-dessus de sa tête pendaient des toiles d'araignée, telles des voiles dans la charpente d'un toit.

Où était-il ? Quand il s'approcha d'une des fenêtres, le clair de lune dessina des taches de lumière sur sa peau. Sur le rebord rugueux étaient collées des plumes d'oiseau ensanglantées. En contrebas, il aperçut des murs calcinés et des collines noires parsemées de lueurs éparses. Il était dans une tour. La mer d'immeubles et les rues éclairées avaient disparu. Tout ce qui lui était familier avait disparu. Parmi les étoiles, il vit deux lunes : la plus petite des deux était rousse comme une pièce de monnaie rouillée.

Jacob se regarda dans le miroir et lut la peur sur son visage. Mais la peur était une sensation qui lui avait toujours plu. Elle l'entraînait dans des endroits sombres, par des portes interdites, loin de lui-même. Elle pouvait même lui faire oublier à quel point son père lui manquait.

Il n'y avait pas de porte dans les murs gris, juste une trappe dans le sol. Quand Jacob l'ouvrit, il distingua le reste d'un escalier calciné qui se perdait dans l'obscurité et, l'espace d'un instant, il crut voir au-dessous de lui un homme minuscule escalader les pierres. Mais un grattement se fit entendre derrière lui et il se retourna.

Des toiles d'araignée s'abattirent sur lui et quelque chose lui sauta à la gorge avec un grognement rauque, quelque chose qui ressemblait à un animal, mais dont le visage grimaçant était pâle et ridé comme celui d'un vieillard. Il était beaucoup

plus petit que Jacob, aussi maigre qu'une sauterelle. Ses vêtements semblaient être en toile d'araignée. Ses cheveux gris lui
tombaient sur les hanches et, quand Jacob l'attrapa par son cou
desséché, des dents jaunes s'enfoncèrent profondément dans
sa main. Jacob jeta un cri en repoussant son agresseur mais
celui-ci bondit de nouveau, léchant sur ses lèvres le sang du
jeune garçon. Ce dernier lui donna un coup de pied et trébucha contre le miroir. L'homme-araignée se releva et se préparait à un nouvel assaut quand Jacob appuya son autre main sur
son visage terrifié. La silhouette décharnée disparut avec les
murs gris et il reconnut dans son dos la table de travail de son
père.

— Jacob?

Son cœur battait si fort qu'il percevait à peine la voix de son
frère. Il reprit son souffle et s'écarta du miroir.

— Jake, tu es là?

Il tira sur sa manche pour dissimuler sa main ensanglantée et
ouvrit la porte du bureau.

Will avait les yeux écarquillés de peur. Il avait encore fait un
cauchemar. Son petit frère. Will le suivait comme un jeune chiot
et Jacob le protégeait, dans la cour de l'école et au parc. Et lui
pardonnait même parfois le faible que sa mère avait pour lui.

— Mam dit qu'il ne faut pas entrer dans cette pièce.

— Depuis quand est-ce que je fais ce que dit Mam? Si tu me
trahis, je ne t'emmènerai plus jamais au parc.

Jacob crut sentir le verre froid du miroir dans son cou. Will
essaya de jeter un coup d'œil dans la pièce mais il baissa la
tête quand Jacob referma la porte derrière lui. Autant Will se
montrait toujours prudent, doux et calme, autant Jacob était

insouciant, impulsif et agité. Quand Will lui prit la main, il remarqua le sang sur les doigts de son frère et le regarda d'un air interrogateur, mais Jacob l'entraîna dans sa chambre sans un mot.

Ce que le miroir lui avait montré lui appartenait. À lui seul.

2. Douze ans plus tard

Le soleil était déjà très bas derrière les ruines, mais Will dormait toujours, épuisé par les douleurs qui le harcelaient depuis tant de jours.

La faute, Jacob, après toutes ces années de prudence.

Ces années durant lesquelles il avait fait sien un monde inconnu où il s'était senti chez lui. C'était fini désormais. À quinze ans, Jacob avait déjà disparu plusieurs semaines derrière le miroir. À seize ans, il ne comptait même plus les mois et, pourtant, il avait su garder son secret. Jusqu'au jour où l'impatience l'avait emporté.

Arrête, Jacob. On ne peut plus rien y faire.

Il se redressa et couvrit Will avec son manteau. Les blessures au cou de son frère étaient bien cicatrisées

mais, sur l'avant-bras gauche, la pierre apparaissait déjà. Les veines vert pâle, tel du marbre poli, couraient sous la peau fine jusqu'à la main.

Une faute, une seule.

Jacob s'appuya contre l'une des colonnes couvertes de rouille et leva les yeux vers la tour où se trouvait le miroir. Jamais il ne l'avait traversé sans s'assurer que Will et sa mère dormaient. Mais depuis qu'elle était morte, il y avait une autre chambre vide de l'autre côté du miroir et il avait eu hâte d'appuyer de nouveau la main sur le verre sombre et de disparaître. Très loin.

L'impatience, Jacob. Appelle-la par son nom. Un de tes traits de caractère les plus marquants.

Il n'avait pas oublié le visage de Will surgissant derrière lui dans le miroir, déformé par le verre sombre. « Où vas-tu, Jacob ? » Un vol de nuit pour Boston, un voyage en Europe… au cours des dernières années, il avait saisi tous les prétextes. Il mentait aussi bien que son père. Mais cette fois-là, sa main était déjà posée sur le verre froid et, naturellement, Will l'avait suivi.

Petit frère.

— Il a déjà la même odeur qu'eux.

Fox se détacha des ombres qui avaient envahi les murs délabrés. Sa fourrure était rousse, aux couleurs de l'automne, et, sur sa patte de derrière, la cicatrice que le piège avait laissée était encore visible. Cela faisait cinq ans que Jacob l'en avait délivrée ; depuis, la renarde ne le quittait plus. Elle veillait sur son sommeil, le prévenait contre les dangers que ses sens émoussés d'humain ne percevaient pas et lui donnait des conseils qu'il valait mieux suivre.

La faute.

Jacob passa sous l'arche de la porte dont subsistaient toujours des vestiges calcinés. Un lutin ramassait des glands sur les marches brisées de l'escalier qui se trouvait en face. Il s'éclipsa quand l'ombre de Jacob s'abattit sur lui. Un nez pointu, des yeux rouges ; il était vêtu d'un pantalon et d'une chemise taillés dans des habits d'humains dérobés – dans les ruines, les lutins pullulaient.

— Renvoie-le ! C'est à cause de lui que nous sommes là, non ? lança Fox avec une impatience manifeste.

Jacob secoua la tête.

— Il n'y a rien de l'autre côté qui puisse le secourir.

Jacob avait déjà évoqué devant Fox le monde dont il venait, mais elle ne voulait pas en entendre parler. Ce qu'elle en savait lui suffisait : c'était l'endroit où il disparaissait bien trop souvent et dont il revenait avec des souvenirs qui le poursuivaient comme des ombres.

— Et ici, que crois-tu qu'il va lui arriver ?

Fox n'en dit pas plus, mais Jacob savait ce qu'elle pensait. Dans ce monde-ci, s'ils découvraient la pierre sur leur peau, les pères allaient jusqu'à tuer leurs propres fils.

Il regarda les toits rouges qui, au pied de la colline du château, en contrebas, se fondaient dans le crépuscule. À Schwanstein, les premières lueurs scintillaient déjà. De loin, la ville ressemblait aux reproductions qu'on voit sur les boîtes de gâteaux mais, depuis quelques années, des voies de chemin de fer sillonnaient les collines alentour et les cheminées d'usine crachaient leur fumée grise dans le ciel du soir. Le monde derrière le miroir voulait devenir adulte. Mais la pierre qui se développait chez son frère ne provenait pas de métiers à tisser mécaniques ni d'autres conquêtes modernes : elle était le fruit du vieux sortilège qui sévissait dans les collines et les forêts.

Un corbeau doré se posa sur les dalles éclatées. Jacob le chassa avant qu'il ne puisse croasser aux oreilles de Will que tout ça, c'étaient des histoires que son grand frère n'avait inventées que pour lui.

Maintenant, il savait qu'elles étaient vraies.

Jacob remonta le manteau sur le bras de Will. Dans le ciel, les deux lunes brillaient déjà. Il se releva.

— Veille sur lui, Fox, dit-il. Je reviens bientôt.

— Où vas-tu ? Jacob ! s'exclama la renarde en lui barrant le chemin. Personne ne peut plus rien pour lui !

— Nous verrons, dit-il en l'écartant. Empêche Will de monter dans la tour.

Elle le suivit des yeux tandis qu'il descendait l'escalier. Les seules traces de bottes sur les marches couvertes de mousse étaient les siennes. Aucun homme ne montait cet escalier. On disait que les ruines étaient maudites et Jacob avait déjà entendu des dizaines d'histoires à leur propos. Mais après toutes ces années, il ne savait toujours pas qui avait laissé le miroir dans la tour. Pas plus qu'il n'avait découvert où son père était passé.

Un poucet lui sauta au cou. Jacob l'attrapa juste avant qu'il ne lui arrache le médaillon qu'il portait. N'importe quel autre jour, il se serait empressé de suivre le petit voleur. Les poucets stockaient des trésors considérables dans les arbres creux où ils logeaient. Mais il avait déjà perdu beaucoup trop de temps.

Une faute, Jacob.

Il la réparerait. Mais les paroles de Fox le poursuivirent tandis qu'il descendait la pente raide.

Personne ne peut plus rien pour lui.

Si elle disait vrai, il n'aurait bientôt plus de frère. Ni dans ce monde, ni dans l'autre.

La faute.

3. Les Goyls

L e champ que Hentzau et ses soldats traversaient sur leurs chevaux gardait l'odeur du sang. La pluie avait rempli d'eau boueuse les fossés que les combats avaient creusés et, derrière les murs que les adversaires avaient érigés pour se mettre à l'abri, le sol était jonché de fusils et de casques criblés de balles. Kami'en avait ordonné de brûler les cadavres des hommes et des chevaux avant qu'ils ne commencent à pourrir mais les Goyls tombés durant la bataille gisaient encore sur place. Dans quelques jours, on ne les distinguerait déjà plus des pierres qui dépassaient de la terre piétinée. Comme le voulait leur coutume, les têtes des Goyls qui s'étaient battus en première ligne avaient été envoyées dans la forteresse du roi.

Une bataille de plus. Hentzau en avait assez mais il espérait bien que celle-ci serait la dernière, du moins pour un certain temps. L'impératrice s'était enfin décidée à négocier et même Kami'en voulait la paix. Hentzau se couvrit le visage de la main quand le vent se mit à souffler de la butte où les cadavres avaient été brûlés. Six ans à la surface de la terre, six ans sans pouvoir s'abriter du soleil sous la roche. La lumière lui brûlait les yeux ; l'air devenait de jour en jour plus froid et rendait sa peau sèche comme un coquillage. La peau de Hentzau ressemblait à du jaspe brun. Ce n'était certes pas la peau la plus belle qu'un Goyl puisse avoir. Il était le premier Goyl jaspé à parvenir aux grades militaires supérieurs mais, avant Kami'en, les Goyls n'avaient jamais eu de roi et Hentzau aimait sa peau. Le jaspe était une couleur plus propice au camouflage que l'onyx ou la pierre de lune.

Kami'en s'était installé à proximité du champ de bataille, dans le pavillon de chasse d'un général d'empire, mort au combat comme la plupart de ses officiers. Quand Hentzau se dirigea vers eux, les gardes postés devant le portail délabré se mirent au garde-à-vous. Ils le surnommaient le chien de garde du roi, son ombre de jaspe. Hentzau servait Kami'en depuis qu'ils avaient combattu ensemble les autres chefs. Ils avaient mis deux ans avant de les tuer tous : par la suite et pour la première fois, les Goyls avaient eu un roi.

La route qui montait de la porte jusqu'au château était bordée de statues de marbre blanc et, en passant devant elles à cheval, Hentzau s'amusait toujours de voir que les hommes immortalisaient leurs dieux et leurs héros dans la pierre alors qu'ils détestaient les siens à cause de leur peau. Même les Peaux Tendres devaient bien l'admettre : seule la pierre subsistait.

Les fenêtres du château étaient murées, comme les Goyls avaient coutume de le faire, mais, une fois dans l'escalier menant aux caves où étaient stockées les provisions, Hentzau retrouva enfin l'obscurité bienfaisante des souterrains. Seules quelques rares lampes à gaz éclairaient les voûtes qui abritaient désormais, à la place des vivres et des trophées de chasse poussiéreux, l'état-major du roi des Goyls.

Kami'en. Dans sa langue, son nom ne signifiait rien d'autre que «pierre». Son père avait été à la tête d'une des villes souterraines mais, chez les Goyls, les pères ne comptaient guère. C'étaient les mères qui élevaient les enfants et, dès l'âge de neuf ans, les Goyls étaient adultes et devaient se débrouiller seuls. Généralement, ils s'en allaient alors explorer le monde souterrain, en quête de grottes inconnues, jusqu'à ce que la chaleur devienne insupportable, même pour leur peau de pierre. Mais le monde d'en haut avait toujours été le seul qui intéressât Kami'en. Il avait vécu longtemps dans une des villes troglodytiques que les Goyls avaient édifiées à la surface de la terre parce que les villes souterraines, qui avaient survécu à deux attaques des hommes, étaient bondées. Par la suite, il avait commencé à étudier leurs armes et leurs techniques de guerre, à s'introduire subrepticement dans leurs villes et leurs camps militaires et, à dix-neuf ans, il prenait pour la première fois une de leurs villes.

Kami'en était debout devant la carte qui affichait ses conquêtes et les positions de ses adversaires. Dès sa première victoire, il
avait fait fabriquer des figurines qui représentaient ses troupes,
des cavaliers, des soldats, des canonniers, des tireurs d'élite. Les
Goyls étaient en cornaline, les troupes impériales en argent, la
Lotharingie en or, les armées de l'Est en cuivre et les troupes
d'Albion en ivoire. Kami'en baissa les yeux sur la carte, comme
s'il cherchait le moyen de les vaincre toutes ensemble. Il était
vêtu de noir, comme toujours quand il quittait son uniforme, et
ses cheveux roux étaient plus flamboyants que jamais. La cornaline n'avait encore jamais été la couleur de peau d'un chef. Chez
les Goyls, l'onyx était la couleur des princes.

La fiancée de Kami'en était vêtue de vert comme à l'accoutu-
mée : des superpositions de velours émeraude l'enveloppaient
comme les feuilles d'une fleur. À côté d'elle, la plus belle femme
goyl paraissait aussi fade qu'un caillou à côté d'une pierre de
lune ciselée, mais Hentzau interdisait à ses soldats de poser les
yeux sur elle. Toutes ces histoires qu'on racontait sur les fées
qui métamorphosaient d'un seul regard les hommes en chardons ou en poissons frétillant désespérément… Sa beauté était
un poison d'araignée. Elle et ses sœurs étaient nées de l'eau et
Hentzau les craignait autant que les mers qui érodaient toutes
les pierres du monde.

Quand il entra, la fée se contenta de l'effleurer du regard. La
Fée Sombre. Même ses propres sœurs l'avaient rejetée. On racon-
tait qu'elle lisait dans les pensées, mais Hentzau ne le croyait pas.
Elle l'aurait tué si elle avait su ce qu'il pensait d'elle.

Il lui tourna le dos et s'inclina devant le roi.

— Vous m'avez fait appeler.

Kami'en s'empara d'une figurine en argent et la soupesa.

— Je veux que tu me trouves quelqu'un. Un homme dont la chair est en train de se transformer en pierre.

Hentzau jeta un bref coup d'œil en direction de la fée.

— Où dois-je chercher ? répliqua-t-il. Maintenant, il y en a des milliers.

Des Goyls humains. Autrefois, Hentzau se servait de ses griffes pour tuer, mais le sortilège de la fée avait voulu qu'elles transforment désormais la chair en pierre. Comme toutes les fées, elle ne pouvait pas avoir d'enfants, ainsi donnait-elle des fils à Kami'en chaque fois qu'un coup de griffes de ses soldats transformait un humain en Goyl. Personne ne se montrait aussi impitoyable au combat envers ses anciens congénères qu'un Goyl humain, mais Hentzau les détestait tout autant que la fée qui, par ce sortilège, leur avait donné le jour.

Un sourire passa sur les lèvres de Kami'en. Non. La fée ne pouvait pas lire dans les pensées de Hentzau mais son roi, lui, le pouvait.

— Ne t'inquiète pas. Celui que tu dois trouver se distingue facilement des autres.

Kami'en replaça la figurine en argent sur la carte.

— Sa nouvelle peau est en jade.

Les gardes échangèrent un regard furtif ; mais Hentzau esquissa une grimace incrédule. Les hommes de lave qui faisaient bouillir le sang de la terre, l'oiseau sans yeux qui voyait tout — et le Goyl à la peau de jade qui rendait invincible le roi qu'il servait… Des histoires pour enfants qu'on utilisait pour mettre des images sur les ténèbres du monde souterrain.

— Quel est l'éclaireur qui vous a raconté ça ? demanda Hentzau en passant la main sur sa peau endolorie.

Il allait bientôt faire tellement froid qu'elle se crevasserait comme du verre brisé.

— Faites-le fusiller, ajouta-t-il. Le Goyl en jade est une chimère. Depuis quand confondez-vous chimère et réalité ?

Les gardes baissèrent la tête, mal à l'aise. N'importe quel autre Goyl aurait payé de sa vie de telles paroles, mais Kami'en haussa les épaules.

— Trouve-le ! dit-il. Elle a rêvé de lui.

Elle. La fée caressa le velours de sa robe. Six doigts à chaque main. À chacun son sortilège. Hentzau sentait la colère monter en lui. La colère qu'ils avaient tous dans leur chair de pierre, comme la chaleur au sein de la terre. Il mourrait pour son roi s'il le fallait, mais chercher un fantôme né des rêves de sa fiancée, c'était autre chose.

— Vous n'avez pas besoin d'un Goyl en jade pour être invincible.

Kami'en l'observait comme s'il était en présence d'un inconnu.

Votre Majesté. Hentzau, de plus en plus souvent, hésitait à appeler Kami'en par son nom.

— Trouve-le, répéta Kami'en. Elle dit que c'est important et, jusque-là, elle a toujours eu raison.

La Fée vint se placer à côté de lui et Hentzau s'imagina tordant son cou blafard. Mais même cela ne le consola pas. Elle était immortelle et, un jour, elle le verrait mourir. Lui et Kami'en. Et ses enfants et les enfants de ses enfants. Ils étaient tous ses jouets, ses jouets de pierre mortels. Mais Kami'en l'aimait, plus que les deux femmes goyls qui lui avaient donné des filles et un fils.

Parce qu'elle l'avait ensorcelé, murmura une voix en lui. Mais il s'inclina, la main sur le cœur.

— Vos désirs sont des ordres.

— Je l'ai vu dans la Forêt Noire, dit-elle d'une voix qui évoquait le bruit de l'eau.

— Elle a quatre-vingts hectares de superficie !

La fée sourit et Hentzau sentit la haine et la crainte lui serrer le cœur.

Sans un mot, elle enleva la barrette de perles avec laquelle elle relevait sa chevelure, comme une simple humaine, et se passa la main dans les cheveux. Des mites s'envolèrent entre ses doigts ; leurs ailes étaient constellées de taches claires qui ressemblaient à des crânes. Les gardes s'empressèrent d'ouvrir les portes quand elles se précipitèrent sur eux et les soldats de Hentzau postés dans le couloir obscur reculèrent aussi en voyant les mites passer au-dessus de leurs têtes. Tous savaient que leurs piqûres transperçaient même une peau de Goyl.

Mais la fée remit sa barrette et dit sans regarder Hentzau :

— Quand elles l'auront trouvé, elles viendront te voir. Amène-le-moi tout de suite.

Ses hommes regardaient par la porte ouverte mais, quand Hentzau se retourna, ils baissèrent aussitôt la tête.

La fée.

Maudite soit-elle, elle et la nuit où elle avait surgi soudain entre leurs tentes. La troisième bataille, la troisième victoire. Elle s'était dirigée vers la tente du roi, telle une apparition née des soupirs des blessés et de la lune blanche au-dessus des morts.

Hentzau lui avait barré le chemin mais elle était passée outre, comme l'eau traverse la pierre poreuse (et comme s'il faisait déjà lui aussi partie des morts), et elle avait ravi le cœur de son roi pour le mettre dans sa poitrine à elle, qui n'en avait pas.

Hentzau devait admettre que les armes les plus sophistiquées étaient loin de répandre autant de terreur que son maléfice, qui transformait en pierre la chair tendre de ses adversaires. Mais il était sûr que, même sans elle, ils auraient gagné la guerre et que la victoire aurait eu bien meilleur goût.

– Je trouverai le Goyl de jade même sans vos mites, dit-il, s'il est vrai qu'il n'est pas un rêve.

Elle lui répondit par un sourire qui le suivit jusqu'à ce qu'il soit remonté à la lumière du jour, qui altérait le regard et faisait éclater la peau comme de l'argile tendre.

Maudite soit-elle.

4. De l'autre côté

La voix de Will était changée. Clara l'avait à peine reconnue. D'abord toutes ces semaines sans le moindre signe de vie et puis cet étranger au téléphone, qui ne disait pas vraiment pourquoi il appelait.

Les rues lui semblèrent encore plus bondées que d'habitude et le trajet interminable ; enfin, elle arriva devant le vieil immeuble dans lequel Will et son frère avaient grandi. Sur la façade grise se détachaient des visages en pierre aux traits déformés, noircis par les gaz d'échappement. Clara leva instinctivement les yeux vers eux quand le portier lui ouvrit. Elle portait toujours la blouse vert pâle de l'hôpital sous son manteau. Elle n'avait pas pris le temps de se changer.

Will.

Il avait eu l'air tellement perdu. Comme quelqu'un qui se noie. Ou quelqu'un qui fait ses adieux.

Clara referma la grille du vieil ascenseur derrière elle. Elle portait aussi sa blouse la première fois que Will l'avait rencontrée, devant la chambre où sa mère était alitée. Elle travaillait souvent à l'hôpital le week-end, et pas seulement parce qu'elle avait besoin d'argent.

Les livres de médecine et les universités masquaient trop souvent le fait que la chair et le sang étaient des choses réelles.

Septième étage.

La plaque en cuivre avec le nom, près de la porte, était tellement oxydée que, machinalement, Clara passa sa manche dessus.

RECKLESS. Ce nom, qui voulait dire « téméraire », lui allait si peu qu'il en riait souvent.

Derrière la porte de l'appartement s'entassait le courrier non décacheté mais, dans le couloir, il y avait de la lumière.

— Will ?

Elle ouvrit la porte de sa chambre.

Rien.

Il n'était pas non plus dans la cuisine.

On avait l'impression que personne n'était venu dans l'appartement depuis des semaines. Mais Will avait dit qu'il appelait de là. Où pouvait-il bien être ?

Clara passa devant la chambre vide de la mère de Will et devant celle de ce frère qu'elle n'avait encore jamais vu. *Jacob est en voyage.* Jacob était toujours en voyage. Parfois, elle en venait même à se demander s'il existait vraiment.

Elle s'arrêta.

La porte du bureau était ouverte. Will ne mettait jamais les pieds dans cette pièce. Il ignorait tout ce qui avait à voir avec son père.

Clara entra d'un pas hésitant. Des étagères de livres, une vitrine, un bureau. Au-dessus du bureau, il y avait des maquettes d'avion, dont les ailes étaient recouvertes d'une couche de poussière qui ressemblait à de la neige sale.

Toute la pièce était poussiéreuse et si froide qu'en respirant Clara exhalait de la buée. Entre les étagères était accroché un miroir.

Clara s'approcha et passa la main sur les roses argentées qui recouvraient le cadre. Elle n'avait jamais rien vu d'aussi beau. Le verre était si sombre qu'on eût dit que la nuit s'était fondue dans ses profondeurs. Dessus, il y avait de la buée et, à l'endroit où son visage se reflétait, on distinguait l'empreinte d'une main.

5. Schwanstein

La lumière des réverbères plongeait les rues de Schwanstein dans une atmosphère laiteuse. L'éclairage au gaz et les roues des carrosses en bois cahotant sur les pavés, des femmes en robes longues aux ourlets mouillés par la pluie. Une odeur de fumée flottait dans l'air humide et la cendre de charbon avait noirci le linge étendu entre les pignon pointus. En face du relais de poste, il y avait une gare, un bureau de télégraphe et la boutique d'un photographe qui fixait des chapeaux rigides et des robes à volants sur des plaques argentiques.

Des bicyclettes étaient appuyées aux murs où des affiches mettaient en garde contre les ondins et les corbeaux dorés. Nulle part ailleurs le monde du miroir n'imitait l'autre côté aussi bien qu'à Schwanstein et, évidemment, Jacob s'était souvent demandé combien de gens avaient traversé le miroir accroché dans le bureau de son père. Dans le musée de la ville, il y avait quelques objets qui ressemblaient à s'y méprendre à ceux de l'autre monde, en particulier une boussole et un appareil photo si familiers à Jacob qu'il se demandait si ce n'étaient pas ceux de son père. Mais personne n'avait pu lui dire où était passé l'inconnu qui les avait déposés là.

Quand Jacob descendit la rue qui menait à la place du marché, les cloches de la ville sonnaient, annonçant la tombée de la nuit. Devant l'échoppe d'un boulanger, une naine vendait des châtaignes grillées. Leur arôme se mêlait à celui du crottin de cheval qui jonchait les pavés. L'idée de la voiture à moteur n'avait pas encore traversé le miroir et la statue, sur la place du marché, représentait un prince à cheval qui avait tué des géants dans les collines alentour. C'était un ancêtre de Thérèse d'Austria, l'actuelle impératrice, dont la famille avait chassé non seulement les géants mais aussi les dragons qui avaient fini par disparaître de leurs domaines. Le jeune vendeur de journaux qui clamait les dernières nouvelles près de la statue n'avait sans doute jamais vu autre chose que l'empreinte du pied d'un géant ou les traces du feu d'un dragon sur les murs de la ville.

Batailles décisives, pertes importantes… général tombé… pourparlers secrets avec les Goyls…

Dans le monde du miroir, il y avait la guerre et ce n'étaient pas les hommes les vainqueurs. Cela faisait déjà quatre jours qu'avec Will ils étaient tombés sur leurs troupes de choc, mais

Jacob les revoyait encore sortant de la forêt, trois soldats et un officier, leurs visages de pierre ruisselants de pluie. Des yeux d'or et des griffes noires qui avaient déchiré le cou de son frère… des Goyls.

Fais attention à ton frère, Jacob.

Il mit trois sous dans la main sale du garçon. Le lutin juché sur son épaule les regarda d'un air méfiant. Beaucoup de lutins rejoignaient les hommes et se faisaient nourrir et habiller par eux, ce qui ne les empêchait pas d'être constamment de mauvaise humeur.

— Où sont les Goyls ? demanda Jacob.

— À deux lieues d'ici à peine, répondit le garçon en pointant le sud-est du doigt. Quand le vent était favorable, on entendait même les coups de feu. Mais depuis hier, on n'entend plus rien.

Il avait l'air presque déçu. À son âge, même la guerre avait un goût d'aventure.

Les soldats impériaux qui sortirent de l'auberge à côté de l'église devaient savoir, eux, ce qu'il en était. CHEZ L'OGRE. Jacob avait été témoin de la scène qui avait valu son nom à l'auberge et coûté son bras droit au propriétaire.

Quand Jacob entra dans l'auberge, Albert Chanute se tenait derrière le comptoir. Il avait l'air morose. Chanute était une véritable armoire à glace et l'on disait de lui qu'il avait du sang de troll dans les veines, ce qui, dans le monde du miroir, n'était pas vraiment un compliment. Mais jadis, avant que l'ogre lui coupe le bras, Chanute avait été le meilleur chasseur de trésors de toute l'Austria et Jacob avait passé plusieurs années comme apprenti chez lui. Chanute lui avait montré comment on pouvait acquérir, en ce lieu, richesse et renommée, et si l'ogre n'avait pas coupé aussi la tête du vieux chercheur de trésors, c'était grâce à Jacob.

Les murs de l'auberge étaient couverts de souvenirs des jours de gloire de Chanute : une tête de loup brun, la porte du four d'une maison en pain d'épice, une matraque qui jaillissait du mur quand un client se tenait mal et, juste au-dessus du comptoir, accroché à des chaînes avec lesquelles il avait attaché sa victime, un bras de l'ogre qui avait mis fin aux activités de chasseur de trésors de Chanute. La peau bleutée brillait encore comme du cuir de reptile.

— Tiens, tiens ! Jacob Reckless.

La bouche morose de Chanute se fendit d'un sourire.

— Je te croyais en Lotharingie, à la recherche du sablier.

À l'époque, Chanute était entré dans la légende des chasseurs de trésors mais, désormais, Jacob avait acquis une réputation au moins égale à la sienne en ce domaine : les trois hommes assis à une table levèrent la tête et le dévisagèrent avec curiosité.

— Débarrasse-toi de tes clients, chuchota Jacob, il faut que je te parle.

Puis il monta dans la chambre qui était depuis des années le seul endroit où il se sentait chez lui, dans ce monde comme dans l'autre.

Une petite table magique, une pantoufle de verre, la balle en or d'une princesse — Jacob avait déjà trouvé en ce monde bien des choses qu'il avait vendues à bon prix à des princes et de riches marchands. Mais les trésors rangés dans le coffre qui se trouvait derrière la porte de la modeste chambre, il les gardait pour lui. Ils avaient été ses instruments et son salut dans bien des situations périlleuses, mais jamais il n'aurait pensé qu'ils pourraient l'aider un jour à sauver son propre frère.

Le mouchoir qu'il tira tout d'abord du coffre était en simple coton mais, quand on le frottait entre les doigts, il en sortait deux pièces d'or. Jacob l'avait obtenu d'une sorcière, en échange d'un baiser qui, des semaines plus tard, lui brûlait encore les lèvres. Les autres objets qu'il fourra dans son sac à dos étaient tout aussi insignifiants en apparence : une tabatière en argent, une clé en laiton, une assiette en étain, un flacon en verre vert. Mais chacun de ces objets lui avait déjà sauvé la vie au moins une fois.

Quand Jacob redescendit, l'auberge était vide. Chanute était assis à l'une des tables ; dès que Jacob vint le rejoindre, il lui tendit un gobelet de vin.

— Alors, quel est ton problème cette fois-ci ? demanda l'aubergiste en regardant le vin avec envie.

Un verre d'eau était posé devant lui. Par le passé, il buvait tellement que, souvent, Jacob cachait les bouteilles, au risque de prendre des coups. Le vieux chasseur de trésors l'avait souvent battu, même quand il n'avait pas bu, jusqu'au jour où Jacob avait braqué son propre pistolet sur lui. Dans la grotte de l'ogre, Chanute était encore saoul et, s'il avait eu les idées plus claires, il n'aurait sans doute pas perdu son bras. Après ça, il avait cessé de boire. Le chasseur de trésors était un piètre ersatz de père et, avec lui, Jacob était toujours sur ses gardes, mais si quelqu'un savait comment sauver Will, c'était Albert Chanute.

— Que ferais-tu si tu devais guérir un de tes amis dont la peau se transforme en pierre ?

Chanute avala son eau de travers et contempla Jacob comme pour s'assurer que ce n'était pas de lui qu'il parlait.

— Je n'ai pas d'amis, grommela-t-il, et toi non plus. Les amis, il faut leur faire confiance et ce n'est pas notre fort. De qui s'agit-il ?

Jacob se contenta de secouer la tête.

— Ah oui. Jacob Reckless aime les mystères ! Comment ai-je pu l'oublier ? s'exclama Chanute d'un ton amer. (Il considérait Jacob comme le fils qu'il n'avait pas eu.) Quand est-ce qu'ils lui sont tombés dessus ?

— Il y a quatre jours.

Les Goyls les avaient attaqués non loin du village où Jacob pensait trouver le sablier. Il ne se doutait pas que leurs troupes de choc avaient déjà pénétré si loin sur le territoire impérial. Après l'attaque, Will souffrait tellement qu'ils avaient mis plusieurs jours à rentrer. Rentrer où ? Il n'y avait plus de retour, mais Jacob n'avait pas eu le cœur de le dire à Will.

Chanute passa la main dans ses cheveux gris hirsutes.

— Quatre jours ? Laisse tomber. Il est déjà à moitié des leurs. Tu te souviens de l'époque où l'impératrice collectionnait les Goyls de toutes les couleurs et où un paysan avait voulu nous vendre pour de l'onyx un mort dont il avait coloré la peau avec de la suie ?

Oui, Jacob se souvenait. Les visages de pierre. C'est comme ça qu'on les appelait autrefois, quand on racontait aux enfants des histoires sur eux pour les mettre en garde contre les dangers de la nuit. À l'époque où Chanute et lui arpentaient la campagne, ils venaient juste de commencer à s'installer dans des grottes à la surface de la terre et chaque village organisait sa battue de Goyls. Mais à présent, les Goyls avaient un roi et l'ancien gibier était devenu chasseur à son tour.

Près de la porte de derrière, un grattement se fit entendre : Chanute tira son couteau. Il le lança si prestement qu'il cloua le rat au mur.

— Ce monde court à sa perte, grogna-t-il en repoussant sa chaise. Les rats sont aussi gros que des chiens et, dans la rue, ça empeste comme dans une grotte de trolls, avec toutes ces usines que les Goyls ont installées à quelques lieues d'ici.

Il ramassa le rat et le lança sur la table.

— Il n'y a aucun remède contre la chair de pierre, dit Chanute en essuyant la lame sanglante de son couteau sur sa manche. Mais si cela m'arrivait, je me rendrais à cheval jusqu'à une maison de sorcière et je chercherais dans le jardin un buisson avec des baies noires. C'était, paraît-il, le jardin d'une sorcière qui mangeait les enfants.

— Je croyais que les ogresses étaient toutes parties en Lotharingie depuis que les autres sorcières leur font la chasse ?

— Mais leurs maisons sont toujours là. Les buissons poussent aux endroits où sont enterrés les os de leurs victimes. Leurs baies sont les remèdes les plus efficaces que je connaisse contre les sortilèges.

Des baies de sorcière. Jacob regarda la porte du four qui était accrochée au mur.

— La sorcière de la Forêt Noire était une ogresse, n'est-ce pas ?

— Une des pires. J'ai déjà cherché dans sa maison un de ces peignes, qui te métamorphose en corbeau quand tu le mets dans tes cheveux.

— Je sais. Tu m'avais envoyé en éclaireur.

— Vraiment ?

Chanute frotta son nez charnu, gêné. À l'époque, il avait fait croire à Jacob que la fée s'était envolée.

Jacob lança son sac à dos sur son épaule.

— Tu as versé du schnaps sur mes plaies.

On distinguait encore les empreintes de ses doigts sur son cou. Les brûlures avaient mis des semaines à guérir.

— J'ai besoin d'un cheval de bât, de provisions, de deux fusils et de munitions.

Chanute n'avait pas l'air d'avoir entendu. Il regardait ses trophées.

— C'était le bon temps, murmura-t-il. L'impératrice m'a reçu trois fois. Et toi, combien de fois t'a-t-elle fait l'honneur d'une audience?

Jacob frotta le mouchoir dans son sac jusqu'à ce qu'il sente deux thalers en or surgir entre ses doigts.

— Deux fois, répondit-il en lançant le thaler sur la table.

L'impératrice lui avait déjà accordé six audiences, mais ce mensonge faisait tellement plaisir à Chanute.

— Range-moi ton or, marmonna ce dernier. Je n'accepte pas d'argent de ta part.

Et il tendit son couteau à Jacob.

— Tiens, dit-il. Il n'y a rien que cette lame ne puisse trancher. J'ai le pressentiment qu'elle te sera plus utile qu'à moi.

6. Fou d'amour

Will n'était plus là. Jacob s'en aperçut dès que le cheval franchit le portail des ruines. Elles étaient désertes, comme si son frère n'avait jamais traversé le miroir, comme si tout était pour le mieux et ce monde encore le sien, à lui seul. L'espace d'un instant, il se surprit à en être presque soulagé. *Laisse-le partir, Jacob.* Pourquoi ne pas oublier qu'il avait un frère ?

— Il a dit qu'il allait revenir.

Fox était assise entre les colonnes. Dans l'obscurité, sa fourrure paraissait noire.

— J'ai essayé de le retenir, mais il est aussi têtu que toi.

Encore une faute, Jacob. Il aurait dû emmener Will avec lui à Schwanstein au lieu de le cacher dans les ruines. Will voulait rentrer. C'était son seul souhait. Mais la pierre le suivrait.

Jacob laissa son cheval avec les deux qui paissaient derrière les ruines et se dirigea vers la tour. Son ombre écrivit un seul mot sur les dalles : *Rentrer.*

Une menace pour toi, Jacob, une promesse pour Will.

Le lierre qui s'accrochait aux pierres noires de suie était si épais qu'il formait un rideau vert devant la porte. La tour était la seule partie du château que le feu avait épargnée. À l'intérieur, les chauves-souris voltigeaient et l'échelle de corde que Jacob y avait fixée des années plus tôt prenait dans l'obscurité des reflets argentés. Les elfes y déposaient leur poussière, comme pour l'empêcher d'oublier que, des années plus tôt, il était descendu d'un autre monde.

Fox le regarda d'un air inquiet quand il attrapa la corde.

– Nous partirons dès que Will sera de retour, dit-il.

– Partir ? Où ça ?

Mais Jacob grimpait déjà à l'échelle qui se balançait.

La chambre de la tour était éclairée par la lumière des deux lunes et son frère était debout à côté du miroir. Il n'était pas seul.

Dès qu'elle entendit Jacob, la jeune fille se dégagea de son étreinte. Elle était plus jolie que sur les photos que Will lui avait montrées. *Amoureux fou.*

– Que fait-elle ici ? Tu es devenu fou ?

Jacob sentit une colère froide l'envahir.

Il essuya la poussière d'elfe qui collait à ses doigts. Si l'on n'y prenait pas garde, elle avait un effet soporifique.

— Clara, dit Will en lui prenant la main. Voici mon frère, Jacob.

Quand il prononça le nom de Clara, c'était comme s'il avait des perles sur la langue. Will avait toujours pris l'amour trop au sérieux.

— Que faut-il encore qu'il t'arrive pour que tu comprennes dans quel genre d'endroit nous sommes ? lui lança Jacob. Renvoie-la chez elle. Immédiatement.

Elle avait peur, mais elle s'efforçait de ne pas le montrer. Peur de ce lieu qui ne pouvait être réel, peur de la lune rousse dans le ciel… *et de toi, Jacob.* Elle semblait surprise qu'il existe vraiment. Le frère aîné de Will. Aussi irréel que la pièce où ils se trouvaient.

Elle attrapa la main déformée de Will.

— Qu'est-ce que c'est ? demanda-t-elle d'une voix étranglée. Que lui est-il arrivé ? Je n'ai encore jamais vu une éruption cutanée pareille !

Naturellement. Étudiante en médecine… Regarde-la, Jacob ! Elle est aussi folle d'amour que son frère.

Au point de le suivre dans un autre monde.

Au-dessus d'eux, un grattement se fit entendre et un visage décharné apparut entre les poutres. Le Stilz qui avait mordu Jacob lors de sa première escapade derrière le miroir ne voulait pas se laisser chasser des lieux. Même après toutes ces années. Son visage hideux disparut entre les toiles d'araignée quand Jacob tira son pistolet. Au début, il s'était servi des vieux revolvers de la collection de son père mais, par la suite, il avait chargé un armurier de New York d'adapter un mécanisme moderne sur un de ses vieux modèles.

Clara regardait le canon étincelant d'un air effaré.

— Renvoie-la chez elle, lança Jacob en remettant l'arme à sa ceinture. Je ne le répéterai pas.

Récemment, Will avait été confronté à des choses plus redoutables qu'un grand frère, mais il se tourna vers Clara et repoussa doucement, sur son front, une mèche de ses cheveux blonds.

— Il a raison, l'entendit murmurer Jacob. Je te rejoindrai bientôt. Ça va disparaître, tu verras. Mon frère va trouver un moyen.

Jacob n'avait jamais compris d'où lui venait cette confiance que rien n'avait pu ébranler, pas même toutes ces années durant lesquelles Will l'avait à peine vu.

— Allez, viens, dit Jacob en se dirigeant vers la trappe.

— Rentre, Clara. Je t'en prie, répétait Will.

Jacob était déjà au pied de l'échelle de corde quand son frère le rejoignit enfin. Will descendit très lentement, comme s'il ne voulait jamais arriver en bas. Puis il resta un moment à regarder la poussière d'elfe sur ses mains. Un sommeil profond et de beaux rêves. Pas mal comme cadeau. Mais Will s'essuya les doigts comme Jacob le lui avait appris et porta la main à sa gorge. La première trace vert pâle commençait à transparaître.

— Tu n'as besoin de personne, n'est-ce pas, Jake ? dit Will avec une pointe de jalousie dans la voix. Tu n'as jamais eu besoin de personne.

Jacob écarta le lierre.

— Si tu as tellement besoin d'elle, dit-il, il faut que tu la laisses où elle est en sécurité.

Fox attendait à côté des chevaux. Et ça ne lui plaisait pas que Jacob ramène Will. *Personne ne peut rien pour lui.* Voilà ce que son regard lui répétait.

Nous verrons, Fox.

Les chevaux étaient nerveux. Will leur caressa doucement les naseaux. Son doux frère. Autrefois, il ramenait tous les chiens perdus à la maison et versait des larmes sur les rats empoisonnés dans le parc. Mais ce qui poussait dans sa chair, c'était le contraire de la douceur.

– Où allons-nous?

Will leva les yeux vers la tour.

Jacob lui tendit un des fusils accrochés à la selle de son cheval.

– Dans la Forêt Noire.

Fox leva la tête.

Oui, je sais, Fox. Ce n'est pas un endroit agréable.

Sa jument lui donna un coup de tête dans le dos. Jacob avait donné à Chanute le salaire d'une année entière en échange de la jument, mais elle le valait bien. Il resserrait la sangle de la selle quand Fox se mit à grogner pour le mettre en garde.

Des pas. Ils ralentirent. Et s'arrêtèrent.

Jacob se retourna.

– Peu importe quel endroit c'est…, dit Clara en surgissant entre les colonnes noires de suie, Will a besoin de moi et je veux savoir ce qui s'est passé.

Fox l'observait comme si un animal exotique venait de surgir devant elle. Les femmes de son monde portaient des robes longues et s'attachaient les cheveux en chignon, ou les tressaient comme les filles de paysans. Mais celle-ci portait des pantalons et les cheveux coupés court comme ceux d'un garçon.

Le hurlement d'un loup traversa l'obscurité. Will entraîna Clara avec lui. Il essaya de la convaincre, mais elle lui attrapa le bras et suivit du doigt le tracé des veines de pierre sous sa peau.

Tu n'es plus le seul à veiller sur Will, Jacob. Clara le regarda et, l'espace d'une seconde, son visage lui rappela celui de sa mère. Pourquoi ne lui avait-il jamais parlé du miroir ? Peut-être le monde qui se cachait derrière aurait-il pu effacer un peu de la tristesse sur son visage ? *Trop tard, Jacob.* Bien trop tard.

Fox ne quittait pas la jeune fille des yeux. Parfois Jacob oubliait qu'elle aussi en était une.

Un deuxième loup hurla. La plupart des loups étaient paisibles, mais il y avait parfois parmi eux un loup brun qui adorait la chair humaine.

Will tendit l'oreille, inquiet. Puis il essaya de nouveau de convaincre Clara.

Fox leva le nez.

— Nous devrions partir d'ici, murmura-t-elle à Jacob.

— Quand il l'aura renvoyée chez elle. Pas avant.

Fox le regarda de ses yeux d'ambre jaune.

— Emmène-la.

— Non !

Elle ne ferait que les retarder et Fox savait aussi bien que lui que, pour son frère, le temps était compté. Même si Jacob ne l'avait pas encore expliqué à Will.

Fox se retourna.

— Emmène-la, répéta-t-elle. Ton frère aura besoin d'elle. Et toi aussi. Tu te fies toujours à mon flair, non ?

Puis, apparemment lasse de l'attendre, elle s'enfonça dans la nuit.

7. La maison de la sorcière

Un enchevêtrement de racines, d'épines et de feuilles. Des arbres géants et de jeunes arbres tendaient leurs branches vers la lumière qui avait peine à pénétrer à travers l'épais toit de feuilles. Des essaims de feux follets voltigeaient au-dessus de mares nauséabondes. Des clairières au-dessus desquelles des champignons volants dessinaient des cercles empoisonnés. La dernière fois qu'il était venu dans la Forêt Noire, quatre mois plus tôt, Jacob était à la recherche d'un cygne humain qui portait une chemise d'orties sur ses plumes. Mais au bout de trois jours, il avait dû renoncer car, sous les arbres sombres, l'atmosphère était irrespirable.

Ils n'atteignirent la lisière de la forêt qu'à midi : Will s'était remis à souffrir. La pierre se propageait maintenant tout autour de son cou, mais Clara n'avait pas l'air de le voir. L'amour rend aveugle. Elle semblait vouloir confirmer le dicton. Elle restait à ses côtés, passait le bras autour de son cou quand la pierre lançait un autre assaut, obligeant Will à se tordre de douleur sur sa selle. Mais quand elle ne se sentait plus observée, Jacob décelait la peur sur son visage. Quand elle lui avait demandé ce qu'il savait à propos de la pierre, il lui avait raconté le même mensonge qu'à son frère : seule la peau de Will se transformait et, dans ce monde, ce serait facile de le guérir. Il n'avait pas eu de mal à la convaincre. Ils étaient tous deux prêts à croire n'importe quel mensonge susceptible de les réconforter.

Clara montait mieux à cheval qu'il ne l'aurait cru. En chemin, Jacob lui avait acheté une robe sur un marché, mais elle n'avait pas réussi à monter à cheval avec la grande jupe et lui avait demandé de l'échanger contre des vêtements masculins. Avec cette fille habillée en homme et la peau de Will qui se transformait en pierre, Jacob ne fut pas mécontent de quitter les villages et les routes pour s'enfoncer sous les arbres, même en sachant ce qui les y attendait. Des écorceurs, des dénicheurs de champignons, des poseurs de pièges, des hommes-corbeaux – l'impératrice avait beau essayer depuis des années de la rendre moins sinistre, la Forêt Noire comptait un grand nombre d'habitants qui n'avaient guère le sens de l'hospitalité. Malgré les dangers, le trafic de cornes, de dents et de peau de ses occupants n'avait jamais cessé. Jacob n'avait jamais gagné d'argent par ce biais mais nombreux étaient ceux qui en vivaient, et en vivaient bien : quinze thalers en argent pour un dénicheur de champignons (deux thalers en plus quand il crachait du poison de champignon volant), trente pour un écorceur (ce qui n'était pas excessif, si l'on pense que cette chasse pouvait facilement se conclure par la mort), et quarante pour un homme-corbeau (qui lui ne s'attaquait qu'aux yeux).

Beaucoup d'arbres commençaient à perdre leurs feuilles, mais leurs cimes étaient encore si épaisses que le jour se fondait dans une pénombre automnale. Ils durent bientôt mettre pied à terre, car les chevaux avaient du mal à se frayer un chemin dans le sous-bois touffu. Jacob recommanda à Will et Clara de ne pas toucher aux arbres. Mais quand elle vit les perles brillantes qu'un écorceur avait fait pousser comme appât sur l'écorce d'un chêne, Clara oublia sa mise en garde. Jacob réussit juste à temps à cueillir sur son poignet l'affreuse bestiole avant qu'elle ne se glisse dans sa manche.

— Ceci est une des raisons pour lesquelles vous ne devez pas toucher l'écorce des arbres, dit-il en approchant l'écorceur de ses yeux, assez près pour qu'elle distingue les dents acérées sur les lèvres couvertes de croûtes. Sa première morsure te donne le vertige, la deuxième te paralyse et tu es encore pleinement consciente quand toute sa famille commence à te sucer le sang. Ce n'est pas une mort très agréable.

Tu comprends maintenant pourquoi tu aurais dû la renvoyer ? Will lut le reproche sur le visage de Jacob tandis qu'il attirait Clara vers lui. Mais par la suite, elle resta sur ses gardes. Quand le filet humide de rosée d'un poseur de pièges se tendit devant eux, leur barrant le passage, ce fut Clara qui retint Will et dispersa les corbeaux dorés qui voulaient leur croasser des maléfices à l'oreille.

Quand même. Elle n'avait rien à faire ici. Encore moins que son frère.

Fox se tourna vers lui.

Arrête, lui disaient ses yeux. *Elle est ici et je te le répète : il va avoir besoin d'elle.*

Fox. Son ombre de fourrure. Avec leurs bourdonnements, les feux follets – dont les essaims étaient suspendus partout entre les arbres – avaient souvent attiré Jacob dans la mauvaise direction, mais Fox les chassait comme des mouches importunes et marchait devant, imperturbable. Au bout de trois heures, le premier arbre aux sorcières apparut entre les chênes et les frênes ; Jacob mettait Clara et Will en garde contre ses branches qui aimaient piquer les yeux des humains quand Fox s'arrêta brusquement.

Le bruit se noyait presque dans le bourdonnement des feux follets. Il ressemblait à celui d'une paire de ciseaux, *clic, clac*. Ce n'était pas un bruit très menaçant. Will et Clara ne l'avaient même pas remarqué. Mais les poils de la renarde se hérissèrent et Jacob porta la main à son sabre. Il ne connaissait qu'un habitant de cette forêt qui puisse produire ce bruit et c'était le seul sur lequel il ne voulait surtout pas tomber.

— Dépêchons-nous, murmura-t-il à Fox. Nous sommes encore loin de la maison ?

Clic, clac. Le bruit se rapprochait.

— Ça va être juste, chuchota Fox.

Le bruit cessa, mais le silence soudain n'en était pas moins menaçant. Plus un oiseau ne chantait. Même les feux follets avaient disparu. Fox lança un coup d'œil inquiet entre les arbres, puis se mit à courir si vite que même les chevaux eurent du mal à la suivre dans le sous-bois touffu.

La forêt était de plus en plus sombre, Jacob sortit de la sacoche de sa selle la lampe de poche qu'il avait apportée de l'autre monde. Ils devaient sans cesse éviter les arbres aux sorcières ; les frênes et les chênes laissaient place à des buissons épineux et noirs. Les sapins étouffaient le peu de lumière qui filtrait entre les aiguilles vert bronze et, quand la maison apparut soudain au milieu des arbres, les chevaux prirent peur.

Quand Jacob était venu en ce lieu avec Chanute quelques années plus tôt, les bardeaux du toit avaient des reflets d'un rouge étincelant, comme si la sorcière les avait colorés avec du jus de cerise. Maintenant, ils étaient recouverts de mousse et la peinture des volets s'effritait, mais il y avait encore quelques gâteaux collés sur les murs et sur le toit au pignon pointu. Des stalactites en sucre pendaient de la gouttière et des rebords des fenêtres : toute la maison sentait la cannelle et le miel, comme autrefois pour attirer les enfants. Les sorcières avaient souvent essayé de bannir de leur tribu les mangeuses d'enfants. Deux ans plus tôt, elles avaient fini par leur déclarer la guerre. On racontait que la sorcière qui avait sévi jadis dans la Forêt Noire végétait désormais dans un marécage sous la forme d'un crapaud à pustules.

Sur la clôture en fer forgé qui entourait sa maison, il y avait encore des perles en sucre et la jument de Jacob trembla en franchissant le portail. La clôture d'une maison en pain d'épice laissait entrer tous les visiteurs, mais personne ne pouvait la franchir dans l'autre sens. Chanute avait veillé à ce que, lors de leur visite, le portail reste grand ouvert, mais ce qui les suivait causait plus de souci à Jacob que la maison abandonnée. Dès qu'il eut refermé le portail derrière Clara, le bruit se fit de nouveau entendre, distinctement et, cette fois, on y décelait une sorte de fureur. Mais au moins il ne se rapprochait pas et Fox lança à Jacob un regard soulagé. C'était ce qu'elle l'avait espéré : leur poursuivant avait peur de la sorcière.

— Et s'il nous attend ? murmura Fox.

Oui, et s'il nous attend, Jacob ? Mais ça lui était égal. Du moment que le buisson décrit par Chanute poussait toujours derrière la maison.

Will avait emmené les chevaux au puits et il fit descendre le seau rouillé pour leur donner à boire. Il contempla le pain d'épice comme si c'était une plante toxique. Mais Clara passa la main sur les sucreries : elle semblait ne pas en croire ses yeux.

Grignoti, grignoton, qui grignote ma maison...

Quelle version de l'histoire Clara avait-elle entendue ?

Puis elle attrapa Hansel de sa main crochue, l'emmena dans une petite étable et l'enferma derrière une porte grillagée : il eut beau crier, cela ne servit à rien.

— Veille à ce qu'elle ne mange pas de gâteaux, dit Jacob à Fox.

Et il s'en fut chercher les baies.

Derrière la maison, les orties étaient si hautes qu'elles semblaient monter la garde autour du jardin de la sorcière. Elles piquèrent la peau de Jacob mais leur morsure ne l'empêcha pas de se frayer un chemin à travers les feuilles toxiques jusqu'à ce que, entre la ciguë et la belladone, il découvrît ce qu'il cherchait : un buisson insignifiant, avec des feuilles couvertes de plumes. Jacob avait déjà une main pleine de baies quand il entendit des pas derrière lui.

Il se retourna et découvrit Clara au milieu des buissons sauvages.

— L'aconit, le maïanthème, la ciguë, dit-elle en le regardant d'un air perplexe. Ce sont toutes des plantes toxiques.

Apparemment, elle apprenait aussi des choses utiles à l'université. Will lui avait déjà raconté une dizaine de fois comment il l'avait rencontrée à l'hôpital. Dans le service où se trouvait leur mère. *Quand tu n'étais pas là, Jacob.*

Il se redressa. Le clic-clac résonnait de nouveau dans la forêt.

— Parfois, on a besoin de poison pour guérir, dit-il. Ce n'est pas à toi que je vais apprendre ça. Même si, sur ces baies, tu n'as sûrement rien appris.

Il lui mit une poignée de baies noires dans la main.

— Will doit en manger une douzaine. Avant le lever du soleil, elles devraient avoir fait de l'effet. Persuade-le d'aller dormir dans la maison. Il n'a pratiquement pas fermé l'œil depuis plusieurs jours.

Les Goyls n'avaient pas besoin de beaucoup de sommeil. C'était un des grands avantages qu'ils avaient par rapport aux humains.

Clara regarda les baies. Elle avait mille questions sur le bout de la langue, mais elle les garda pour elle. Qu'est-ce que Will lui avait raconté sur lui ? « Oui, j'ai un frère. Mais il y a longtemps qu'il est devenu un étranger pour moi » ?

Clara se retourna et tendit l'oreille. Cette fois, elle avait aussi entendu le bruit.

— Qu'est-ce que c'est ? demanda-t-elle.

— Ils l'appellent le Tailleur. Il n'ose pas franchir la clôture, mais nous ne pouvons pas repartir tant qu'il est là. Je vais essayer de le chasser.

Jacob sortit de sa poche la clé qu'il avait prise dans le coffre à l'auberge de Chanute.

— La clôture ne vous laissera pas ressortir, mais cette clé ouvre toutes les portes. Je la lancerai par-dessus le portail dès que je serai dehors, au cas où je ne reviendrais pas. Fox vous ramènera aux ruines. Mais n'ouvrez pas le portail avant qu'il fasse jour.

Will était toujours près du puits. Il se dirigea vers Clara, titubant de fatigue.

— Ne le laisse pas dormir dans la pièce où il y a le poêle, lui chuchota Jacob. L'air ambiant donne des cauchemars. Et veille à ce qu'il ne me suive pas.

Will mangea les baies sans plus tarder. Le sortilège qui guérit tout. Enfant déjà, il croyait bien plus facilement que Jacob à tous ces miracles. Sa fatigue se lisait sur son visage et il laissa Clara l'entraîner dans la maison en pain d'épice. Le soleil se couchait derrière les arbres ; la lune rousse apparut au-dessus des cimes comme la marque d'un doigt ensanglanté. Quand le soleil prendrait la relève, la pierre dans la peau de son frère ne serait plus qu'un mauvais rêve. À condition que les baies fassent leur effet.

À condition.

Jacob s'approcha de la clôture et regarda dans la forêt.

Clic, clac.

Son poursuivant était toujours là.

Fox lança à Jacob un regard anxieux quand il se dirigea vers la jument et tira le couteau de Chanute de sa sacoche. Contre celui qui l'attendait dehors, les balles ne pouvaient rien. Au contraire, on disait qu'elles rendaient le Tailleur encore plus redoutable.

La forêt s'emplit de mille ombres et Jacob crut distinguer entre les arbres une sombre silhouette. *Avec lui au moins, le temps jusqu'à demain te paraîtra moins long, Jacob.* Il glissa le couteau dans sa ceinture et sortit la lampe de poche de son sac à dos. Fox le suivit quand il s'approcha de la clôture.

— Tu ne peux pas sortir, il fait déjà sombre.

— Et alors ?

— Peut-être que, demain, il aura disparu.

— Pourquoi disparaîtrait-il ?

Le portail s'ouvrit dès que Jacob introduisit la clé dans la serrure rouillée.

Bien des mains d'enfants devaient s'y être essayées. En vain.

— Reste ici, Fox, dit-il.

Mais elle le suivit sans un mot, et Jacob referma la porte derrière eux.

8. Clara

La première pièce était celle où se trouvait le poêle mais, quand Will jeta un coup d'œil à l'intérieur, Clara s'empressa de l'entraîner plus loin. Dans le couloir flottait une odeur de gâteaux et d'amandes douces et, dans la pièce suivante, un châle de femme brodé d'oiseaux noirs était posé sur le dossier d'un vieux fauteuil. Le lit se trouvait dans la dernière pièce, il était à peine assez grand pour eux deux et les couvertures étaient mangées par les mites, mais Will s'endormit avant même que Jacob eût refermé le portail.

La pierre lui veinait le cou, comme l'avaient fait dehors les ombres de la forêt. Clara passa la main délicatement sur la surface d'un vert mat. Si fraîche, si lisse. À la fois si belle et si terrible.

Que se passerait-il si les baies n'agissaient pas ? Le frère de Will connaissait la réponse et elle lui faisait peur, même s'il ne le montrait pas.

Jacob. Will avait parlé de lui à Clara, mais il s'était contenté de lui montrer une photo d'eux enfants. À l'époque, le regard de Jacob était déjà très différent de celui de son frère. On n'y décelait rien de la douceur de Will. Rien de son calme.

Clara se dégagea de l'étreinte de Will et le couvrit avec la couverture de la sorcière. Une mite était posée sur son épaule, sombre comme une marque de doigt de la nuit. Lorsque Clara se pencha sur Will pour l'embrasser, elle s'envola. Il ne se réveilla pas : elle le laissa seul et sortit de la maison.

La maison couverte de gâteaux, la lune rousse au-dessus des arbres, tout ce qu'elle voyait semblait si irréel qu'elle avait l'impression d'être somnambule. Tout ce qui l'entourait lui était étranger. Tout ce dont elle se souvenait semblait avoir disparu. Le seul être familier était Will, mais il y avait cette chose inconnue qui se propageait sous sa peau.

La renarde n'était pas là. Évidemment. Elle était partie avec Jacob. La clé se trouvait par terre, derrière la porte, comme il l'avait promis. Clara la ramassa et caressa le métal ciselé. Les voix des feux follets emplissaient l'air comme des bourdonnements de guêpes. Un corbeau croassait dans les arbres. Mais Clara entendit un autre bruit : le clic-clac aigu qui avait provoqué l'inquiétude de Jacob et l'avait poussé à repartir dans la forêt. Qui était-ce donc, qui attendait dehors et transformait la maison d'une sorcière en abri sûr ?

Clic, clac. Le bruit était toujours là. Comme des dents métalliques qui se referment. Clara s'écarta de la clôture. De longues ombres s'étendaient sur la maison, et elle ressentit la même peur qu'enfant, quand elle était seule chez elle et entendait des pas dans l'escalier.

Elle aurait dû dire à Will ce que son frère projetait de faire. Si Jacob ne revenait pas, il ne le lui pardonnerait pas.

Il reviendrait.

Il devait revenir.

Ils ne rentreraient jamais sans lui.

9. Le Tailleur

Les suivait-il ? Jacob marchait lentement, pour que le prédateur qu'ils avaient attiré sur leurs traces ne les perde pas de vue. Mais tout ce qu'il entendait, c'était le bruit de ses pas, le craquement des branches mortes sous ses bottes, le froissement des feuilles. Où était-il passé ? Jacob redoutait que son poursuivant ait oublié sa peur de la sorcière et se soit faufilé par le portail derrière son dos mais, soudain, sur sa gauche, il perçut de nouveau un claquement de ciseaux. Apparemment, ce qu'on racontait était vrai, à savoir que le Tailleur aimait jouer au chat et à la souris avec ses victimes avant d'entamer son ouvrage sanglant.

Personne ne pouvait dire au juste qui il était. Les histoires qu'on colportait sur lui étaient presque aussi vieilles que la Forêt Noire. Il n'y avait qu'une chose que tout le monde savait : on l'appelait ainsi parce qu'il taillait des vêtements dans la peau des humains.

Clic, clac. Une clairière apparut entre les arbres et Fox lança à Jacob un coup d'œil anxieux quand une nuée de corbeaux s'envola dans les branches d'un chêne. Le clic-clac devint si sonore qu'il couvrit même leurs croassements et, dans le rayon de sa lampe de poche, Jacob distingua sous un chêne la silhouette d'un homme.

Le Tailleur n'appréciait pas ce rayon lumineux qui le balayait. Il poussa un grognement furieux et essaya de l'attraper, comme s'il s'agissait d'un insecte importun. Mais Jacob continua d'envoyer ses rayons sur son visage barbu et couvert de croûtes sales, sur ses horribles vêtements qui, à première vue, semblaient être taillés dans un cuir animal dont la teinture aurait été bâclée et sur les mains massives qui accomplissaient cette sale besogne. Les doigts de la main gauche étaient pourvus à leur extrémité de larges lames, aussi longues qu'une lame de poignard. Ceux de la main droite étaient aussi redoutables, mais minces et pointus comme d'immenses aiguilles à coudre. À chacune des mains, il manquait un doigt — visiblement, d'autres victimes avaient défendu leur peau — mais cela n'avait pas l'air de le déranger. Il brandit ses ongles meurtriers et fit mine de dessiner en l'air l'ébauche d'un patron avec l'ombre des arbres, et de prendre les mesures des vêtements qu'il allait découper dans la peau de Jacob.

Fox montra les dents et vint se mettre à côté de Jacob en grognant. Il la repoussa derrière lui, tira le sabre de sa main gauche et le couteau de Chanute de la droite.

Son adversaire avait une démarche lourde comme celle d'un ours ; pourtant, ses mains coupaient et piquaient à travers les buissons de chardons avec une dextérité impressionnante. Ses yeux étaient aussi inexpressifs que ceux d'un mort, mais le visage hirsute était déformé par le désir de tuer et il montrait ses dents jaunes comme s'il voulait s'en servir pour dépecer Jacob.

Il commença par lever les larges lames vers lui. Jacob se défendit avec le sabre, tout en brandissant le couteau en direction de la main munie d'aiguilles. Il avait déjà combattu une demi-douzaine de soldats ivres, les gardes de châteaux hantés, des brigands et une horde de loups affamés, mais cela dépassait tout ce qu'il avait connu. Le Tailleur frappait avec un tel acharnement que Jacob crut être pris dans une moissonneuse-batteuse.

Son adversaire n'était pas très grand et Jacob était plus agile que lui, mais il ne tarda pas à sentir les premières entailles sur ses épaules et sur ses bras. *Allez, Jacob, vas-y. Regarde ses vêtements. Tu veux finir comme ça ?* Il lui trancha un ongle avec le couteau, profita de ses hurlements pour reprendre son souffle et brandit son sabre juste à temps pour éviter que la lame ne lui taillade le visage. Deux des aiguilles, acérées comme les griffes d'un chat, lui éraflèrent la joue. Une autre faillit se ficher dans son bras. Jacob recula entre les arbres : les lames et les longues aiguilles se plantèrent dans le bois au lieu de s'enfoncer dans sa chair. Mais chaque fois, le Tailleur se délivrait, il semblait infatigable alors que Jacob commençait à sentir le poids de ses bras. Il venait de lui couper un autre doigt quand une des lames se planta dans l'écorce d'un arbre, tout près de lui. Le Tailleur se mit à hurler comme un loup, mais la blessure ne saigna pas et la hargne de la créature redoubla.

Tu vas finir découpé en pantalon, Jacob ! Il haletait, son cœur battait à tout rompre. Il trébucha contre une racine ; avant qu'il ait pu se relever, le Tailleur lui ficha une de ses aiguilles dans l'épaule. Sous le coup de la douleur, Jacob tomba à genoux, le souffle coupé, et ne put rappeler Fox qui bondit sur le Tailleur et planta ses dents dans la jambe massive. Elle avait souvent sauvé la peau de Jacob, mais jamais au sens littéral. Le Tailleur essaya de se dégager. Il avait oublié Jacob et, quand il leva le bras pour planter ses lames dans la fourrure de Fox, Jacob lui trancha l'avant-bras avec le couteau de Chanute.

Le cri du Tailleur résonna dans la nuit. Il regardait fixement son moignon et la main munie de lames qui gisait devant lui, sur la mousse. Puis il se retourna en haletant vers Jacob : avec une violence inouïe, son autre main s'abattit sur lui. Trois aiguilles en acier, des poignards meurtriers. Jacob croyait déjà sentir le froid du métal dans ses entrailles, mais il réussit in extremis à transpercer la poitrine de son adversaire.

Le Tailleur grogna et appuya ses doigts sur l'horrible chemise.

Jacob tituba jusqu'à l'arbre le plus proche et reprit son souffle tandis que le Tailleur se roulait dans la mousse humide. Un dernier râle, puis ce fut le silence. Mais Jacob ne laissa pas retomber son couteau, même si les yeux ouverts dans le visage souillé ne fixaient plus que le vide. Il n'était pas certain que, pour le Tailleur, il existât quelque chose comme la mort.

Fox tremblait comme si une meute de chiens s'était lancée à ses trousses. Jacob se laissa tomber à genoux près d'elle, sans quitter des yeux le corps inerte. Il n'aurait pu dire combien de temps il était resté ainsi. Sa peau le brûlait comme s'il s'était roulé dans du verre brisé. Ses épaules étaient engourdies par la douleur et, devant ses yeux, les lames dansaient toujours leur danse funeste.

— Jacob ! Lève-toi. Nous serons plus en sécurité dans la maison.

La voix de Fox semblait venir de très loin.

Il eut beaucoup de mal à se relever.

Le Tailleur ne bougeait toujours pas.

Le chemin jusqu'à la maison de la sorcière leur parut bien long et, quand elle apparut enfin entre les arbres, Jacob vit Clara, qui semblait attendre derrière la clôture.

— Mon dieu ! s'exclama-t-elle à la vue du sang sur sa chemise.

Elle alla chercher de l'eau au puits et lava les plaies de Jacob. Il sursauta quand les doigts de la jeune fille touchèrent son épaule.

— La blessure est profonde, dit-elle tandis que Fox s'asseyait à ses côtés, inquiète. J'aimerais mieux qu'elle saigne plus abondamment.

— Dans la sacoche de ma selle, il y a de la teinture d'iode et de quoi faire des pansements.

Jacob se réjouissait qu'elle ait l'habitude de voir des blessures.

— Où est Will ? Il dort ?

— Oui.

La pierre était toujours là, elle n'avait pas besoin de le dire.

Jacob voyait bien qu'elle souhaitait savoir ce qui s'était passé dans la forêt, mais il ne voulait pas se souvenir.

Elle alla chercher la teinture d'iode dans la sacoche et en tamponna la plaie, mais elle était toujours inquiète.

— Dans quoi te roules-tu quand tu te blesses, Fox? demanda-t-elle.

La renarde lui montra des herbes dans le jardin de la sorcière. Elles répandirent une odeur douce-amère quand Clara les cueillit et les appliqua sur les lésions.

— Une vraie sorcière, dit Jacob. Je croyais que Will t'avait rencontrée dans un hôpital.

Elle sourit et parut soudain très jeune.

— Dans notre monde, les sorcières travaillent dans les hôpitaux, tu l'as oublié?

Quand elle rabattit la chemise sur l'épaule bandée de Jacob, Clara remarqua les cicatrices qui sillonnaient son dos.

— Que t'est-il arrivé? lui demanda-t-elle. Ces blessures devaient être affreuses!

Fox lui lança un regard qui en disait long, mais Jacob reboutonna sa chemise en haussant les épaules.

— C'est une vieille histoire.

Clara le regarda d'un air pensif.

— Merci en tout cas, dit-elle, pour ce que tu as fait dans la forêt, même si tu ne veux pas en parler. Je suis contente que tu sois revenu.

10. Peau et pelage

Jacob en savait trop sur les maisons en pain d'épice pour pouvoir dormir tranquille sous leurs toits en sucre glace. Il alla chercher l'assiette en étain dans la sacoche de sa selle, s'assit devant le puits et la frotta avec sa manche jusqu'à ce qu'elle soit pleine de pain et de fromage. Ce n'était pas un menu à cinq plats comme avec la petite table magique qu'il avait trouvée pour l'impératrice, mais on pouvait facilement faire entrer l'assiette dans une sacoche.

La lune rousse donnait à la nuit des reflets rouille. Le jour ne se lèverait pas avant des heures : Jacob n'osa pas regarder la peau de Will pour voir si la pierre avait déjà disparu. Fox s'assit près de lui et lécha sa fourrure. Le Tailleur s'était aussi attaqué à elle mais, hormis quelques coupures, elle était indemne. La peau des hommes était bien plus vulnérable que son pelage. Ou que celle des Goyls.

— Tu devrais aller te coucher, toi aussi, dit-elle.

— Je ne peux pas dormir.

Son épaule le faisait souffrir et il avait la sensation que la magie noire de la sorcière rivalisait avec le maléfice de la Fée Sombre.

— Que feras-tu si les baies font leur effet ? Tu les ramèneras tous les deux chez eux ?

Fox s'efforçait de prendre un ton indifférent, mais Jacob percevait la question derrière ses paroles. Il avait beau répéter à Fox que son monde lui plaisait, elle avait toujours peur qu'il monte un jour dans la tour et ne revienne plus.

— Bien sûr, répondit-il. *Et ils vécurent heureux jusqu'à leur mort.*

— Et nous ? ajouta Fox en se blottissant contre lui quand l'air froid de la nuit la fit frissonner. Voici l'hiver qui vient. Nous pourrions aller vers le sud, à Grenada ou en Lombardie, pour y chercher le sablier.

Le sablier qui arrêtait le temps. Quelques semaines plus tôt, il ne pensait qu'à ça. Le miroir qui parle. La pantoufle de verre. Le rouet qui tissait de l'or… Dans ce monde, il y avait toujours quelque chose à chercher. Et la plupart du temps, cela lui faisait oublier qu'il avait cherché en vain celui qu'il rêvait de retrouver.

Jacob prit un morceau de pain dans l'assiette et le tendit à Fox.

— Quand t'es-tu métamorphosée pour la dernière fois ? lui demanda-t-il.

Elle happa le morceau de pain et voulut s'éclipser, mais il ne la lâcha pas.

— Fox !

Elle essaya de lui mordre la main, puis céda : l'ombre de la renarde que le clair de lune dessinait à côté du puits s'allongea et la jeune fille agenouillée près de Jacob le repoussa de ses mains robustes.

Fox. Ses cheveux étaient roux comme le pelage qu'elle préférait mille fois à la peau humaine. Ils lui tombaient jusqu'au bas du dos, si longs et si épais qu'on les confondait presque avec sa fourrure. De même, la robe qu'elle portait sur sa peau couverte de taches de rousseur brillait au clair de lune comme le pelage de la renarde et semblait tissée dans la même fourrure soyeuse.

Au cours des derniers mois, elle était devenue adulte, presque aussi soudainement qu'un renardeau devient renard. Mais Jacob n'oublierait jamais la petite fille de dix ans qui sanglotait une nuit au pied de la tour parce qu'il était resté plus longtemps que prévu dans son monde d'origine. Fox avait suivi Jacob pendant presque un an sans lui apparaître sous sa forme humaine, et il n'oubliait pas qu'elle pouvait la perdre définitivement si elle gardait trop longtemps son pelage. Même s'il savait que, si elle avait dû choisir, Fox aurait opté sans hésiter pour la fourrure. Quand elle avait sept ans, elle avait sauvé la vie d'une renarde blessée que ses deux frères aînés avaient rouée de coups de bâton. Et le lendemain, elle avait trouvé sur son lit la robe de fourrure. Cette robe lui avait donné la forme qu'elle considérait désormais comme son vrai moi : la plus grande peur de Fox, c'était que quelqu'un vienne un jour lui voler la robe, la privant ainsi de son pelage.

Jacob s'adossa contre le puits et ferma les yeux. *Tout va s'arranger, Jacob.* La nuit n'en finissait pas. Il sentit Fox appuyer sa tête contre son épaule et il s'endormit à côté de la jeune fille qui ne voulait pas, elle, de cette peau humaine pour laquelle son frère devait lutter. Il dormit d'un sommeil agité ; la pierre le poursuivait jusque dans ses rêves. Chanute, le vendeur de journaux sur la place du marché, sa mère, son père… ils étaient tous pétrifiés, debout à côté du Tailleur mort.

— Jacob ! Réveille-toi !

Fox portait de nouveau sa fourrure. Les premières lueurs de l'aube filtraient à travers les sapins. Jacob eut du mal à se relever, tant son épaule le faisait souffrir. *Tout va s'arranger, Jacob. Chanute connaît ce monde comme nul autre. Tu te souviens quand il t'a délivré du maléfice de la sorcière ? Tu étais déjà à moitié mort. Et la morsure du Stilz ? Et son remède contre le poison de l'ondin…*

Il se dirigea vers la maison en pain d'épice. À mesure qu'il se rapprochait, son cœur battait de plus en plus vite.

À l'intérieur, l'odeur sirupeuse le prit à la gorge. C'est peut-être à cause d'elle que Will et Clara dormaient si profondément. Elle avait passé le bras autour de Will et le visage de ce dernier était aussi paisible que s'il dormait dans le lit d'un prince, et non dans la maison d'une dévoreuse d'enfants. Mais la pierre veinait sa joue gauche comme si elle s'était coulée dans la peau ; les ongles de sa main gauche étaient déjà aussi noirs que les griffes qui avaient semé la chair de pierre dans son épaule.

Comme le cœur pouvait battre fort. À en couper le souffle.

Tout va s'arranger.

Jacob était toujours là, fixant la pierre, quand son frère bougea. Will comprit tout de suite. Il se tâta le cou et suivit la pierre du doigt jusqu'à sa joue.

Réfléchis, Jacob! Mais sa raison se perdit dans la peur qu'il lut dans les yeux de son frère.

Ils laissèrent Clara dormir. Will le suivit dehors, comme un somnambule prisonnier d'un cauchemar. Fox recula à sa vue : le regard qu'elle lança à Jacob ne disait qu'une seule chose.

Perdu.

Will était perdu. Il passa sa main sur son visage déformé. Pour la première fois, Jacob lut dans ses yeux, au lieu de la confiance que Will lui accordait toujours, les reproches qu'il se faisait lui-même : *Si tu avais fait plus attention, Jacob. Si tu ne l'avais pas emmené si loin à l'est. Si… Si…*

Will s'approcha de la fenêtre qui se trouvait derrière le four de la sorcière et observa le reflet que lui renvoyaient les vitres sombres.

Mais Jacob, lui, regardait les toiles d'araignée qui pendaient, noires de suie, du toit en sucre blanc. Elles lui rappelaient d'autres filets, aussi sombres, tendus pour y retenir la nuit. Quel idiot il avait été! Qu'allait-il chercher chez les fées! C'était le maléfice d'une fée. *D'une fée.*

Fox lui lança un regard inquiet.

– Non! glapit-elle.

Parfois, elle savait ce qu'il pensait avant lui.

– Elle pourra sûrement lui venir en aide! Car enfin, c'est sa sœur!

– Tu ne peux pas retourner la voir! Jamais plus.

Will se retourna.

– Retourner voir qui?

Jacob ne lui répondit pas. Il porta la main au médaillon, sous sa chemise. Ses doigts se souvenaient de l'instant où il avait cueilli le pétale qui se trouvait à l'intérieur. De même que son cœur se souvenait de celle dont le pétale était censé le protéger.

— Va réveiller Clara, dit-il à Will. Nous partons. Tout va s'arranger.

Fox le regardait toujours.

Non, Jacob, non! suppliaient ses yeux.

Bien entendu, elle se souvenait de tout aussi bien que lui, sinon mieux.

La peur. La colère. Le temps perdu. Des souffrances terribles!

Mais s'il voulait conserver son frère, il n'y avait pas d'autre issue.

11. *Hentzau*

La peau de l'homme-Goyl que Hentzau trouva dans le relais de poste désert se transformait en malachite. Le vert foncé veinait déjà la moitié de son visage. Hentzau le laissa aller, comme tous les autres, en lui conseillant de chercher refuge dans le prochain camp de Goyls avant que ses propres congénères ne l'abattent. Mais on ne décelait pas encore d'or dans ses yeux, on y lisait simplement le souvenir que sa peau n'avait pas toujours été en pierre. Il s'enfuit comme s'il y avait encore un endroit où il pût revenir et Hentzau frémit à l'idée que la fée pourrait semer un jour de la chair humaine dans sa peau de jaspe.

De la malachite, de l'hématite, du jaspe… Hentzau et ses soldats avaient même trouvé la couleur de la peau du roi, mais évidemment pas la pierre qu'ils cherchaient.

Le jade.

Les vieilles femmes le portaient au cou comme porte-bonheur autour du cou et s'agenouillaient secrètement devant les faux dieux sculptés dans le jade. Les mères en cousaient dans les vêtements de leurs enfants afin que la pierre les rende courageux et les protège. Mais jamais encore il n'y avait eu de Goyl dont la peau fût en jade.

Combien de temps encore la Fée Sombre le ferait-elle chercher ? Combien de temps encore se ridiculiserait-il aux yeux du roi et de ses soldats, et à ses propres yeux ? Et si elle n'avait inventé ce rêve que pour le séparer de Kami'en ? Mais il s'était mis en route, fidèle et docile comme un chien.

Hentzau regarda la rue déserte qui se perdait entre les arbres. Ses soldats étaient nerveux. Les Goyls évitaient la Forêt Noire, comme les hommes. La fée le savait aussi. C'était un jeu. Oui, voilà ce que c'était. Rien qu'un jeu. Et il en avait assez de jouer le rôle du chien.

La mite se posa sur la poitrine de Hentzau au moment où il allait donner l'ordre de se remettre en selle. Elle s'agrippa là où son cœur battait, sous l'uniforme gris, et Hentzau vit l'homme-Goyl aussi nettement que la fée l'avait vu dans ses rêves.

Le jade transparaissait sous sa peau comme une promesse.

Ce n'était pas possible.

Mais des profondeurs de la terre naquit un roi et en un temps de grands dangers survint un homme-Goyl en jade, né du verre et de l'argent, qui le rendit invincible. Des contes de nourrice. Quand il était enfant, Hentzau les adorait parce qu'ils finissaient bien et donnaient un sens au monde. À un monde qui se disloquait de partout, régi par des dieux à la chair molle. Mais Hentzau avait tranché dans leur peau molle et avait appris que ce n'étaient pas des dieux, de même qu'il avait appris que le monde n'avait pas de sens et que rien ne finissait bien.

Mais il était là. Hentzau le voyait très distinctement, comme s'il avait pu tendre la main vers lui et toucher la pierre d'un vert mat qui veinait déjà la joue.

Le Goyl en jade. Né du maléfice de la fée.

L'avait-elle voulu ainsi ? N'avait-elle semé toute la Chair de pierre que pour le récolter, lui ?

Qu'est-ce que ça peut bien te faire, Hentzau ? Trouve-le !

La mite déploya ses ailes, et il vit les champs sur lesquels, quelques mois plus tôt, il avait combattu. Des champs qui jouxtaient la lisière orientale de la forêt. Il cherchait du mauvais côté.

Hentzau retint un juron et écrasa la mite.

Ses soldats le regardèrent, surpris, quand il donna l'ordre de repartir vers l'est. Mais ils étaient soulagés de ne pas devoir s'enfoncer plus avant dans la forêt. Hentzau essuya les traces de l'insecte sur son uniforme et sauta en selle. Aucun d'entre eux n'avait vu la mite et tous attesteraient qu'il avait trouvé le Goyl en jade sans l'aide de la fée, de même qu'il dirait à tout le monde que c'était Kami'en qui avait gagné la guerre, et non le maléfice de sa fiancée immortelle.

Du jade.

Son rêve avait dit vrai.

À moins que ce ne fût elle qui l'ait rendu réalité.

12. Ses congénères

La matinée touchait à sa fin quand ils sortirent enfin de la forêt. Des nuages sombres recouvraient les champs et les prés tachetés de jaune, de vert et de brun, qui s'étendaient jusqu'à l'horizon. Des buissons de sureau ployaient sous les baies noires et, au milieu des fleurs sauvages qui poussaient le long de la route, des elfes voltigeaient, les ailes humides de pluie. Mais de nombreuses fermes étaient abandonnées et des canons rouillaient dans les champs, au milieu des blés qui n'avaient pas été moissonnés.

Jacob était soulagé de voir ces bâtiments à l'abandon, car la métamorphose de la peau de Will était devenue par trop visible. Depuis qu'ils étaient sortis de la forêt, il ne cessait de pleuvoir et la pierre verte étincelait comme de l'émail sur le visage de son frère.

Jacob n'avait toujours pas dit à Will où il l'emmenait et il lui savait gré de ne pas lui poser de questions. Il suffisait que Fox sache que leur but était le seul endroit en ce monde où il avait juré de ne jamais revenir.

La pluie se mit bientôt à tomber si fort que même Fox n'était plus à l'abri sous sa fourrure. L'épaule de Jacob lui causait une douleur lancinante, comme si le Tailleur enfonçait encore et encore ses aiguilles dans sa chair. Mais le spectacle du visage de Will suffisait à lui faire oublier toute velléité de repos. Le temps leur filait entre les doigts.

C'est peut-être la douleur qui le rendit imprudent. Jacob jeta à peine un coup d'œil sur la ferme abandonnée le long de la route et, quand Fox donna l'alerte, il était trop tard. Huit hommes en haillons, mais armés. Ils surgirent d'une des étables criblées de balles, leurs fusils braqués sur les voyageurs, avant que Jacob ait pu dégainer son pistolet. Deux d'entre eux portaient l'uniforme impérial et un troisième la veste grise des Goyls. Des pillards et des déserteurs. Butin de guerre. L'un avait accroché à sa ceinture les trophées avec lesquels les soldats de l'impératrice aimaient aussi à se parer : des doigts de leurs ennemis à la peau de pierre, dans toutes les couleurs qu'ils pouvaient trouver.

L'espace d'un instant, Jacob eut l'espoir qu'ils ne remarqueraient pas la pierre, car Will avait rabattu son capuchon devant son visage à cause de la pluie. Mais l'un des hommes, maigre comme une belette affamée, nota l'altération de sa peau quand Will tira sur les rênes de son cheval et il lui arracha son capuchon.

Clara tenta de s'interposer. Celui qui portait la veste de Goyl la repoussa rudement et, soudain, Will lui devint étranger. C'était la première fois que Jacob lisait aussi clairement sur le visage de son frère le désir de blesser quelqu'un. Will essaya de se libérer, mais la belette le frappa en plein visage. Quand Jacob porta la main à son revolver, leur chef lui mit le canon de son fusil sur la poitrine.

C'était un homme d'apparence grossière, qui n'avait que trois doigts à la main gauche. Sa veste élimée était couverte des pierres semi-précieuses que les officiers goyls portaient sur leur col pour montrer leur rang. Il restait suffisamment de butin sur les champs de bataille quand les vivants y abandonnaient les morts.

— Pourquoi ne l'as-tu pas tué ? demanda-t-il à Jacob tout en fouillant ses poches. Tu n'es pas au courant ? Il n'y a plus de récompenses pour ses congénères depuis qu'ils négocient avec eux.

Il sortit le mouchoir de la poche de Jacob mais, par chance, il l'y remit négligemment avant que le thaler d'or ne tombe dans sa main calleuse. Fox les suivit dans la grange et Jacob sentit sur lui le regard implorant de Clara. Que croyait-elle ? Qu'il pouvait se mesurer à huit hommes ?

L'homme aux trois doigts versa dans sa main le contenu de la bourse de Jacob et grogna, déçu, en découvrant les quelques pièces de cuivre. Mais les autres regardaient toujours Will. Ils allaient le tuer. Juste pour s'amuser. Et accrocher les doigts de son frère à leur ceinture. *Fais quelque chose, Jacob! Mais quoi? Parler. Gagner du temps. Attendre un miracle.*

— Je l'emmène voir quelqu'un qui lui rendra sa peau !

La pluie ruisselait sur son visage ; la belette appuya le canon du fusil sur sa hanche. *Continue à parler, Jacob.*

— C'est mon frère ! Laisse-nous partir et, dans une semaine, je reviendrai avec un sac d'or.

— Bien sûr, ricana l'homme aux trois doigts en faisant signe aux autres. Emmenez-les derrière la grange. Celui-là, mettez-lui une balle dans la tête. Ses vêtements me plaisent.

Jacob repoussa les deux hommes qui le tenaient, mais un troisième lui mit son couteau sous la gorge. Il portait des vêtements de paysan. Ils n'avaient pas toujours été des brigands de grand chemin.

— Qu'est-ce que tu racontes ? lança-t-il à Jacob. Rien ne peut lui rendre sa peau… J'ai abattu mon propre fils quand la pierre de lune est apparue sur son front !

La pression de la lame sur sa gorge était telle que Jacob avait du mal à respirer.

— C'est le maléfice de la Fée Sombre ! dit-il d'une voix rauque. Je l'emmène voir sa sœur. Elle saura le rompre.

Comme ils le regardaient soudain ! Fée. Rien qu'un mot. Trois lettres qui contenaient tous les charmes et toutes les frayeurs de ce monde.

La pression du couteau diminua, mais le visage de l'homme était toujours décomposé, de colère et de souffrance impuissante. Jacob fut tenté de lui demander quel âge avait son fils.

— Personne ne va trouver les fées tout seul, balbutia un garçon qui devait avoir tout juste quinze ans. Ce sont elles qui viennent te chercher.

— Je connais un moyen. *Parle, Jacob.* Je l'ai déjà fait !

— Ah oui, et comment se fait-il que tu sois pas mort ? (Le couteau s'enfonça dans sa chair.) Ou bien fou, comme ceux qui en sont revenus et ont couru se noyer dans la première mare venue ?

Jacob sentait le regard de Will posé sur lui. Que pensait-il ? Que son frère aîné racontait des histoires, comme autrefois quand ils étaient enfants et que Will ne pouvait s'endormir ?

— Elle va le secourir, répéta Jacob d'une voix rendue rauque par la pression du couteau. *Mais hélas, avant, vous allez nous tuer. Et ça ne ressuscitera pas ton fils.*

La belette appuya le canon du fusil sur la joue déformée.

— Aller trouver les fées ! Tu ne vois pas qu'il se moque de toi, Stanis ? Finissons-en avec eux.

Il poussa Will en direction de la grange ; deux autres attrapèrent Clara par le bras. *Maintenant, Jacob. Qu'est-ce que tu as à perdre ?* Mais l'homme aux trois doigts se retourna brusquement et regarda au-delà des écuries, en direction du sud. Des hennissements traversaient le rideau de pluie.

Des cavaliers.

Ils venaient des champs en friche, sur des chevaux gris comme leurs uniformes. Le visage de Will trahit leur identité avant même que la belette ait crié :

— Des Goyls !

Le paysan mit Will en joue, comme si lui seul avait pu les amener là, mais Jacob l'abattit avant qu'il n'ait pu appuyer sur la gâchette. Trois des Goyls tirèrent leurs sabres en plein galop.

C'était leur arme de prédilection, même si c'était avec leurs fusils qu'ils gagnaient les batailles. Clara regarda les visages de pierre, ébahie, puis se tourna vers Jacob. *Oui, c'est ainsi qu'il va finir. Tu l'aimes toujours ?*

Les pillards battirent en retraite derrière une charrette renversée. Ils avaient oublié leurs prisonniers – et Jacob poussa Will et Clara en direction des chevaux.

– Fox ! cria-t-il en saisissant les rênes de sa jument.

Où était-elle passée ?

Deux Goyls sautèrent à terre et les pillards cherchèrent refuge derrière la grange. L'homme aux trois doigts était un fin tireur.

Clara était déjà en selle. Will regardait les Goyls, fasciné.

– À cheval, Will ! lui cria Jacob en sautant sur sa jument.

Mais son frère ne bougea pas.

Jacob voulut pousser le cheval vers lui. Au même moment, Fox surgit de la grange. Elle boitait. Jacob vit la belette lever son fusil. Il abattit l'homme d'une seule balle et, alors qu'il retenait sa jument et se penchait pour attraper Fox, il reçut un coup de crosse sur son épaule blessée. Le garçon. À court de munitions, il tenait son fusil par le canon, comme si, en supprimant Jacob, il pouvait aussi supprimer sa propre peur. La douleur brouillait la vision de Jacob. Il réussit à tirer son pistolet, mais les Goyls furent plus rapides. Ils surgirent de derrière la grange et l'une de leurs balles atteignit le garçon dans le dos.

Jacob attrapa Fox et la hissa sur sa selle. Will avait sauté sur son cheval, mais il regardait toujours les Goyls.

– Will ! lui cria Jacob. Qu'est-ce que tu attends ?

Son frère ne tourna même pas les yeux vers lui. Il semblait les avoir oubliés, lui et Clara.

— Will! lui cria la jeune fille en jetant un regard désespéré sur les hommes qui se battaient.

Will ne revint à lui que quand Jacob attrapa ses rênes.

— Fuis! lui cria-t-il. Galope et ne te retourne pas!

Et son frère lança enfin son cheval au galop.

13. De l'utilité d'avoir des filles

Vaincus. De sa fenêtre, Thérèse d'Austria regardait les gardes du palais. Ils patrouillaient devant le portail comme si de rien n'était. Toute la ville faisait comme si de rien n'était. Mais elle avait perdu une guerre. Pour la première fois. Et toutes les nuits, elle rêvait qu'elle se noyait dans une eau sanglante qui se solidifiait, comme la pierre rouge mat dont était faite la peau de son adversaire.

Ses ministres et ses généraux lui expliquaient depuis une demi-heure pourquoi elle avait perdu.

Debout dans sa salle d'audience, parés des décorations qu'elle leur avait remises, ils essayaient de lui attribuer la responsabilité de leur défaite. *Les fusils des Goyls sont meilleurs. Les rayures, à l'intérieur de leurs canons, leur permettent une plus grande rapidité de tir.* Mais le roi à la peau de cornaline avait gagné la guerre parce qu'il avait un sens de la stratégie plus développé que tous les autres. Et parce que, pour la première fois depuis trois cents ans, sa fiancée avait mis le pouvoir des fées au service d'un roi.

Un carrosse s'arrêta devant le portail et trois Goyls en descendirent. Comme ils avaient l'air civilisés ! Ils ne portaient même pas d'uniformes. Ah, si seulement ses gardes pouvaient les traîner dans la cour et les exécuter, comme l'avait fait son grand-père ! Mais les temps avaient changé. Maintenant, les Goyls avaient droit de vie et de mort. Ils s'assiéraient avec leurs conseillers à une table, siroteraient leur thé dans des tasses en argent et négocieraient les conditions de la capitulation. Les gardes ouvrirent le portail et, quand les Goyls traversèrent la place devant le palais, l'impératrice tourna le dos à la fenêtre.

Ils parlaient toujours, tous ses généraux décorés et inutiles, alors que ses ancêtres les regardaient du haut des murs tendus de soie dorée. Tout près de la porte était accroché le portrait de son père, maigre et droit comme une cigogne, toujours en guerre contre son frère en Lotharingie, de même qu'elle était en guerre, elle aussi, avec son fils, depuis des années. À côté se trouvait le portrait de son grand-père qui, comme le Goyl, avait eu une liaison avec une fée et avait fini par aller se noyer de chagrin dans l'étang aux nénuphars impérial. Il s'était fait représenter sur une licorne : son cheval préféré avait servi de modèle, avec une corne de narval sur le front. Il avait l'air ridicule. Thérèse avait toujours préféré de beaucoup le tableau suivant. Il représentait son arrière-grand-père avec son frère aîné, lequel avait été déshérité parce qu'il prenait l'alchimie trop au sérieux. Le peintre avait reproduit ses yeux aveugles de manière si réaliste que le père de Thérèse en avait été choqué mais, quand elle était enfant, elle montait souvent sur une chaise pour contempler de plus près les cicatrices autour des yeux morts. On racontait qu'il avait perdu la vue lors d'une expérience, alors qu'il essayait de transformer son propre cœur en or, mais, de tous ses ancêtres, c'était le seul qui souriait, et c'est pourquoi, enfant, elle avait cru que l'expérience avait réussi et qu'un cœur en or battait dans sa poitrine.

Des hommes. Tous. Fous ou pas. Rien que des hommes.

Pendant des siècles, ils avaient régné sur le trône d'Austria, et cela n'avait changé que parce que son père avait eu quatre filles et pas de fils.

Elle non plus n'avait pas de fils. Juste une fille. Mais elle n'avait pas eu l'intention de la traiter comme une marchandise, comme son père l'avait fait avec ses plus jeunes sœurs. Une pour le Prince Tordu dans son sinistre château en Lotharingie, une pour son cousin d'Albion, un chasseur acharné, et la plus jeune bradée à un prince à l'est qui avait déjà enterré deux épouses.

Non. Elle avait voulu mettre sa fille sur le trône. Voir son portrait sur ce mur, dans un cadre doré, au milieu de tous ces hommes. Amélie d'Austria, fille de Thérèse, qui avait rêvé qu'on l'appelle un jour Thérèse la Grande. Mais il n'y avait pas d'autre issue, sinon elles finiraient toutes deux noyées dans l'eau sanguinolente. Elle. Sa fille. Son peuple. Son trône. Cette ville et tout le pays, avec ces imbéciles qui se demandaient toujours pourquoi ils n'avaient pas pu gagner la guerre. Le père de Thérèse les aurait fait pendre, mais après ? Les suivants ne seraient pas meilleurs. Et leur sang ne lui rendrait pas les soldats qu'elle avait perdus, ni les provinces qui appartenaient désormais aux Goyls, ni sa fierté qui au cours des derniers mois avait été traînée dans la boue de quatre champs de bataille.

— Assez !

Un seul mot et le silence se fit dans la salle où son arrière-grand-père avait signé des arrêts de mort. Le pouvoir. Enivrant comme un bon vin.

Comme ils rentraient leurs têtes vaniteuses dans les épaules ! *Regarde-les, Thérèse. Ne serait-ce pas une consolation de les couper ?*

L'impératrice ajusta sur ses cheveux le diadème en verre d'elfe que son arrière-grand-mère portait déjà et fit signe à l'un des nains d'approcher. C'étaient les seuls nains de tout le pays qui portaient encore une barbe. Des domestiques, des gardes du corps, des hommes de confiance. Au service de sa famille depuis des générations, vêtus des mêmes costumes depuis deux cents ans. Des cols de dentelle sur du velours noir et des pantalons ridiculement larges. De très mauvais goût et complètement démodé, mais on ne pouvait pas plus discuter de traditions avec les nains que de religion avec des prêtres.

— Écris, ordonna-t-elle.

Le nain grimpa sur sa chaise. Il devait s'agenouiller sur le coussin doré. Aubéron. Son favori, et le plus malin de tous. La main qui attrapa le porte-plume n'était pas plus grande que celle d'un enfant, mais ces mains-là pouvaient briser des chaînes aussi facilement que ses cuisiniers cassaient des œufs.

— Nous, Thérèse, impératrice d'Austria... — de là-haut, ses

aïeux la regardaient d'un air désapprobateur, mais que savaient-ils de ces rois nés des entrailles de la Terre et de fées qui transformaient la peau humaine en pierre pour la rendre semblable à celle de leur amant ? − … offrons par la présente la main de notre fille Amélie à Kami'en, roi des Goyls, afin de mettre un terme à la guerre et faire la paix entre nos grandes nations.

Le silence cessa d'un coup. Comme si, par ses paroles, elle avait brisé la maison de verre dans laquelle ils se trouvaient. Mais ce n'était pas elle qui avait asséné le coup, c'était le Goyl, et maintenant, elle devait lui donner sa fille.

Thérèse se détourna et les voix qui s'étaient élevées se turent. Seul le froissement de sa robe la suivit quand elle se dirigea vers les hautes portes qui n'avaient pas l'air d'avoir été faites pour des hommes, mais pour les géants que son grand-père avait contribué à exterminer soixante ans plus tôt.

Le pouvoir, qui était comme le vin quand on l'avait. Et comme le poison quand on le perdait. Elle le sentait déjà s'insinuer en elle.

Vaincue.

14. Le château d'épines

— Il ne se réveille pas !
La voix était inquiète. Et familière. Fox.

— Ne t'inquiète pas. Il dort, c'est tout.

Il connaissait aussi cette voix-là. Clara.

Réveille-toi, Jacob. Des doigts effleuraient son épaule brûlante. Il ouvrit les yeux et vit au-dessus de lui la lune argentée se cacher derrière un nuage, comme pour se soustraire à la vue de sa jumelle rousse qui brillait au-dessus d'une cour de château obscure. Les étoiles se reflétaient dans les vitres de hautes fenêtres mais, derrière, il n'y avait pas de lumière. Aucune lanterne n'était allumée au-dessus des portes ou des voûtes envahies par la végétation. Aucun domestique ne se hâtait à travers la cour et sur les pavés ; les feuilles humides s'entassaient comme si, depuis des années, personne ne les balayait plus.

— Enfin ! Je pensais que tu ne te réveillerais jamais.

Jacob gémit quand Fox frotta son museau contre lui.

— Fais attention, Fox !

Clara l'aida à se redresser. Elle avait refait le pansement de son épaule dont l'élancement pourtant était plus fort que jamais. Les pillards, les Goyls… Avec la douleur, tout lui revint, mais Jacob n'arrivait pas se souvenir du moment où il avait perdu connaissance.

Clara se releva.

— La blessure n'est pas belle. Je voudrais bien avoir quelques comprimés de l'autre monde !

— Ça va aller.

Fox passa sa tête sous son bras, inquiète.

— Où sommes-nous ? ajouta-t-il.

— Dans le seul refuge que j'ai pu trouver. Le château est abandonné. Du moins par les vivants.

Fox écarta avec sa patte les couches de feuilles pourries. Une chaussure apparut.

Jacob regarda autour de lui. En beaucoup d'endroits, les tas de feuilles étaient si anormalement hauts qu'on se demandait si elles ne recouvraient pas des corps.

Où étaient-ils ?

Jacob chercha appui contre un mur pour se relever et retira aussitôt ses mains en jurant. Les pierres étaient couvertes d'aubépines. Il y en avait partout, comme une doublure de ronces qui aurait recouvert tous les murs du château.

— Des roses, murmura-t-il.

Il cueillit une des fleurs blanches qui poussaient sur les branches enchevêtrées.

— Je cherche ce château depuis des années ! Le lit de la Belle au bois dormant. L'impératrice paierait une fortune pour l'avoir.

Clara regarda la cour silencieuse d'un air incrédule.

— On raconte que quiconque dort dans ce lit trouve le véritable amour. Mais apparemment, ajouta Jacob en observant les fenêtres sombres, le prince n'est jamais venu.

À moins qu'il ne soit mort comme un oiseau empalé sur les branches d'épines. Une main momifiée se dressait entre les aubépines. Jacob la recouvrit de feuilles avant que Clara ne la remarque.

Une souris surgit derrière une saillie et Fox bondit à sa poursuite, mais elle s'arrêta aussitôt en gémissant.

— Qu'est-ce que tu as ? demanda Clara.

Fox se lécha le flanc.

— L'homme aux trois doigts m'a donné un coup de pied.

— Fais voir.

Clara se pencha vers la renarde et tâta avec précaution le pelage soyeux.

— Enlève cette fourrure, Fox ! dit Jacob. Elle est plus apte à soigner un être humain qu'un renard.

Fox hésita et finalement obéit. Clara regarda avec de grands yeux la jeune fille qui se dressait devant elle, dans une robe dont on eût dit que la lune rousse l'avait tissée à même son corps.

Qu'est-ce que c'est que ce monde ? lut Jacob dans ses yeux. *Si le pelage peut se transformer en peau ou la peau en pierre, que reste-t-il ?* La peur. Le désarroi. La magie. Il y avait tout cela dans son regard. Elle s'approcha de Fox en passant la main sur ses propres bras, comme si elle y sentait déjà pousser un duvet.

— Où est Will ? demanda Jacob.

Clara montra du doigt la tour près du portail.

— Il est là-haut depuis plus d'une heure. Il n'a pas prononcé une parole depuis qu'il les a vus.

Ils savaient tous les deux de qui elle parlait.

Les roses n'étaient nulle part aussi abondantes que sur les murs de la tour. Elles étaient d'un rouge si foncé qu'avec la nuit elles paraissaient presque noires, et leur parfum dans l'air frais était si suave, si lourd qu'elles semblaient ignorer que l'automne était arrivé.

Jacob se doutait de ce qu'il allait trouver dans la tour avant même de s'engager dans l'escalier en colimaçon. Les ronces s'accrochaient à ses vêtements et ses bottes se prenaient dans les branches couvertes d'épines, mais il finit par arriver devant la pièce dans laquelle, presque deux cents ans plus tôt, une fée avait déposé son cadeau d'anniversaire.

Le rouet était à côté d'un lit étroit qui n'avait pas été conçu pour une princesse. Le corps qui dormait toujours dans ce lit était couvert de pétales de roses. Le sortilège de la fée l'avait empêché de vieillir durant toutes ces années, mais sa peau était comme du parchemin et presque aussi jaune que la robe que la princesse portait depuis deux cents ans. Les perles qui l'ornaient avaient toujours des reflets nacrés, mais la dentelle qui l'ourlait était du même brun que les pétales qui recouvraient la soie.

Will était debout près de l'unique fenêtre, comme si le prince était venu. Il sursauta en entendant les pas de Jacob. La pierre lui colorait maintenant le front et le bleu de ses yeux se fondait avec l'or. Les pillards leur avaient volé ce qu'ils avaient de plus précieux. Le temps.

— Il n'y a pas de *Et s'ils ne sont pas morts*, dit Will en se tournant vers la princesse. Et ça aussi, c'était le maléfice d'une fée, ajouta-t-il en s'appuyant contre la pierre du mur. Tu vas mieux ?

— Oui, répondit Jacob, même si ce n'était pas vrai. Et toi ?

Will ne répondit pas tout de suite. Et quand il se décida, sa voix était aussi lisse et froide que sa nouvelle peau.

— J'ai l'impression que mon visage est comme de la pierre polie. Mes yeux voient de mieux en mieux l'obscurité et je t'ai entendu longtemps avant que tu ne sois dans l'escalier. Je ne le sens pas seulement sur la peau — il se frotta les tempes —, je le sens aussi en moi.

Will s'approcha du lit et contempla le corps momifié.

— J'avais tout oublié. Toi. Clara. Moi. Je ne voulais qu'une chose : sauter sur mon cheval et aller les retrouver.

Jacob chercha les mots, mais n'en trouva aucun.

— Est-ce cela, ce qui arrive ? Dis-moi la vérité, insista Will en le dévisageant. Je ne vais pas seulement leur ressembler. Je vais devenir comme eux, n'est-ce pas ?

Jacob avait tous les mensonges habituels sur le bout de la langue, *qu'est-ce que tu racontes, Will ? Tout va s'arranger*, mais il ne dit rien. Le regard de son frère ne le permettait pas.

— Tu veux savoir comment ils sont ? demanda Will en cueillant un pétale de rose sur les cheveux rêches de la princesse. Ils sont coléreux. Leur colère s'embrase en toi comme une flamme. Mais ils sont aussi la pierre. Ils la sentent dans la terre et l'entendent respirer sous eux.

Il contempla ses ongles noirs.

— Ils sont les ténèbres, dit-il à voix basse. Et la chaleur. Et la lune rousse est leur soleil.

Jacob frissonna comme s'il percevait la pierre dans sa voix.

Dis quelque chose, Jacob. N'importe quoi. Le silence était si grand dans la pièce obscure.

— Tu ne vas pas devenir comme eux, dit-il. Parce que je vais empêcher cela.

— Comment ? — Il était là de nouveau, ce regard sans âge — C'est vrai, ce que tu as raconté aux brigands ? Tu m'emmènes voir une autre fée ?

— Oui.

— Et elle est aussi dangereuse que celle qui a fait ça ? demanda Will en effleurant le visage parcheminé de la princesse. Regarde par la fenêtre. Des morts sont accrochés dans les ronces. Tu veux finir comme ça à cause de moi ?

Mais le regard de Will démentait ses paroles. *Aide-moi, Jacob,* disait-il. *Aide-moi.*

Jacob l'éloigna de la fenêtre et des morts.

— La fée chez laquelle je t'emmène est différente, dit-il.

L'est-elle vraiment, Jacob ? murmurait une voix en lui, mais il l'ignora. Il mit dans sa voix tout son espoir et toute l'assurance que son frère voulait y entendre.

— Elle va nous aider, Will ! Je te le promets.

Cela fonctionnait encore. L'espoir renaissait sur le visage de Will aussi facilement que la colère. Des frères. L'aîné et le cadet. Inchangés.

15. Des chairs molles

L'homme à la face de boucher parla le premier. Les hommes choisissaient souvent les plus mauvais comme chefs. Hentzau voyait sa lâcheté aussi distinctement que le bleu vitreux de ses yeux. Mais il avait néanmoins des choses intéressantes à leur raconter, que la mite ne lui avait pas révélées.

Le Goyl en jade n'était pas seul. Il y avait une fille avec lui et surtout il avait, semblait-il, un frère qui s'était mis en tête de le délivrer de ce jade. Si l'homme disait vrai, il voulait emmener le Goyl en jade voir la Fée Pourpre. Ce n'était pas idiot. Elle détestait sa sœur sombre autant que les autres fées. Mais Hentzau était certain qu'elle ne pourrait pas briser son maléfice. La Fée Sombre était bien plus puissante que toutes les autres.

Nul Goyl n'avait jamais vu l'île sur laquelle elles vivaient, encore moins mis le pied dessus. La Fée Sombre gardait les secrets de ses sœurs, même si elle les avait bannies, et nul n'ignorait qu'on ne pouvait les approcher que si elles le voulaient.

— Comment la trouvera-t-il ?

— Il ne l'a pas dit, marmonna l'homme.

Hentzau fit signe à la seule femme soldat qu'il avait avec lui. Il n'aimait pas frapper la chair humaine. Il pouvait tuer les hommes, mais évitait de les toucher. Ce qui ne posait pas de problème à Nesser.

Elle frappa l'homme en plein visage et Hentzau la regarda en fronçant les sourcils. La sœur de Nesser avait été tuée par des hommes, ce qui expliquait ses débordements intempestifs. L'espace d'un instant, elle le toisa, puis elle baissa la tête. La haine leur collait tous à la peau.

— Il ne l'a pas dit, balbutia l'homme, je le jure.

Sa peau était blanche et molle comme celle d'une limace. Hentzau se détourna, écœuré. Il ne savait rien de plus, et c'était à cause de ces stupides pillards que le Goyl en jade lui avait échappé.

— Qu'on les tue ! dit-il avant de sortir.

Les coups de feu résonnèrent étrangement dans le silence. Comme quelque chose qui n'avait pas sa place en ce monde. Les fusils, les machines à vapeur, les trains, Hentzau n'arrivait toujours pas à trouver ça naturel. Il vieillissait, voilà tout. Toute cette lumière lui avait troublé la vue et, après avoir été exposé au vacarme des champs de bataille, il entendait si mal que Nesser élevait la voix pour lui parler. Kami'en faisait mine de ne rien remarquer. Il savait qu'à son service Hentzau avait vieilli. Mais la Fée Sombre ferait en sorte que tous les autres le remarquent si jamais elle apprenait que le Goyl en jade lui avait échappé à cause de quelques pillards.

Hentzau le revoyait encore : le visage mi-goyl, mi-homme, la peau striée par la pierre la plus sacrée qu'ils connaissaient. Ce n'était pas lui. Ce ne pouvait pas être lui. Il n'était pas plus authentique que les fétiches en bois que des faussaires recouvraient d'une feuille d'or pour les vendre à de vieilles femmes en affirmant que c'était de l'or massif. « Regardez, le Goyl en jade est apparu pour rendre le roi invincible. Ne creusez pas trop, sinon vous tomberez sur de la chair humaine. » Oui, c'était ça. Rien d'autre qu'une tentative de la fée pour se rendre indispensable.

Hentzau regarda la nuit qui tombait. Même l'obscurité se métamorphosait en jade.

Et si tu te trompais, Hentzau ? S'il était le vrai ? Si le sort de ton roi dépendait de lui ?

Et il l'avait laissé échapper.

Quand le détecteur de traces revint enfin, même Hentzau vit qu'il avait perdu leur piste. Jadis, il l'aurait tué sur-le-champ, mais Hentzau avait appris à maîtriser la colère qui sommeillait en tous ceux de sa race, même s'il y réussissait nettement moins bien que Kami'en. La seule chose qui lui restait était l'indice à propos des fées. Ce qui revenait à dire qu'il devait une fois de plus ravaler sa fierté et envoyer un messager à la Fée Sombre pour lui demander le chemin. Cette perspective lui était plus pénible que le froid de la nuit.

– Tu vas me trouver la trace ! lança-t-il au détecteur. Dès qu'il fera jour. Trois chevaux et un renard. Ce ne doit pas être si difficile !

Il se demandait quel messager il allait choisir quand Nesser s'approcha de lui d'un pas hésitant. Elle n'avait que treize ans. À cet âge-là, les Goyls étaient adultes depuis longtemps, mais la plupart ne rejoignaient pas l'armée avant quatorze ans. Nesser n'était pas particulièrement habile au sabre, ni au fusil, mais elle compensait largement ses faiblesses par son courage. À son âge, on ne connaissait pas la peur et on se croyait immortel, même sans avoir du sang de fée dans les veines. Hentzau s'en souvenait encore.

– Commandant ?

Il aimait le respect qui perçait dans sa voix juvénile. Elle était le meilleur antidote contre les doutes que la Fée Sombre avait semés en lui.

– Oui ?

– Je sais le chemin qui mène chez les fées. Pas sur l'île… mais à la vallée d'où on peut la rejoindre.

– Vraiment ?

Hentzau dissimula son soulagement. Il avait un faible pour la fillette et n'en était que plus sévère avec elle. La peau de Nesser ressemblait, comme la sienne, à du jaspe brun mais, comme chez toutes les femmes goyls, elle était striée d'améthyste.

– Je faisais partie de l'escorte qui, à la demande du roi, accompagne la Fée Sombre lors de ses voyages. J'étais présente la dernière fois qu'elle est allée voir sa sœur. Elle nous a laissés l'attendre à l'entrée de la vallée, mais…

C'était trop beau pour être vrai. Il ne serait pas obligé de quémander de l'aide et tous ignoreraient que le Goyl en jade lui avait échappé. Hentzau serra le poing, mais resta impassible.

— Bon, dit-il d'un air nonchalant, signale au détecteur de traces que, désormais, tu guideras. Mais malheur à toi si tu t'égares.

— Ne craignez rien, commandant.

Les yeux dorés de Nesser brillaient, confiants, quand elle s'éloigna.

Hentzau regardait la route par laquelle le Goyl en jade s'était échappé. L'un des pillards avait prétendu que le frère était blessé et que les fugitifs devraient faire halte pour lui permettre de se reposer. Hentzau pouvait rester des jours entiers sans dormir. Il les attendrait.

16. Jamais

Il faisait encore nuit quand Jacob donna le signal du départ. Il manquait cruellement de sommeil, mais même Fox ne put le convaincre de se reposer plus long-temps. Clara devait bien admettre qu'elle était contente de s'éloigner de tous ces morts endormis.

La nuit était claire. Du velours noir parsemé d'étoiles. Des arbres et des collines se détachaient sur le ciel, tels des découpages, et à côté d'elle, Will, apparemment si proche. Si familier et si étranger à la fois.

Quand leurs regards se croisèrent, il lui sourit. Mais ce n'était que l'ombre du sourire qu'elle connaissait. Il avait toujours été si facile de le faire sourire. Will donnait de l'amour sans compter. Et c'était si facile de l'aimer en retour. Il n'y avait jamais rien eu de plus facile. Elle ne voulait pas le perdre. Mais le monde qui l'entourait murmurait : *Il m'appartient.* Et ils s'y enfonçaient, toujours plus avant, comme s'il fallait qu'ils trouvent son cœur pour qu'il leur rende Will.

Laisse-le partir.

Clara aurait voulu le crier à sa face obscure.

Laisse-le partir !

Mais le monde derrière le miroir tendait déjà les mains vers elle. Clara croyait sentir ses doigts sombres sur sa peau.

— Que fais-tu ici ? lui murmura l'étrange nuit, quelle peau dois-je te donner ? Tu veux de la fourrure ? Tu veux de la pierre ?

— Non, répondit Clara à voix basse. Je veux trouver ton cœur et tu me le rendras.

Mais elle sentait déjà la nouvelle peau se glisser à la place de la sienne. Si douce. Beaucoup trop douce. Et les doigts sombres de la nuit s'introduire dans son cœur.

Elle avait tellement peur.

17. Un guide pour les conduire chez les fées

Ce qu'on racontait à propos des fées était vrai. Personne ne pouvait les approcher sans leur accord. C'était déjà le cas la première fois que Jacob était parti à leur recherche, trois ans plus tôt – et déjà, à l'époque, il n'y avait qu'un moyen de les trouver.

Il fallait juste soudoyer le bon nain.

Beaucoup de nains se vantaient de négocier avec les fées et arboraient, tout fiers, leurs lys dans leurs armoiries. La plupart avaient raconté à Jacob de vieilles histoires d'aïeux avant de finir par reconnaître que le dernier membre de leur famille à avoir vu une fée était mort voilà plus de cent ans. Et puis un jour, un nain, à la cour de l'impératrice, avait mentionné le nom d'Evenaugh Valiant.

Autrefois, l'impératrice avait offert une récompense en or à celui qui lui apporterait un lys du lac des fées, car leur parfum avait la réputation de transformer en beautés les filles les plus laides. Or le prince consort s'était déclaré très déçu par le physique de leur unique fille. Peu après, il avait succombé à un accident de chasse qui, au dire des mauvaises langues, avait été organisé par sa femme. Mais comme l'impératrice se fiait plus au goût de son mari qu'à lui-même, elle n'avait pas retiré son offre de récompense, et Jacob, qui travaillait déjà à l'époque sans Chanute, était parti à la recherche d'Evenaugh Valiant.

Celui-ci n'avait pas été difficile à trouver et, en échange d'une belle pile de thalers en or, il avait conduit Jacob dans la vallée où se cachait l'île des fées. Mais il ne lui avait pas parlé des hommes qui gardaient l'île et Jacob avait failli payer de sa vie cette excursion. Par la suite, Valiant avait vendu à l'impératrice le lys qui avait fait de sa fille Amélie une beauté adulée et était devenu fournisseur de la cour.

Jacob avait ruminé des idées de vengeance mais, une fois revenu de chez les fées, il y avait renoncé. Une autre commande lui avait valu de gagner à son tour de l'or impérial et, pour finir, il avait refoulé le souvenir d'Evenaugh Valiant en même temps que celui de l'île où il avait été si heureux qu'il avait failli s'y oublier. *Et alors ? Qu'est-ce que tu en as tiré comme leçon, Jacob Reckless ?* pensa-t-il quand les premières maisons de nains apparurent au milieu des haies et des champs. *Qu'en général, la vengeance n'est pas une bonne idée.* Cependant, à la perspective de revoir le nain, son cœur se mit à battre plus vite.

La capuche ne cachait plus la pierre sur le visage de son frère et Jacob décida de laisser derrière lui Will, Clara et Fox pendant qu'il poursuivrait son chemin jusqu'à Terpevas, ce qui, dans la langue de ses habitants, voulait dire la « ville des nains ». Fox découvrit dans la forêt une grotte dans laquelle des bergers avaient trouvé refuge : Will suivit Jacob à l'intérieur, visiblement impatient de se soustraire à la lumière du jour. Seule sa joue gauche était encore recouverte de peau humaine et Jacob avait de plus en plus de mal à le regarder. Le pire, c'étaient les yeux. Leur couleur s'effaçait sous les reflets de l'or. Jacob s'efforçait de surmonter sa peur d'avoir déjà perdu sa course contre le temps. Parfois, Will répondait à son regard comme s'il avait oublié qui il était, et Jacob voyait leur passé commun s'éteindre dans les yeux de son frère.

Clara ne les avait pas suivis dans la grotte. Quand Jacob revint avec Fox à l'endroit où ils avaient laissé les chevaux, elle avait l'air si perdue dans ses habits d'homme que, l'espace d'un instant, il la prit pour un des garçons qu'on rencontrait souvent sur les routes dans ce monde-ci, des orphelins en quête de travail. L'herbe qui poussait entre les arbres avait la même couleur que ses cheveux et l'on voyait de moins en moins qu'elle venait de l'autre monde. Le souvenir des rues et des immeubles dans lesquels ils avaient grandi tous les deux, de la lumière, du bruit et de la jeune fille qu'elle était là-bas, tout cela était loin, très loin. Le présent faisait si vite partie du passé ! Et l'avenir revêtait soudain un aspect inconnu.

— Will n'a plus beaucoup de temps.

Ce n'était pas une question. Elle regardait les choses en face, même si elles lui faisaient peur. C'est ce que Jacob aimait en elle.

— Il faut que tu voies un médecin, dit-elle quand il sauta sur sa jument en grimaçant de douleur.

Aucune des fleurs, des feuilles et des racines que Fox lui avait montrées n'avait d'effet sur l'inflammation de son épaule qui lui donnait la fièvre.

— Elle a raison, dit Fox. Va voir un des docteurs nains. Il paraît qu'ils sont meilleurs que les médecins personnels de l'impératrice.

— Oui, à condition d'être un nain. Avec les patients humains, leur seule ambition, c'est de leur prendre le plus d'argent possible avant de les enterrer. Les nains n'ont pas une haute opinion de nous, ajouta-t-il devant l'air interrogateur de Clara, et cela vaut aussi pour ceux qui sont au service de l'impératrice. Extorquer de l'argent à un homme est pour un nain le plus sûr moyen d'obtenir l'estime des siens.

— Mais tu en connais un à qui tu puisses faire confiance ?

Fox émit un grognement méprisant.

— Demande-lui d'où il tient ses cicatrices dans le dos, dit-elle en tournant autour de Clara comme si elle cherchait à s'en faire une alliée. On peut encore moins se fier au nain qu'il cherche qu'aux autres !

— Ça fait si longtemps.

— Et alors ? Pourquoi aurait-il changé ?

Dans la voix de Fox, la peur perçait derrière la colère. Clara regarda Jacob d'un air inquiet.

— Pourquoi n'emmènes-tu pas au moins Fox ?

Reconnaissante, la renarde se frotta encore plus tendrement contre les jambes de Clara. Elle recherchait sa compagnie et, pour elle, en venait même de plus en plus souvent à reprendre sa forme humaine.

Jacob fit tourner son cheval.

— Fox reste ici, dit-il, et la renarde baissa la tête sans protester.

Elle savait aussi bien que lui que ni Will ni Clara ne connaissaient assez bien ce monde pour s'y débrouiller tout seuls.

Quand Jacob se retourna, au premier virage, elle était toujours assise à côté de Clara et le suivait des yeux. Son frère ne lui avait même pas demandé où il allait. Il se mettait à l'abri de la lumière du jour.

18. La pierre qui parle

Will entendait la pierre. Il l'entendait aussi distinctement que sa propre respiration. Les sons traversaient les murs de la grotte, le sol fissuré sous ses pieds et le toit rocheux au-dessus de lui... Des vibrations auxquelles son corps répondait comme si elles étaient de même nature que lui. Il n'avait plus de nom, plus que cette nouvelle peau qui l'enveloppait, fraîche et protectrice, une nouvelle force dans ses muscles et la douleur dans ses yeux quand il regardait le soleil.

Il passa la main sur le rocher et lut son âge dans ses plis qui lui murmurèrent tout ce qui se cachait sous la surface grise : l'agate striée, la pierre de lune blanche, la citrine jaune d'or et l'onyx noir. Ils constituaient des tableaux : des villes souterraines, de l'eau pétrifiée, de la lumière terne qui se reflétait dans des fenêtres en malachite…

— Will ?

Il se retourna et la roche se tut.

Il y avait une femme à l'entrée de la grotte. Le soleil se reflé-tait dans ses cheveux, elle semblait être faite tout entière de sa lumière.

Clara. Son visage lui rappelait un autre monde où les pierres n'évoquaient que des murs et des rues mortes.

— Tu as faim ? Fox a attrapé un lapin et m'a montré comment faire du feu.

Elle s'approcha de lui et prit son visage entre ses mains, ses mains si douces, si pâles comparées au vert qui traversait sa peau. Leur contact le fit frissonner, mais il essaya de le cacher. Il l'aimait. L'aimait-il ?

Si seulement sa peau n'avait pas été si douce, si pâle.

— Tu entends quelque chose ?

Elle le regarda sans comprendre.

— Ce n'est rien, dit-il et il l'embrassa pour oublier que sou-dain il avait eu envie de trouver de l'améthyste dans sa peau. Le contact de ses lèvres fit resurgir des souvenirs : une maison aussi haute qu'une tour, des nuits qu'éclairait la lumière artificielle et non l'or dans ses yeux…

— Je t'aime, Will.

Elle murmura ces mots comme pour bannir la pierre. Mais le murmure de la roche était plus fort et Will voulait oublier le nom qu'elle lui donnait.

Je t'aime aussi, voulait-il dire, car il savait qu'il l'avait souvent dit. Mais il n'était plus certain de ce que cela signifiait, ni que l'on puisse ressentir de l'amour avec un cœur de pierre.

— Ça va s'arranger, chuchota-t-elle en lui passant la main sur le visage, comme si elle cherchait sa chair sous la nouvelle peau. Jacob va bientôt revenir.

Jacob. Encore un nom. Il était associé à la douleur, il se souvenait d'avoir souvent crié ce nom, dans le vide. Des pièces vides. Des jours vides.

Jacob. Clara. Will.

Il voulait les oublier tous.

Il repoussa les mains douces.

— Non, dit-il, ne me touche pas.

Comme elle le regardait ! De la souffrance. De l'amour. Des reproches. Il avait déjà vu tout cela sur un autre visage. Celui de sa mère. Trop de souffrance. Trop d'amour. Il n'en voulait plus. Il voulait la pierre, fraîche et ferme. Si différente de la douceur, de la faiblesse, de la vulnérabilité et de la chair avec toutes ses larmes.

Will lui tourna le dos.

— Va-t'en, dit-il, va-t'en enfin.

Et il entendit de nouveau la roche. La laissa peindre des tableaux. Et transformer en pierre ce qui en lui était douceur.

19. Valiant

Terpevas était la plus grande des villes de nains ; d'après les archives, elle existait depuis plus de douze cents ans. Mais devant les affiches publicitaires qui vantaient les mérites de la bière, des lunettes et des lampes à gaz brevetées sur les murs de la cité médiévale, le visiteur comprenait tout de suite que personne plus que les nains ne prenait au sérieux l'époque moderne. Ils étaient grincheux, attachés aux traditions, inventifs et ils avaient des points de vente dans tous les coins de ce monde, même s'ils arrivaient tout juste à la taille de la plupart de leurs clients. Ils avaient aussi une excellente réputation d'espions.

Il y avait presque autant de circulation devant les portes de Terpevas que de l'autre côté du miroir. Mais ici, c'était le bruit des charrettes, des calèches et des chevaux qui résonnait sur les pavés gris. La clientèle venait de toutes parts. La guerre avait rendu les affaires des nains encore plus florissantes. Depuis longtemps déjà, ils faisaient du commerce avec les Goyls et le roi de pierre se fournissait chez beaucoup d'entre eux. Evenaugh Valiant, le nain que Jacob venait voir à Terpevas, commerçait lui aussi depuis des années avec les Goyls, fidèle à sa devise, qui était de se mettre toujours à temps du côté des vainqueurs.

Il ne me reste plus qu'à espérer que ce sale petit bâtard vit toujours ! pensa Jacob en guidant sa jument entre les calèches et les carrioles vers la porte méridionale de la ville. En fait, il était possible que, entre-temps, Valiant ait été tué par un client trompé.

Pour regarder dans les yeux une des sentinelles postées aux portes de la ville, il aurait fallu entasser au moins cinq nains les uns sur les autres. En effet, pour monter la garde, ils n'engageaient que ceux qui pouvaient attester de leur parenté avec les géants disparus. Les Géantais, comme on les appelait aussi, étaient très prisés comme mercenaires ou sentinelles, bien qu'ils n'aient pas la réputation d'être très malins, et les nains payaient si bien que les descendants des géants endossaient volontiers les uniformes démodés portés par l'armée de leurs maîtres. Même la cavalerie impériale n'arborait plus de casques ornés de plumes de cygne, mais les nains alliaient volontiers modernité et tradition.

Jacob franchit le poste de contrôle derrière deux Goyls. L'un avait la peau en pierre de lune, l'autre en onyx. Leur tenue ne se distinguait pas de celle des humains auxquels les sentinelles firent signe de passer dans leur calèche, mais sous leurs vestes à queue de pie se dessinaient les crosses de leurs pistolets. Les grands cols étaient brodés de jade et de pierre de lune et les lunettes noires qui protégeaient leurs yeux sensibles à la lumière étaient d'un onyx si fin qu'aucun humain n'aurait pu le tailler. Les deux Goyls ignoraient le dégoût que leur vue faisait naître chez les visiteurs humains de la ville des nains. Leurs visages le proclamaient : ce monde leur appartenait. Leur roi l'avait cueilli comme un fruit mûr et ceux qui, quelques années plus tôt, les chassaient comme des lapins enterraient maintenant leurs soldats dans des fosses communes et priaient pour que la paix revienne.

Le Goyl à la peau d'onyx enleva ses lunettes et scruta les alentours. Son regard imprégné d'or ressemblait tellement à celui de Will que Jacob retint son cheval pour le contempler, jusqu'à ce que les protestations véhémentes d'une naine accompagnée de deux enfants minuscules, à qui il barrait le passage, le tirent de sa contemplation.

Ville de nains, monde en réduction.

Jacob laissa la jument dans l'une des écuries de location, derrière le mur d'enceinte. Les rues principales de Terpevas étaient aussi larges que les ruelles des hommes mais, dès que l'on s'écartait, la ville ne pouvait cacher que la taille de ses habitants ne dépassait pas celle d'un enfant de six ans ; certaines ruelles étaient si étroites que Jacob avait peine à s'y faufiler, même à pied. Les villes de ce monde poussaient comme des champignons : Terpevas n'était pas une exception. La fumée des innombrables poêles à charbon noircissait les fenêtres et les murs, et l'odeur en suspens dans l'air frais de l'automne ne venait pas du feuillage flétri, même si les canalisations des nains étaient en bien meilleur état que celles de l'impératrice. Chaque année, Jacob avait l'impression que ce monde-ci rivalisait de plus en plus avec l'autre.

Comme il ne maîtrisait que très partiellement l'alphabet des nains, il n'arrivait à déchiffrer pratiquement aucune plaque et il était déjà perdu.

Après s'être cogné pour la troisième fois la tête contre l'enseigne de la même échoppe de coiffeur, il arrêta un jeune coursier et lui demanda où se trouvait la maison d'Evenaugh Valiant, négociant import-export en raretés de toutes sortes. Le garçon lui arrivait à peine au genou, et quand Jacob déposa deux thalers en cuivre dans sa main minuscule, il leva vers lui des yeux reconnaissants. Le microbe se mit en route à si vive allure que Jacob eut du mal à le suivre dans les ruelles animées. Enfin, il s'arrêta devant une porte par laquelle Jacob s'était déjà faufilé trois ans plus tôt.

Le nom de Valiant figurait en lettres d'or sur la plaque blanchâtre et Jacob dut se baisser pour franchir la porte. En revanche, le vestibule d'Evenaugh Valiant était si haut que des hommes pouvaient s'y tenir debout sans difficulté. Les murs étaient décorés de photos de ses clients les plus importants. Désormais, même de ce côté du miroir, on ne se faisait plus faire le portrait, on se faisait photographier et rien ne démontrait de manière aussi flagrante le succès de Valiant que le portrait de l'impératrice accroché à côté de la photo d'un officier goyl. Les affaires marchaient bien, semblait-il. Il y avait même deux secrétaires à la place du nain grincheux qui avait accueilli Jacob la dernière fois.

Le plus petit ne leva même pas la tête quand Jacob s'approcha de son bureau, qui lui arrivait à la hauteur des genoux. Le deuxième le toisa de l'air méprisant que les nains affichaient devant les hommes, même quand ils étaient en affaires avec eux.

— Je suppose que M. Valiant commerce toujours avec les fées ?

— En effet, mais pour le moment, nous ne sommes pas en mesure de fournir de cocons de mite. Veuillez réessayer dans trois mois, dit-il de la voix curieusement grave propre à beaucoup de nains.

Et il se replongea dans ses papiers.

Mais quand Jacob arma son pistolet avec un léger déclic, il releva la tête.

Jacob lui adressa son plus aimable sourire.

— Je ne suis pas venu chercher un cocon de mite, dit-il. Puis-je vous demander d'entrer tous les deux dans l'armoire ?

Les nains sont bien connus pour leur force corporelle, mais ces deux-là étaient des spécimens particulièrement fluets et, visiblement, Valiant ne les payait pas assez pour qu'ils se laissent tuer par le premier venu. Ils n'opposèrent aucune résistance quand il les enferma dans l'armoire, qui avait l'air assez solide pour qu'ils ne risquent pas d'appeler la police durant son entretien avec leur employeur.

Le blason que Valiant arborait sur la porte de son bureau représentait, au-dessus du lys des fées, l'animal héraldique de sa famille : un blaireau, sur une montagne de thalers en or. La porte était en bois de rose, un matériau connu non seulement pour son prix élevé, mais aussi pour ses propriétés d'insonorisation, ce qui expliquait que Valiant n'ait rien entendu de ce qui se passait dans son vestibule.

Il était assis derrière un bureau conçu à l'origine pour un homme (il avait fait raccourcir les pieds) et fumait en fermant les yeux un cigare qui même dans la bouche d'un Géantais n'aurait pas été ridicule. Il s'était rasé la barbe, comme c'était désormais la mode chez les nains. Ses sourcils, fournis comme tous ceux de ses congénères, étaient soigneusement taillés et son costume coupé sur mesure était en velours, un tissu que les nains appréciaient particulièrement. Jacob aurait bien aimé le cueillir sur son fauteuil en peau de loup et le balancer par la fenêtre, mais le souvenir du visage de Will en train de se pétrifier le retint.

— J'avais demandé qu'on ne me dérange pas, Banster ! soupira le nain sans ouvrir les yeux. Ne me dis pas que c'est encore à cause de l'ondin empaillé ?

Il avait grossi. Et vieilli. Ses cheveux roux frisés grisonnaient déjà, ce qui était un peu précoce pour un nain. La plupart vivaient au moins cent ans et, s'il ne mentait pas sur son âge, Valiant n'en avait que soixante.

— Non, ce n'est pas un ondin empaillé qui m'amène, dit Jacob en braquant son pistolet sur la tête frisée. Mais j'ai payé il y a trois ans pour quelque chose que je n'ai jamais eu.

Valiant faillit avaler son cigare et regarda Jacob d'un air abasourdi, comme quand on voit soudain surgir quelqu'un que l'on avait laissé seul face à une horde de licornes sur le point d'attaquer.

— Jacob Reckless ! s'exclama-t-il.

— Tiens ! Tu te souviens de mon nom !

Le nain laissa tomber son cigare et passa la main sous le bureau, mais il la retira aussitôt en poussant un cri, car Jacob venait de taillader d'un coup de sabre sa manche coupée sur mesure.

— Prends garde à ce que tu fais ! gronda Jacob. Tu n'as pas besoin de deux bras pour me conduire chez les fées. Tu n'as pas besoin non plus de ton nez et de tes oreilles. Les mains derrière la tête. Et plus vite que ça !

Valiant obéit… et grimaça un large sourire.

— Jacob ! susurra-t-il. Qu'est-ce que ça veut dire ? Je savais bien que tu n'étais pas mort, évidemment. Tout le monde a parlé de ton histoire. Jacob Reckless, l'heureux mortel qui a passé un an prisonnier de la Fée Pourpre. Tout être de sexe masculin, qu'il soit nain, homme ou Goyl, crève de jalousie à cette seule idée. Et reconnais-le ! À qui dois-tu cette chance ? À Evenaugh Valiant ! Si je ne t'avais pas mis en garde contre ces licornes, elles t'auraient métamorphosé en chardon ou en un poisson quelconque, comme tout autre visiteur non convié. Mais même la Fée Pourpre ne peut résister à un homme qui gît sans défense dans son sang !

L'impudence de cette argumentation força l'admiration de Jacob.

— Allez, raconte ! lui murmura Valiant en se penchant, sans l'ombre d'un remords, au-dessus du bureau bien trop grand. Comment était-ce ? Et comment as-tu fait pour lui échapper ?

Pour toute réponse, Jacob le prit par le col et le souleva.

— Je te fais une proposition. Je te laisse en vie et, en échange, tu me conduis encore une fois dans la vallée. Mais cette fois, tu me montres comment faire pour éviter les licornes.

— Quoi ? s'exclama Valiant en essayant de se dégager.

Mais le pistolet lui fit vite entendre raison.

— Il y en a pour au moins deux jours à cheval ! piailla-t-il. Je ne peux pas tout laisser en plan comme ça !

En guise de réponse, Jacob le poussa sans ménagement vers la porte.

Dans le vestibule, les deux secrétaires chuchotaient dans l'armoire. Valiant lança un regard furibond dans leur direction et attrapa au vol son chapeau suspendu au portemanteau près de la porte.

— Au cours des trois dernières années, mes prix ont considérablement augmenté, dit-il.

— Je te laisserai la vie sauve, répondit Jacob. C'est un prix royal.

Valiant lui adressa un sourire compatissant tout en ajustant son chapeau devant la porte vitrée. Comme beaucoup de nains, il avait une passion pour les hauts-de-forme noirs, qui le grandissaient d'autant.

— Tu sembles tenir beaucoup à retrouver ton ancienne bien-aimée, marmonna-t-il. Et le prix est proportionnel au désespoir du client.

— Tu peux me croire, dit Jacob en appuyant l'extrémité de son arme contre le chapeau. Ce client-là est assez désespéré pour te tuer à tout moment.

20. *Trop*

Fox flaira une odeur de dégoût doré, de répulsion pétrifiée, d'amour gelé. Tout ce que l'entrée de la grotte exhalait. Et quand elle découvrit devant l'entrée les empreintes de Clara dans l'herbe, ses poils se hérissèrent. Elle avait dû trébucher tout le long du chemin ; la trace de ses pas se dirigeait vers les arbres qui poussaient derrière la grotte. Fox avait entendu Jacob mettre Clara en garde contre eux, mais elle s'y était précipitée comme si leurs ombres menaçantes étaient justement ce qu'elle cherchait.

Son odeur était la même que celle de Fox quand elle enlevait sa fourrure. Celle de la jeune fille. De la femme. Tellement plus vulnérable. Forte et faible à la fois. Un cœur sans protection. L'odeur évoquait tout ce que Fox redoutait, ce contre quoi la fourrure la protégeait. C'est ce que les pas pressés de Clara écrivaient sur la terre sombre et Fox suivit leurs traces comme si c'étaient les siennes.

Elle n'avait pas besoin de demander à son flair la raison de la hâte de Clara. Elle-même avait déjà essayé de fuir la souffrance.

Les noisetiers et les pommiers sauvages n'étaient pas dangereux, mais au milieu des fourrés émergeaient des branches dont l'écorce était aussi piquante qu'une bogue de châtaigne. Des arbres aux oiseaux. Sous ces arbres, la lumière du soleil virait au marron foncé et Clara venait de tomber entre les griffes de bois de l'un d'entre eux.

Elle cria le nom de Jacob, mais il était bien loin. L'arbre avait enroulé ses racines autour de ses chevilles et de ses bras, et ses serviteurs à plumes vinrent se poser sur son corps, des plumes blanches comme de la neige vierge, des oiseaux avec des becs pointus et des yeux comme des baies rouges.

Fox se jeta sur eux en montrant les dents, sourde à leurs cris. Elle en attrapa un au vol avant qu'il puisse se réfugier sur une branche. Elle sentait son cœur battre à tout rompre entre ses mâchoires mais elle ne mordit pas profondément, elle se contenta de le tenir prisonnier entre ses dents jusqu'à ce que l'arbre libère Clara avec un gémissement furieux.

Les racines desserrèrent leur étreinte, comme des serpents, et, tandis que Clara reprenait pied en titubant, elles retournèrent se dissimuler sous les feuilles couleur d'automne, dans l'attente de leur prochaine victime. Du haut de leurs branches, les autres oiseaux les insultaient, rageurs, leur blancheur fantomatique se détachant au milieu du feuillage jauni, mais Fox ne lâcha pas sa proie avant que Clara l'ait rejointe tant bien que mal. Elle était aussi blanche que les plumes qui s'étaient fichées dans ses vêtements. Fox ne sentit pas seulement la peur de mourir qui émanait toujours de son corps, mais aussi le chagrin, comme une plaie vive en son cœur.

Elles n'échangèrent pratiquement pas un mot tout le long du chemin qui les ramenait à la grotte. À un moment, Clara s'arrêta, comme si elle ne pouvait plus avancer, mais elle se remit en route. Quand elles arrivèrent devant la grotte, elle regarda l'entrée sombre, peut-être dans l'espoir d'y voir Will, puis alla s'asseoir dans l'herbe à côté des chevaux, lui tournant le dos. Hormis quelques égratignures au cou et aux chevilles, elle était indemne, mais Fox lisait la honte sur son visage, honte du chagrin qu'elle avait au cœur, honte de s'être enfuie.

Fox ne voulait pas qu'elle parte. Elle changea d'apparence, passa son bras autour des épaules de la jeune fille, et Clara enfouit son visage dans la robe de fourrure qui ressemblait à la fourrure de la renarde.

— Il ne m'aime plus, Fox.

— Il n'aime plus personne, lui chuchota Fox. Parce qu'il oublie qui il est.

Qui mieux qu'elle connaissait cette sensation ? Une autre peau, un autre moi. Mais elle, la peau qui lui était venue était douce et chaude. Pas comme la pierre, si dure, si froide.

Clara regarda en direction de la grotte.

— Je t'en prie, ne t'en va pas ! murmura Fox en lui enlevant une plume des cheveux. Jacob va lui venir en aide. Tu verras.

Si seulement il était de retour.

21. *Les gardiens de son frère*

Quand Jacob arriva à la grotte, Fox vint au-devant de lui, mais Will et Clara n'étaient pas avec elle.

— Tiens donc ! La renarde galeuse te court toujours après ? se moqua Valiant.

Jacob le souleva et le déposa à terre. Il l'avait attaché avec une chaîne en argent, le seul métal que les nains ne brisaient pas comme un fil à coudre.

Jacob n'aurait pas été surpris que Fox réponde par un coup de dent à la remarque de Valiant, mais elle se contenta de l'ignorer. Elle avait le poil hérissé et quelques plumes blanches étaient collées sur son dos.

— Il faut que tu parles à ton frère, dit-elle tandis que Jacob attachait le nain à un arbre.

— Pourquoi ? demanda-t-il en regardant d'un air inquiet en direction de la grotte où se cachait Will.

Fox désigna les chevaux. Clara dormait à côté d'eux, à l'ombre d'un hêtre. Sa chemise était déchirée et Jacob vit du sang sur son cou.

— Ils se sont disputés, expliqua Fox. Il ne sait plus ce qu'il fait !

La pierre est plus rapide que toi, Jacob.

Jacob trouva Will dans le coin le plus sombre de la grotte. Il était assis sur le sol, le dos appuyé contre la roche.

Les rôles sont inversés, Jacob. Avant, c'était toujours lui qui avait fait des bêtises et se retrouvait assis dans le noir, dans sa chambre, dans la salle de bains, dans le bureau de son père. *Jacob ? Où es-tu ? Qu'est-ce que tu as encore fait ?* Toujours Jacob. Mais pas Will. Jamais Will.

Les yeux de son frère brillaient comme des pièces d'or dans l'obscurité.

— Qu'est-ce que tu as dit à Clara ?

Will regarda ses doigts et serra le poing.

— Je ne sais plus !

— Qu'est-ce que tu me racontes ?

Will n'avait jamais su mentir.

— C'est toi qui as voulu l'emmener ! Peut-être que tu ne t'en souviens pas non plus ?

Arrête, Jacob. Mais son épaule lui faisait mal et il en avait assez de veiller sur son frère.

— Bats-toi ! lança-t-il à Will. Tu ne peux pas toujours compter sur moi pour le faire à ta place !

Will se redressa lentement. Ses mouvements étaient devenus plus vigoureux ; le temps était loin où il arrivait à peine à l'épaule de Jacob.

— Compter sur toi ? rétorqua-t-il. J'y avais déjà renoncé à cinq ans. Notre mère a mis plus longtemps, malheureusement pour elle. Et c'est moi qui, pendant des années, l'ai entendue pleurer la nuit.

Les frères.

Comme s'ils étaient revenus dans l'appartement. Dans le grand couloir avec les pièces vides et la tache sombre sur la tapisserie, à l'emplacement où se trouvait jadis la photo de leur père.

— Depuis quand est-ce que ça a un sens de compter sur quelqu'un qui n'est jamais là ? (Will envoyait ses piques presque nonchalamment, mais elles faisaient mal.) Tu as beaucoup de points communs avec lui. Pas seulement le physique.

Il contempla Jacob comme s'il comparait son visage à celui de leur père.

— Ne t'inquiète pas, je me bats, poursuivit-il. Car enfin, c'est de ma peau qu'il s'agit, pas de la tienne. Et je suis encore là, n'est-ce pas ? Je fais ce que tu dis, je te suis. Je ravale ma peur.

La voix de Valiant leur parvint. Il essayait de convaincre Fox de le délivrer de sa chaîne en argent.

Will montra l'entrée de la grotte.

— C'est lui le guide dont tu m'as parlé ?

— Oui, répondit Jacob en se forçant à regarder l'étranger qui avait les traits de son frère.

Will s'approcha de l'entrée et mit sa main devant ses yeux quand la lumière du jour l'atteignit.

— Je regrette ce que j'ai dit à Clara, lança-t-il, je vais lui parler.

Et il sortit. Jacob resta dans l'obscurité. Il sentait toujours les piques, tels des éclats de verre. Comme si Will avait brisé le miroir.

22. Rêves

C'était la nuit, mais la Fée Sombre ne dormait pas. La nuit était trop belle pour dormir. Cela ne l'empêchait pas de voir l'homme-Goyl. Elle rêvait de lui, qu'elle soit éveillée ou endormie. Son maléfice avait déjà transformé une grande partie de sa peau en jade. Le jade. Vert comme la vie. Surabondance faite pierre. Pierre-cœur, semée par les sans-cœur. Il serait tellement plus beau quand le jade aurait remplacé toute sa peau humaine! Alors, il tiendrait toutes les promesses de la légende. Avenir contenu dans le passé. Toutes ces choses cachées dans les plis du temps. Seuls les rêves les connaissaient et ils lui en disaient beaucoup plus qu'à n'importe quel Goyl ou homme, peut-être parce que le temps ne signifiait rien quand on était immortel.

Elle aurait dû rester dans le château aux fenêtres murées et attendre les nouvelles de Hentzau. Mais Kami'en voulait retourner dans les montagnes où il était né, dans sa forteresse sous terre. Le monde souterrain lui manquait, de même que lui manquaient, à elle, le ciel nocturne ou les lys blancs qui flottaient sur l'eau – même si elle se répétait que l'amour se suffit à lui-même.

La fenêtre de train ne lui renvoyait que son propre reflet : un fantôme pâle sur la vitre derrière laquelle le monde défilait beaucoup trop vite. Kami'en savait qu'elle se sentait presque aussi mal dans les trains que sous terre. Aussi avait-il fait décorer les murs de son wagon de tableaux : des fleurs de rubis et des feuilles de malachite, un ciel de lapis-lazuli, des collines de jade et la surface étincelante d'un lac en pierre de lune. N'était-ce pas de l'amour ?

Les tableaux étaient beaux, très beaux, et quand elle ne supportait plus de voir défiler les collines et les champs comme s'ils se fondaient dans le manteau du temps, elle passait la main sur les fleurs de pierre. Mais le bruit du train lui faisait mal aux oreilles et le métal qui l'entourait faisait frissonner sa chair de fée.

Oui. Il l'aimait. Ce qui ne l'empêcherait pas d'épouser la jeune fille au visage de poupée, la princesse aux yeux brillants qui devait sa beauté aux lys des fées. Amélie. Son nom était aussi fade que son visage. Elle avait envie de la tuer. Un peigne empoisonné, une robe qui lui rongerait la peau quand elle virevolterait devant ses miroirs dorés. Comme elle crierait et se gratterait la peau, sa peau tellement plus molle que celle de son époux !

La fée appuya son front contre la vitre fraîche. Elle ne comprenait pas d'où lui venait sa jalousie. Car enfin, ce n'était pas la première fois que Kami'en prenait une autre femme. Aucun Goyl n'aimait qu'une seule femme. Personne n'aimait qu'une seule fois… Surtout pas une fée.

La Fée Sombre connaissait toutes les histoires qui couraient sur ses congénères : un homme aimé par une fée sombrait dans la folie, elles n'avaient pas plus de cœur que de père ou de mère… Cela, au moins, était vrai. Elle appuya la main sur sa poitrine. Pas de cœur. Mais d'où lui venait alors l'amour qu'elle ressentait ?

Dehors, les étoiles scintillaient comme des fleurs sur l'eau noire d'un lac. Les Goyls avaient peur de l'eau, alors que c'était elle qui creusait leurs grottes et que, dans leurs villes, le bruit des gouttes d'eau était aussi présent que celui du vent sur la terre. Ils en avaient si peur que la mer mettait une limite aux conquêtes de Kami'en. Il rêvait de pouvoir voler. Mais elle ne pouvait pas plus lui donner d'ailes que d'enfants. Elle était née de l'eau qu'il redoutait tant et « mère », « père », « fille » ou « fils » ne signifiaient pas plus pour elle que « sœur » ou « frère ».

La femme au visage de poupée ne pouvait pas lui donner d'enfants non plus – à moins qu'il veuille mettre au monde un de ces monstres infirmes que des femmes de sa race humaine avaient donnés à ses soldats. « Combien de fois devrai-je te le répéter ? Elle ne m'intéresse pas, mais j'ai besoin de cette paix. » Il pensait ce qu'il disait, mais elle le connaissait mieux qu'il ne se connaissait lui-même. Il voulait la paix… oui. Il avait surtout envie de sentir la peau d'une femme humaine et de prendre l'une d'entre elles pour épouse. Sa curiosité pour tout ce qui était humain lui faisait désormais aussi peur que son peuple.

D'où venait l'amour ? De quoi était-il fait ? De pierre comme lui ? D'eau comme elle ?

Quand elle était partie à sa recherche, ce n'était qu'un jeu. Avec le jouet que ses rêves lui avaient montré. Le Goyl qui mettait le monde à feu et à sang et méprisait les règles autant qu'elle. Les fées ne jouaient plus avec le monde. La dernière qui l'avait fait avait une peau en écorce. Et pourtant elle avait envoyé ses mites à la recherche de Kami'en. La tente dans laquelle elle l'avait rencontré la première fois avait une odeur de sang et de mort qu'elle ne comprenait pas, mais elle avait continué à penser que ce n'était qu'un jeu. Elle lui avait promis le monde. Sa chair dans la chair de ses ennemis. Et avait senti trop tard qu'il semait l'amour en elle. L'amour. Le pire de tous les poisons.

— Tu devrais porter plus souvent des vêtements de femme.

Des yeux d'or. Des lèvres de feu. Il n'avait pas l'air fatigué, alors qu'il n'avait pratiquement pas fermé l'œil depuis plusieurs jours.

La robe de la fée froufrouta quand elle se retourna. Les femmes des humains s'habillaient comme des fleurs, des couches de feuilles et de pétales autour d'un noyau mortel qui pourrissait. C'était une robe qu'elle avait fait confectionner d'après l'un des tableaux accrochés dans le château du général défunt. Kami'en l'avait souvent contemplé, pensif, comme s'il contenait un monde qu'il cherchait. Le tissu aurait suffi pour dix robes, mais elle aimait le froufrou de la soie et son contact lisse sur la peau.

— Pas de nouvelles de Hentzau ?

Comme si elle ne connaissait pas la réponse. Mais pourquoi les mites n'avaient-elles pas encore trouvé celui qu'elle cherchait ? Elle le voyait si distinctement. Comme si elle n'avait besoin que de tendre la main pour sentir sous ses doigts la peau de jade.

— Hentzau le trouvera. S'il existe.

Kami'en s'était glissé derrière elle. Il doutait de celui qu'elle voyait en rêve, mais pas de son ombre de jade.

Hentzau. Encore un qu'elle aurait aimé tuer. Mais Kami'en ne lui aurait pas pardonné sa mort, encore moins que celle de sa future épouse. Il avait tué son propre frère, comme le faisaient souvent les Goyls, mais Hentzau lui était plus proche qu'un frère. Peut-être même plus proche qu'elle.

Sur la fenêtre du train, les reflets de son visage se fondaient les uns dans les autres. Son pouls battait plus vite quand il était près d'elle. D'où vient l'amour ?

— Oublie le Goyl en jade et tes rêves, murmura-t-il en dénouant ses cheveux. Je t'en offrirai de nouveaux. Dis-moi lesquels.

Elle n'avait jamais raconté à Kami'en que, lui aussi, elle l'avait trouvé d'abord dans ses rêves. Cela ne lui aurait pas plu. Les hommes, comme les Goyls, ne vivaient pas assez longtemps pour comprendre que la veille naît du lendemain comme le lendemain de la veille.

23. Pris au piège

En s'engageant dans la gorge qu'il avait déjà empruntée pour se rendre dans la vallée des fées, Jacob eut le sentiment de revenir en arrière, dans son passé. Trois ans, c'est long, mais rien ne semblait avoir changé : le ruisseau qui coulait au fond de la gorge, les sapins qui s'accrochaient à ses versants, le silence entre les rochers… seule son épaule lui rappelait que beaucoup de choses s'étaient produites depuis. Elle lui faisait aussi mal que si le Tailleur découpait réellement des vêtements dans sa peau.

Valiant était assis devant lui sur le cheval et se retournait constamment vers lui, visiblement ravi de le voir souffrir.

— Oh, ça n'a vraiment pas l'air d'aller, Reckless ! répétait-il avec un plaisir manifeste. Et cette pauvre fille qui n'arrête pas de te regarder. Elle doit avoir peur que tu tombes de cheval avant que son chéri n'ait retrouvé sa peau. Mais ne vous inquiétez pas. Quand tu seras mort et que ton frère sera un Goyl, je me chargerai de la consoler. J'ai un faible pour les femmes de ta race.

Depuis leur départ, il ne cessait de jacasser, mais Jacob était trop assommé de fièvre pour répondre. Même les paroles que Will lui avait lancées dans la grotte ne franchissaient plus le seuil de sa souffrance : il aspirait à retrouver l'air bienfaisant des fées, tant pour lui que pour Will.

Ce n'est plus loin, Jacob. Il te suffit de traverser la gorge pour arriver dans la vallée des fées.

Clara était juste derrière lui. Fox marchait à côté d'elle. Par moments, Will rejoignait Clara, comme pour lui faire oublier ce qui s'était passé dans la grotte, et sur le visage de la jeune fille l'amour le disputait à la peur. Mais elle continuait d'avancer. Comme lui. Comme Will.

Et le nain pouvait toujours les tromper.

Le soleil était déjà bas et des ombres s'étiraient entre les rochers. Le ruisseau bouillonnant qu'ils longeaient était très noir, comme s'il charriait la nuit jusque dans le ravin. Ils avaient franchi la moitié du chemin quand Will retint soudain son cheval.

— Qu'est-ce qu'il y a ? demanda Valiant, inquiet.

— Il y a des Goyls par ici, déclara Will d'un ton qui ne laissait aucune place au doute. Ils sont tout près.

— Des Goyls ? répéta Valiant en lançant à Jacob un regard moqueur. Parfait. Je m'entends très bien avec eux.

Jacob lui mit la main sur la bouche. Il lâcha la bride de sa jument et tendit l'oreille, mais le grondement du ruisseau couvrait les autres bruits.

— Faites semblant de faire boire les chevaux, murmura-t-il aux autres.

— Je les sens aussi, souffla Fox. Ils sont devant nous.

— Mais pourquoi se cachent-ils ?

Will frissonnait comme un animal qui flaire l'odeur de sa harde.

Valiant le contempla comme s'il le voyait pour la première fois, et se retourna si brusquement vers Jacob qu'il faillit glisser du cheval.

— Espèce de fourbe ! lui murmura-t-il. Quelle est la couleur de la pierre sur son visage ? Vert, n'est-ce pas ?

— Et alors ?

— Tu me prends pour un imbécile ? C'est du jade. Les Goyls offrent un kilo de pierre de lune pour lui. Ton frère, laisse-moi rire !

Le nain lui lança un coup d'œil complice.

— Tu l'as trouvé, comme la pantoufle de verre et la petite table magique ! Mais peux-tu me dire ce que tu vas faire chez les fées ?

Du jade.

Jacob regardait fixement la peau vert pâle de Will. Bien sûr qu'il avait entendu parler de ces histoires. Le roi des Goyls et son garde du corps invincible. Chanute avait rêvé de le trouver et de le vendre à l'impératrice. Mais personne ne pouvait croire sérieusement que son frère était le Goyl en jade !

On distinguait déjà la vallée dans la brume au bout du ravin. Si proche.

— Emmenons-le dans une de leurs forteresses et partageons la récompense, lui souffla Valiant. S'ils le capturent dans la gorge, nous ne tirerons rien d'eux !

Jacob l'ignora. Il voyait Will frissonner.

— Connais-tu un autre chemin pour rejoindre la vallée ? demanda-t-il au nain.

— Bien sûr ! s'exclama Valiant d'un air sarcastique. Si tu crois que ton soi-disant frère a le temps de faire des détours… sans parler de toi !

Will regardait autour de lui comme un animal pris au piège.

Clara poussa son cheval à côté de celui de Jacob.

— Fais-le sortir d'ici ! murmura-t-elle, je t'en prie.

Et après ?

À quelques mètres de là, il y avait un bosquet de pins devant les rochers. À l'ombre de leurs branches, il faisait si noir que, même à cette courte distance, Jacob ne pouvait voir ce qu'il y avait dessous.

Il se pencha vers Will et lui prit le bras.

— Suis-moi jusqu'aux pins, là-bas, chuchota-t-il, et descends de cheval quand je le ferai.

Il était temps de jouer à cache-cache. Jouer à cache-cache et se déguiser.

Will hésita, puis il attrapa les rênes et lança son cheval derrière celui de Jacob.

Les ombres sous les pins étaient noires comme de la suie. Avec un peu de chance, l'obscurité rendrait même les Goyls aveugles.

— Tu te souviens comment on se battait quand on était petits ? murmura Jacob avant de mettre pied à terre devant les arbres.

— Tu m'as toujours laissé gagner.

— C'est aussi ce qu'on va faire maintenant.

Fox trottina à côté de lui.

— Qu'est-ce que tu veux faire ? demanda-t-elle.

— Quoi qu'il arrive, je veux que tu restes avec Will. Promets-le-moi. Si tu ne m'obéis pas, nous sommes tous morts.

Will descendit de cheval et s'approcha de Jacob.

— Je veux que tu te défendes, Will, lui chuchota-t-il. Et fais en sorte que ça ait l'air vrai. Il faut que nous atterrissions sous ces arbres.

Et sans prévenir, il lui donna un coup de poing en plein visage.

L'or s'enflamma aussitôt.

Will riposta si violemment que Jacob tomba à genoux. Une peau de pierre et une colère qu'il n'avait encore jamais vue sur le visage de son frère.

Peut-être pas un si bon plan que ça, Jacob.

24. *Les chasseurs*

Hentzau avait atteint la gorge au lever du jour. Les licornes qui paissaient plus loin, dans la vallée brumeuse, étaient la preuve que Nesser les avait conduits au bon endroit. Mais à présent, le soleil était bas et Hentzau commençait à se demander si le Goyl en jade n'avait pas été tué par son frère quand Nesser lui montra l'entrée de la gorge.

Conformément à ce qu'avait dit l'homme aux trois doigts, ils étaient avec une jeune fille et un renard. Et ils avaient capturé un nain. Pas bête. Même Nesser ne savait pas comment passer près des licornes, mais Hentzau avait entendu dire que des nains connaissaient ce secret. Quoi qu'il en soit, il n'avait pas la prétention d'être le premier Goyl à voir l'île aux fées. Il préférait encore passer à travers une douzaine de Forêts Noires ou dormir à côté des Serpents Aveugles qui vivaient sous terre. Non. Il fallait qu'il capture le Goyl en jade avant que celui-ci ne puisse se réfugier derrière les licornes.

— Commandant, ils se battent ! s'exclama Nesser, surprise.

Qu'est-ce qu'elle s'était imaginé ? La colère venait avec la peau de pierre comme l'or dans les yeux. Contre qui se déchaînait-elle en premier lieu ? Contre le frère. *Oui, tue-le !* pensa Hentzau en observant le Goyl en jade à la longue-vue. *Peut-être que tu l'as toujours voulu. Mais il était l'aîné, le plus fort. Tu vas voir : la colère des Goyls répare tout cela.*

Le frère se battait plutôt bien, mais il n'avait aucune chance.

Voilà. Il était tombé à genoux. La jeune fille se précipita vers le Goyl en jade et le tira en arrière, mais il se dégagea et, quand son frère essaya de se relever, il lui donna un coup de pied si violent dans la poitrine que celui-ci tituba jusque sous les pins. Les branches noires les avalèrent tous deux. Hentzau allait donner l'ordre de descendre dans la gorge quand le Goyl réapparut entre les arbres.

Il redoutait la lumière du soleil et rabattit la capuche sur son visage en se dirigeant vers son cheval. Le combat l'avait affaibli, mais il n'allait pas tarder à remarquer que sa chair nouvelle se remettait beaucoup plus vite que l'ancienne.

— En selle ! chuchota Hentzau à Nesser. Nous allons capturer une légende.

25. L'appât

Des rochers. Des buissons. Où pouvaient-ils bien se cacher ? *Comment peux-tu le savoir, Jacob ? Tu n'es pas un Goyl. Tu aurais peut-être dû demander à ton frère.*

Il tira sa capuche encore plus bas sur son visage et força son cheval à ralentir l'allure. Comment avaient-ils appris qu'ils passeraient par cette gorge ? *Pas maintenant, Jacob.*

Il ne savait pas ce qui lui faisait le plus mal, son épaule ou son visage. La chair humaine était vraiment molle quand elle entrait en contact avec des articulations en jade. L'espace d'un instant, il avait vraiment cru que Will allait le tuer… et il ne savait plus très bien quelle part de la colère contenue dans ces coups revenait au Goyl, ou à son frère.

Il poussa le cheval de Will à travers le ruisseau bouillonnant. L'eau jaillit sur sa peau brûlante de fièvre. Les sabots des chevaux résonnèrent à travers la gorge. Jacob commençait à se demander si ce n'était pas sa propre chair de pierre que Will avait sentie quand soudain, sur sa gauche, quelque chose bougea entre les rochers.

Maintenant. Il lâcha la bride à son cheval. C'était un hongre brun, moins rapide que la jument mais résistant, et Jacob était un excellent cavalier.

Ils essayèrent évidemment de lui barrer le passage mais, comme il l'avait espéré, leurs chevaux prirent peur sur les éboulis de roche tandis que sa monture les franchissait, s'élançant au galop dans la vallée couverte de brume. Des souvenirs assaillirent Jacob, comme s'ils l'avaient attendu parmi les montagnes. Le bonheur et l'amour, la peur et la mort.

Les licornes levèrent la tête. Évidemment, elles n'étaient pas blanches. Pourquoi avait-on une prédilection pour le blanc dans son monde d'origine ? Leur robe était brun et gris, tachetée de noir et de jaune pâle comme le soleil automnal qui transparaissait à travers la brume. Elles l'observaient, mais aucune ne s'avisait d'attaquer.

Jacob se retourna sur ses poursuivants.

Ils étaient cinq. Il reconnut tout de suite l'officier. C'était celui qui commandait les Goyls à la grange. Son front en jaspe brun était craquelé comme si quelqu'un avait essayé de le fendre et un des yeux dorés était aussi trouble que du lait. Ils le suivaient.

Jacob se pencha sur la crinière de son cheval. Ses sabots s'enfonçaient profondément dans l'herbe humide mais il ralentissait à peine.

Galope, Jacob. Attire-les loin… avant que ton frère n'ait l'idée de les rejoindre.

Les Goyls s'approchaient, mais ne tiraient pas. Bien sûr. S'ils prenaient Will pour le Goyl en jade qu'ils recherchaient, ils le voulaient vivant.

Une des licornes hennit. *Restez où vous êtes !*

Il jeta un coup d'œil derrière lui. Les Goyls s'étaient séparés. Ils essayaient de l'encercler. Sa blessure lui faisait tellement mal qu'il eut un éblouissement : l'espace d'un instant, il crut être revenu en arrière et se revit allongé dans l'herbe, le dos transpercé.

Plus vite. Il fallait qu'il aille plus vite. Mais son cheval commençait à s'essouffler et il y avait longtemps que les Goyls ne montaient plus les chevaux à moitié aveugles qu'ils élevaient sous terre. L'un d'entre eux se rapprochait dangereusement. C'était l'officier. Jacob détourna le visage, mais la capuche glissa au moment où Hentzau arrivait à sa hauteur.

La stupéfaction, sur le visage de jaspe, se mua en colère, la colère que Jacob avait lue sur le visage de son frère.

Le jeu était fini.

Où était Will ? Il jeta de nouveau un regard traqué derrière lui.

L'officier goyl regarda dans la même direction.

Son frère galopait, le nain à califourchon devant lui, en direction des licornes. Will montait le cheval de Clara, à qui il avait laissé la jument. L'herbe à côté d'elle bougeait comme si le vent la caressait. Fox. Presque aussi rapide que les chevaux.

Jacob tira son pistolet, mais sa main gauche lui obéissait à peine et, de la droite, il était bien moins bon tireur. Il réussit quand même à désarçonner deux Goyls qui se dirigeaient droit sur Will. L'homme aux yeux laiteux le mit en joue, son visage de jaspe pétrifié de haine. La colère lui avait fait oublier quel frère il devait chasser. Son cheval trébucha dans l'herbe haute et la balle manqua son but.

Plus vite, Jacob. Il avait du mal à se tenir en selle mais Will était presque arrivé à hauteur des licornes et Jacob pria pour que, cette fois, le nain ait dit vrai. *Continue, galope !* pensa-t-il, désespéré, en voyant Will ralentir. Mais ce n'était pas par souci pour lui. Will se retourna sur sa selle et regarda le Goyl, fasciné, comme il l'avait fait dans la ferme abandonnée.

L'homme au regard laiteux n'avait pas oublié celui qu'il devait capturer. Jacob le visa, mais la balle ne fit que l'effleurer. *Satanée main droite.*

Et Will fit demi-tour.

Jacob cria son nom.

Un des Goyls, sabre au clair, avait presque rattrapé Will. Une femme. Améthyste et jaspe foncé. Clara poussa son cheval devant Will pour le protéger ; la balle de Jacob fut plus rapide. L'homme au regard laiteux poussa un cri rauque quand la femme tomba et talonna sa monture avec une violence redoublée. *Plus que quelques mètres.* Le nain regarda le Goyl d'un air horrifié. Clara attrapa les rênes de Will et le cheval qu'elle avait si souvent monté lui obéit quand elle l'entraîna vers les licornes.

Le troupeau avait assisté à la poursuite avec autant d'indifférence que des hommes devant une nuée de moineaux qui se chamaillent. Jacob retint son souffle quand Clara se dirigea vers les licornes. Pourtant, cette fois, le nain avait dit vrai. Les licornes laissèrent passer Clara et son frère.

Mais quand les Goyls se dirigèrent vers elles, elles passèrent à l'attaque.

Des hennissements aigus emplirent la vallée, des bruits de sabots et de chevaux qui se cabraient. Jacob entendit des coups de feu. *Oublie les Goyls, Jacob. Suis ton frère !*

Le cœur battant à tout rompre, il se dirigea vers le troupeau. Il croyait sentir de nouveau leurs cornes s'enfoncer dans son dos et son sang chaud couler sur sa peau. *Pas cette fois, Jacob. Fais ce que le nain a dit : c'est très simple. Ferme les yeux et garde-les fermés, sinon elles te transperceront comme un fruit tombé de l'arbre.*

Une corne effleura sa cuisse. Des naseaux écumaient à son oreille, l'air froid sentait le cheval et le cerf. *Jacob, garde les yeux fermés.* La mer de corps poilus n'en finissait pas. Son bras gauche était comme mort ; il passa son bras droit autour de l'encolure de son cheval. Mais soudain, il entendit le vent dans des milliers de feuilles, le clapot de l'eau et le frémissement des roseaux.

Jacob ouvrit les yeux : c'était comme autrefois.

Tout le reste avait disparu. Les Goyls, les licornes, la vallée dans la brume. À la place, le ciel du soir se reflétait dans un lac. Les lys qui l'avaient amené là trois ans plus tôt flottaient à la surface. Les feuilles des saules qui bordaient la rive étaient aussi vertes que des pousses de printemps et dans le lointain dansait sur les vagues l'île dont personne ne revenait jamais. *Sauf toi, Jacob.*

L'air chaud lui caressa la peau et la douleur de son épaule s'apaisa, comme le clapot de l'eau sur le rivage bordé de roseaux.

Il se laissa glisser à terre, épuisé. Clara et Fox se précipitèrent vers lui, mais Will resta sur la rive, à regarder l'île. Il semblait indemne. Pourtant, quand il se retourna, Jacob vit son regard embrasé et le jade sur lequel ne subsistaient plus que quelques taches de peau humaine.

— Alors, satisfait ?

Valiant était debout au milieu des saules. Il époussetait les poils de licorne sur ses manches.

— Qui t'a enlevé la chaîne ?

Jacob tenta d'attraper le nain, mais celui-ci, vif comme une anguille, se déroba.

— Heureusement que le cœur des femmes est plus compatissant que la pierre qui bat dans ta poitrine, grogna-t-il tandis que Clara regardait Jacob d'un air confus. Et après ? Qu'est-ce que tu as à t'énerver ? Nous sommes quittes ! Les licornes ont piétiné mon chapeau, ajouta le nain en lissant ses cheveux d'un air offusqué. Tu pourrais au moins me dédommager de cette perte.

— Quittes ? Tu veux voir les cicatrices dans mon dos ? s'exclama Jacob en passant la main sur son épaule intacte — comme s'il ne s'était jamais battu contre le Tailleur. Dépêche-toi de t'en aller, avant que je te tire une balle dans la tête !

— Ah oui ? rétorqua Valiant en jetant un coup d'œil malicieux en direction de l'île. Je suis certain que ton nom figurera sur une tombe avant le mien. Ma chère, ajouta-t-il en se tournant vers Clara, vous devriez venir avec moi. Tout ça ne peut que mal finir. Vous avez entendu parler de Blanche-Neige, celle qui vivait avec des nains avant de se lier à un ancêtre de l'impératrice ? Elle a été affreusement malheureuse avec lui et a fini par le quitter. Pour un nain !

— Vraiment ? fit-elle distraitement.

Puis elle se dirigea vers la rive du lac couvert de fleurs. Elle semblait avoir tout oublié, même Will, qui n'était qu'à quelques pas d'elle. Entre les saules poussaient des campanules du même bleu foncé que le ciel du soir et, quand Clara en cueillit une, la fleur émit un léger tintement qui effaça toute trace de peur et de tristesse du visage de la jeune fille. Valiant poussa un soupir agacé.

— Sortilège de fée ! murmura-t-il d'un air méprisant. Je crois qu'il vaut mieux que je me retire.

— Attends ! dit Jacob. Il y avait toujours un bateau sur la rive. Où est-il ?

Mais quand il se retourna, le nain avait déjà disparu entre les arbres et Will regardait fixement le reflet de son visage sur le lac. Jacob lança une pierre dans l'eau mais le reflet de son frère réapparut aussitôt, déformé et d'autant plus menaçant.

— Dans la gorge, j'ai failli te tuer. (La voix de Will était devenue si rauque qu'elle se distinguait à peine de celle d'un Goyl.) Regarde-moi ! Peu importe ce que tu espères trouver ici. Pour moi, c'est trop tard. Laisse tomber.

Clara regardait dans leur direction. Le sortilège lui collait à la peau comme du pollen. Seul Will ne semblait pas y être sensible. *Où est ton frère, Jacob ? Où l'as-tu laissé ?* Le frémissement du vent dans les feuilles lui rappelait la voix de leur mère.

Will s'écarta de Jacob comme s'il avait peur de le frapper de nouveau.

— Laisse-moi aller les rejoindre.

Le soleil descendait derrière les arbres. Sa lumière se répandait sur les vagues comme de l'or en fusion et les lys des fées ouvraient leurs boutons pour saluer la venue de la nuit.

Jacob éloigna Will de l'eau.

— Attends-moi ici, sur la rive, dit-il. Ne bouge pas. Je vais revenir bientôt, je te le promets.

La renarde se pressa contre ses jambes et regarda en direction
de l'île, le poil hérissé.

— Qu'est-ce que tu attends, Fox ? lança Jacob. Cherche le
bateau.

26. La Fée Pourpre

Fox trouva le bateau. Cette fois, elle ne demanda pas à Jacob de l'emmener, mais lui mordit la main si fort que le sang coula.

— Pour que tu ne m'oublies pas ! lança-t-elle, et il lut dans ses yeux la peur qu'il se perde, comme il l'avait fait trois ans plus tôt.

Quand Fox l'avait trouvé à moitié mort dans la forêt, les fées l'avaient chassée et elle avait failli se noyer en tentant de le suivre sur l'île. Mais elle l'avait attendu une année entière, alors que lui l'avait oubliée, elle, et tout le reste. Et elle se retrouvait là, sa fourrure presque noire dans la nuit tombante, alors qu'il était déjà loin dans la barque qui l'emportait sur le lac. Clara aussi était là, debout entre les saules, et même Will le suivait des yeux.

Pour moi, c'est trop tard. Les vagues qui cognaient contre la barque étroite semblaient répéter elles aussi les paroles de son frère. Mais qui pourrait briser le maléfice de la Fée Sombre, sinon sa sœur ? Jacob porta la main à son médaillon. Il avait cueilli le pétale qui se trouvait à l'intérieur le jour où il avait quitté Miranda. Il le rendait invisible à ses yeux comme si, en reniant son amour, il avait aussi renié le corps qu'elle avait aimé. Juste un pétale. C'était elle qui lui avait révélé qu'il pouvait ainsi se dissimuler à ses yeux. Quand elles aimaient, elles révélaient tous leurs secrets en dormant. Il suffisait de leur poser la bonne question.

Par chance, le pétale le rendait invisible aussi aux yeux des autres fées. Alors qu'il cachait le bateau dans les roseaux sur la rive de l'île, Jacob en aperçut quatre, debout dans l'eau. Leurs longs cheveux flottaient sur les vagues, comme des fils tissés par la nuit ; Miranda n'était pas parmi elles. L'une des fées regarda dans sa direction et Jacob remercia le tapis de fleurs qui rendait ses pas presque aussi silencieux que ceux de Fox. Il les avait vues métamorphoser des hommes en chardons ou en poissons. C'étaient des fleurs bleues comme les campanules que Clara avait cueillies. Le médaillon ne pouvait mettre Jacob à l'abri du souvenir que leur parfum évoquait. *Prends garde, Jacob !* Il appuya les doigts sur l'empreinte sanglante que les dents de Fox avaient laissée sur la paume de sa main.

Il ne tarda pas à apercevoir le premier des filets que les mites des fées tissaient entre les arbres pour en faire des tentes fines comme une peau de libellule, dans lesquelles, même le jour, il faisait aussi sombre que si la nuit y était prisonnière. Les fées n'y dormaient que le jour, mais Jacob ne connaissait pas de meilleur endroit pour attendre Miranda.

La Fée Pourpre. C'est sous ce nom qu'il avait entendu parler d'elle. Un mercenaire ivre lui avait parlé d'un ami qu'elle avait attiré sur l'île et qui, à son retour, s'était tellement langui d'elle qu'il était allé se noyer. Tout le monde connaissait ces histoires sur les fées. Très peu, en réalité, les avaient vues. Certains prenaient cette île pour le royaume des morts, mais les fées ignoraient la mort et le temps. Miranda n'appelait la Fée Sombre *sœur* que parce qu'elle était née dans le lac le même jour qu'elle. Comment aurait-elle pu comprendre ce qu'il ressentait en voyant la pierre envahir la peau de son frère ?

La toile qui, pendant toute une année, avait constitué son unique univers adhéra aux vêtements de Jacob quand il se fraya un passage à l'intérieur de la tente. Ses yeux eurent du mal à s'habituer à l'obscurité et il recula, surpris, en découvrant une silhouette endormie sur le lit de mousse où il avait si souvent dormi.

Elle n'avait pas changé. Naturellement. Les fées ne vieillissent pas. Sa peau était plus pâle que les lys du lac et ses cheveux aussi noirs que la nuit qu'elle aimait. La nuit, ses yeux aussi étaient noirs, mais le jour, ils devenaient bleus comme le ciel ou verts comme l'eau du lac, quand les saules s'y reflétaient. Si beaux. Trop beaux pour des yeux humains. Hors d'atteinte du temps et de ses flétrissures. Mais, un jour ou l'autre, un homme avait envie de sentir sur la peau qu'il caressait la même vulnérabilité que dans sa propre chair.

Jacob attrapa le médaillon sous sa chemise et le détacha de la chaîne qu'il portait au cou. Dès qu'il le posa près d'elle, Miranda bougea. Jacob fit un pas en arrière quand, en rêve, elle murmura son nom. Ce devait être un mauvais rêve et elle se réveilla tout d'un coup.

Si belle. Jacob sentait les traces de morsure sur sa main.

— Depuis quand dors-tu la nuit?

Un instant, elle sembla croire qu'il faisait partie du rêve qui l'avait éveillée.

Mais elle aperçut le médaillon près d'elle, l'ouvrit et en sortit le pétale.

— C'est comme ça que tu t'es rendu invisible à mes yeux.

Jacob n'était pas certain de ce qu'il lisait sur son visage. De la colère. De l'amour. De la haine. Peut-être un peu de tout ça.

— Qui te l'a révélé?

— C'est toi.

Ses mites l'assaillirent dès qu'il fit un pas dans sa direction.

— Il faut que tu m'aides, Miranda.

Elle se leva et enleva la mousse qui adhérait à sa peau.

— J'ai passé les nuits à dormir parce qu'elles m'évoquaient trop ton souvenir. Mais c'était il y a longtemps. Maintenant, ce n'est plus qu'une mauvaise habitude.

Ses mites coloraient, de leurs ailes, la nuit en rouge.

— Je vois que tu n'es pas venu seul, dit-elle en frottant le pétale de lys entre ses doigts. Tu as amené un Goyl ici.

— C'est mon frère. (Cette fois, les mites le laissèrent s'approcher d'elle.) Il est victime du maléfice d'une fée, Miranda.

— Mais tu n'es pas venu trouver la bonne fée.

— Tu dois trouver un moyen de briser ce maléfice!

Elle semblait faite des ombres qui l'entouraient, du clair de lune et de la rosée nocturne sur les feuilles. Il avait été si heureux, quand il n'y avait eu qu'elle, rien d'autre qu'elle. Mais il y avait tant d'autres choses.

— Ma sœur ne fait plus partie de notre clan, déclara Miranda en lui tournant le dos. Elle nous a trahies pour le Goyl.

— Alors aide-moi.

Jacob tendit la main vers elle, mais elle le repoussa.

— Pourquoi le ferais-je ?

— Il fallait que je parte. Je ne pouvais pas rester ici pour l'éternité !

— C'est exactement ce qu'a dit ma sœur. Mais les fées ne partent pas. Nous sommes liées au lieu qui nous a donné le jour. Tu le savais aussi bien qu'elle.

Si belle. Les souvenirs tissaient un filet dans l'obscurité, un filet dans lequel ils étaient pris tous deux.

— Miranda, aide-moi, je t'en prie !

Elle leva la main et posa ses doigts sur ses lèvres.

— Embrasse-moi.

Ce fut comme s'il embrassait la nuit, ou le vent. Ses mites lui piquaient la peau et ce qu'il avait perdu avait un goût de cendre dans sa bouche. Jacob la lâcha et, l'espace d'un instant, il crut lire sa propre fin dans son regard.

Dehors, un renard glapit. Fox prétendait qu'elle sentait toujours quand il était en danger.

Miranda lui tourna le dos.

— Il n'y a qu'un moyen contre ce maléfice.

— Lequel ?

— Il faut que tu supprimes ma sœur.

Un fragment de seconde, le cœur de Jacob cessa de battre, et il sentit la peur transpirer sur sa peau. La Fée Sombre.

— Elle transforme ses ennemis en vin, qu'elle boit, ou en fer dont son amant se sert pour construire des ponts.

Même la voix de Chanute était rauque quand il parlait d'elle.

— On ne peut pas la tuer, dit-il, pas plus que toi.

— Pour une fée, il y a des choses pires que la mort.

Un instant, sa beauté prit l'apparence d'une fleur toxique.

— Combien de temps reste-t-il à ton frère ?

— Deux jours, peut-être trois.

Des voix leur parvinrent à travers l'obscurité. Les autres fées. Jacob n'avait jamais pu savoir combien elles étaient.

Miranda regarda le lit comme si elle se rappelait l'époque où ils le partageaient.

— Ma sœur est chez son amant, dans la forteresse principale des Goyls.

Il fallait plus de six jours pour aller là-bas à cheval.

Ce serait trop tard. Beaucoup trop tard.

Jacob ne savait pas très bien ce qui, en lui, l'emportait, le désespoir ou le soulagement.

Miranda tendit la main. Une mite vint se poser dessus.

— Tu peux encore y arriver… — la mite déploya ses ailes — … si je gagne du temps pour toi.

Fox se remit à glapir.

— Une d'entre nous a maudit une fois une princesse, la condamnant à mourir à son quinzième anniversaire. Mais nous avons retardé l'accomplissement du maléfice en la plongeant dans un sommeil profond.

Jacob revit le château silencieux entouré d'épines, la silhouette immobile dans la chambre de la tour.

— Elle est morte quand même, dit-il, parce que personne ne l'a réveillée.

Miranda haussa les épaules.

— Je vais faire dormir ton frère. Tu feras en sorte qu'on le réveille. Mais seulement quand tu auras détruit le pouvoir de ma sœur.

La mite sur sa main se nettoyait les ailes.

— La fille qui vous accompagne, elle est avec ton frère, non ?

Miranda passa son pied nu sur le sol et le clair de lune y dessina le visage de Clara.

— Oui, dit Jacob, et il ressentit une émotion qu'il ne comprit pas.

— Elle l'aime ?

— Oui. Je pense.

— Bon. Sinon il dormira jusqu'à sa mort, poursuivit Miranda en effaçant l'image du clair de lune. Tu as déjà rencontré ma sœur ?

Jacob secoua la tête. Il avait vu des photos floues, un portrait dessiné dans un journal – l'amante démoniaque, la fée-sorcière qui faisait pousser de la pierre sur la peau humaine.

— C'est la plus belle d'entre nous.

Miranda lui passa la main sur le visage, comme si elle voulait se souvenir de l'amour qu'elle avait connu.

— Ne la regarde pas trop longtemps, dit-elle à voix basse. Et quoi qu'elle te promette, fais exactement ce que je te dis. Sinon, ton frère est perdu.

Les glapissements de Fox traversaient la nuit. *Je vais bien, Fox,* pensa Jacob. *Tout va s'arranger.* Même s'il ne savait pas encore comment.

Il prit la main de Miranda. Six doigts, plus blancs que les fleurs sur le lac. Elle le laissa l'embrasser encore une fois.

— Et si, comme prix pour mon aide, j'exigeais que tu reviennes ? lui chuchota-t-elle. Que ferais-tu ?

— Tu l'exiges ? demanda-t-il, redoutant sa réponse.

Elle sourit.

— Non, répondit-elle. Tu auras payé le prix que j'exige si tu élimines ma sœur.

27. Si loin

Will n'avait pas quitté l'île des yeux. Clara souffrait pour lui en lisant la peur sur son visage, la peur de lui-même, la peur de ce que Jacob apprendrait sur l'île, mais surtout la peur que son frère ne revienne pas, car alors il resterait seul avec sa peau de pierre.

Il avait oublié Clara, mais elle alla quand même le rejoindre. La pierre ne pouvait pas dissimuler entièrement celui qu'elle avait aimé, et il était si seul.

— Jacob va bientôt revenir, Will. Sûrement.

Il ne se retourna pas.

— Avec Jacob, on ne sait jamais, se contenta-t-il de dire. Crois-moi, je sais de quoi je parle.

Ils étaient là tous les deux : l'étranger de la grotte, dont elle sentait toujours la froideur, comme un poison sur sa langue, et l'autre, debout dans le couloir de l'hôpital devant la chambre de sa mère, qui lui souriait à chaque fois qu'elle passait. Il lui manquait tellement !

— Il va revenir, répéta-t-elle. Je le sais. Et il va trouver un moyen. Il t'aime. Même s'il ne sait pas très bien le montrer.

Mais Will secoua la tête.

— Tu ne connais pas mon frère, dit-il en tournant le dos au lac.

Il devait en avoir assez de voir son reflet dans l'eau.

— Jacob n'a jamais pu accepter que certaines histoires ne finissent pas bien. Ou de perdre des choses ou des gens qu'il aime…

Il détourna le visage, comme s'il voulait dissimuler le jade qui rongeait sa peau. Mais Clara ne le voyait pas. C'était toujours le visage qu'elle aimait. La bouche qu'elle avait tant de fois embrassée. Même les yeux étaient toujours ses yeux, malgré l'or. Mais quand elle tendit la main vers lui, il frissonna, comme dans la grotte, et la nuit devint soudain comme un fleuve noir entre eux.

Will tira de sous son manteau le pistolet que Jacob lui avait donné.

— Tiens, dit-il, prends-le. Tu en auras peut-être besoin, si Jacob ne revient pas, si demain j'ai oublié ton nom. Si jamais tu devais le tuer — l'autre, au visage de pierre —, dis-toi simplement qu'il a fait la même chose avec moi.

Elle voulut reculer ; Will la retint et lui mit le pistolet dans la main. Il évita de toucher sa peau, mais passa ses doigts dans ses cheveux.

— Je suis tellement désolé, murmura-t-il.

Il s'éloigna et disparut derrière les saules. Clara resta seule avec le pistolet. Puis elle s'approcha du lac et le jeta dans l'eau sombre.

28. Rien qu'une rose

Jacob resta toute la nuit, même si la nuit avait un goût de cendre. Il détacha les cheveux noirs de la nuit et chercha du réconfort sur la peau blanche de Miranda, autorisant ses doigts à se souvenir et sa raison à oublier. Dehors, les autres fées riaient et chuchotaient et Jacob se demanda ce que ferait Miranda si elles découvraient sa présence. Mais ça lui était égal. Tout lui était égal cette nuit-là. Il n'y avait plus ni avenir ni passé. Ni frère ni père. Rien que des cheveux noirs, une peau blanche, et des ailes rouges qui écrivaient dans la nuit des choses qu'il ne comprenait pas.

Mais quand la toile cessa de les protéger du jour, la morsure de Fox recommença à le faire souffrir et tout lui revint : la peur, la pierre, l'or dans les yeux de Will… et l'espoir d'avoir trouvé un moyen de mettre fin à tout cela.

Miranda ne demanda pas s'il reviendrait. Avant son départ, elle lui fit simplement répéter ce qu'elle lui avait révélé sur sa sœur brune. Mot pour mot.

Frère. Sœur.

Avant la première lueur du jour, les lys se refermèrent. Jacob ne croisa aucune autre fée sur le chemin qui le ramenait au bateau. Mais l'écume qui flottait au loin sur le lac annonçait une naissance prochaine.

Quand Jacob approcha de l'autre rive, il ne vit Will nulle part. Seule Clara dormait entre les saules. Elle sursauta quand il hissa la barque sur la berge. Sa beauté, comparée à celle des fées, évoquait une fleur des champs dans un bouquet de lys. Mais elle ne sembla pas remarquer ses vêtements sales, ni le feuillage dans ses cheveux. Tout ce que Jacob lut sur son visage, ce fut le soulagement… et la peur pour son frère.

Ton frère aura besoin d'elle. Et toi aussi. Une fois de plus, Fox avait eu raison. Elle avait toujours raison et cette fois, par chance, il l'avait écoutée.

La renarde émergea de sous les branches de saules, le poil hérissé comme si elle savait exactement pourquoi il ne rentrait qu'à l'aube.

— La nuit a été longue, dit-elle d'un air renfrogné. J'ai regardé les poissons pour voir s'il y en avait un qui te ressemblait.

— Je suis rentré, non ? répondit Jacob. Et elle va m'aider.

— Pourquoi ?

— Pourquoi? Je ne sais pas. Parce qu'elle peut le faire. Parce qu'elle n'aime pas sa sœur. Ça m'est égal. Du moment qu'elle le fait!

Fox tourna la tête en direction de l'île, les yeux plissés, méfiante. Mais Clara avait l'air si soulagée que la fatigue s'était effacée de ses traits.

— Quand? demanda-t-elle.

— Bientôt.

Fox lut sur le visage de Jacob que ce n'était pas tout, mais elle se tut. Elle sentait que la vérité tout entière ne lui plairait pas. Mais Clara était bien trop heureuse pour le remarquer.

— Fox croyait que tu nous avais oubliés.

À cet instant, Will surgit entre les saules et, une fraction de seconde, Jacob eut peur d'être resté trop longtemps sur l'île. Le jade avait encore foncé, il se fondait dans le vert des feuillages, comme si le monde derrière le miroir s'était définitivement accaparé une part de son frère. Il avait planté sa semence en lui, comme un parasite dans le corps d'une chenille ; il regardait Jacob avec des yeux d'or, comme s'il voulait broyer son frère entre ses dents. Mais Jacob allait délivrer Will en usant de la même arme que ce monde avait employée : les mots d'une fée.

— Nous devons trouver une rose, dit Jacob.

— Une rose? C'est tout?

Le visage de jade était impassible. Si familier et si étranger à la fois.

— Oui. Elle pousse non loin d'ici.

Et après, tu dormiras, petit frère… et moi, je devrai trouver la Fée Sombre.

— Tu ne pourras pas la faire disparaître.

Comme Will le regardait ! Il semblait avoir perdu la mémoire, et en même temps il se souvenait de tout ce qui les avait divisés.

— Pourquoi pas ? rétorqua Jacob. Je t'ai dit qu'elle allait nous aider. Tu n'as qu'à faire ce que je te dirai, et tout s'arrangera.

Fox ne le quittait pas des yeux.

Tu as peur, Jacob Reckless, lisait-il dans ses yeux.

Et après, Fox ? voulut-il répondre. *C'est finalement un sentiment qui m'est familier.*

29. En plein cœur

Ils longèrent la rive du lac en direction du nord. Le temps se noyait dans le parfum des fleurs et la lumière qui se reflétait sur l'eau. Pour la première fois, Clara était prête à pardonner à ce monde la peur et l'angoisse qu'il avait fait naître en elle. Tout s'arrangerait. Tout.

Mais Jacob tourna bientôt le dos au lac. Les chevaux se frayaient un chemin entre les ronces et les fougères, et les feuilles jaunissaient. Un vent frais faisait frissonner les branches des arbres. Derrière les troncs, Clara aperçut la vallée dans laquelle paissaient les licornes. Elles étaient si loin qu'on les distinguait à peine dans la brume qui s'étirait entre les montagnes. Mais aux pieds de Clara gisaient les licornes mortes.

Leurs squelettes jonchaient le sol, il y avait de la mousse et de l'herbe entre leurs côtes, des toiles d'araignée dans les orbites vides. Les cornes blanches pointaient encore sur leurs crânes. Un cimetière de licornes. Elles venaient peut-être sous les arbres pour mourir parce que c'était plus facile à l'abri de leurs branches. Ou parce qu'elles recherchaient la proximité des fées. Des sarments de fleurs blanches s'enroulaient autour des os blanchis, comme un dernier adieu des fées à leurs gardiennes.

Jacob mit pied à terre et s'approcha d'un squelette. Une rose rouge sortait de ses côtes.

— Will, viens, dit-il à son frère en lui faisant signe d'approcher.

Fox allait entre les arbres, regardait du côté des licornes. Elle flaira le vent, méfiante.

— Ça sent le Goyl.

— Et alors ? Will est juste derrière toi, dit Jacob en tournant le dos à la vallée. Cueille la rose, Will.

Will tendit la main… et s'arrêta. Il regarda ses doigts de pierre. Puis il se tourna vers Clara comme s'il cherchait sur le visage de la jeune fille l'homme qu'il avait été.

Je t'en prie, Will. Elle ne le dit pas, mais elle le pensa. À maintes reprises. *Fais ce que dit ton frère !* Et au milieu de toutes ces fleurs, dans cette odeur de mort, Will la regarda l'espace d'un précieux instant, comme il la regardait avant. *Tout va s'arranger.*

Clara entendit le craquement de la tige quand il cueillit la rose. L'une des épines lui piqua le doigt et Will contempla, surpris, le sang ambre jaune qui jaillissait de la peau de jade. Il lâcha la rose et passa sa main sur son front.

— Qu'est-ce que c'est ? balbutia-t-il en fixant son frère. Qu'est-ce que tu as fait ?

Clara tendit la main vers lui, mais Will s'écarta. Il trébucha sur un squelette. Les os se brisèrent sous ses pas comme du bois mort.

— Will, écoute-moi ! s'exclama Jacob en lui prenant le bras. Il faut que tu dormes. J'ai besoin de temps ! Quand tu te réveilleras, ce sera fini. Je te le promets.

Mais Will le repoussa si violemment que Jacob atterrit derrière les arbres, dans la vallée exposée aux regards. Au loin, les licornes levèrent la tête.

— Jacob ! glapit Fox. Reviens sous les arbres.

Jacob se retourna. Clara ne devait jamais oublier cette image. Son regard quand il se retourna. Et le coup de feu.

Il atteignit Jacob en pleine poitrine.

Fox poussa un cri quand il s'écroula dans l'herbe jaunie. Will s'élança vers lui. Il tomba à genoux près de son frère et cria son nom, mais Jacob ne bougea pas. Du sang suintait sous sa chemise, juste au-dessus du cœur.

Le Goyl sortit du brouillard, le fusil à la main, comme dans un mauvais rêve. Il boitait et semblait être blessé au bras gauche. À côté de lui marchait un soldat, la fille sur laquelle Jacob avait tiré quand elle l'avait attaqué avec son sabre. L'uniforme qu'elle portait était taché de son sang incolore.

Fox se précipita vers eux en montrant les dents : le Goyl la repoussa d'un coup de botte. La renarde changea d'apparence comme si elle avait perdu sa fourrure sous le coup de la douleur. Elle tomba dans l'herbe en sanglotant et Clara passa les bras autour d'elle pour la protéger. Will se releva, grimaçant de colère. Il voulut s'emparer du fusil que Jacob avait laissé tomber mais il tituba, étourdi. Le Goyl l'empoigna et lui mit le canon de son fusil sur la tempe.

— Du calme, dit-il, tandis que la fille braquait son pistolet sur Clara. J'avais une dette à régler avec ton frère, mais nous ne toucherons pas à un seul de tes cheveux.

Fox se dégagea de l'étreinte de Clara et tira le pistolet que Jacob portait à la ceinture. D'un coup de pied, la Goyl le lui fit sauter des mains. Will ne quittait pas son frère des yeux.

— Regarde-le, Nesser, dit le Goyl en tournant sans ménagement le visage de Will vers lui. C'est bien du jade.

Will essaya de lui donner un coup de tête, mais il était toujours étourdi et le Goyl se mit à rire.

— Oui, tu es des nôtres, dit-il, même si tu ne veux pas encore l'admettre. Attache-lui les mains ! ordonna-t-il à la jeune Goyl.

Puis il se dirigea vers Jacob et l'examina comme un chasseur examine sa proie.

— Son visage me dit quelque chose, lança-t-il. Comment s'appelle-t-il ?

Will ne répondit pas.

— Peu importe, dit le Goyl en se détournant. Vous, les chairs molles, vous vous ressemblez tous. Attrape leurs chevaux, ordonna-t-il à la fille en poussant Will vers la jument de Jacob.

— Où l'emmenez-vous ? demanda Clara d'une voix qu'elle-même eut peine à reconnaître.

Le Goyl ne se retourna pas.

— Oublie-le ! lui lança-t-il. De même qu'il va t'oublier.

30. Un linceul de corps rouges

Apparemment, la blessure causée par le coup de feu était beaucoup moins grave que ne l'avaient été les lésions infligées à Jacob par les licornes. Mais à l'époque, il respirait encore et Fox sentait son pouls battre faiblement. Maintenant, il était juste silencieux.

Une souffrance si violente. Elle aurait voulu enfoncer ses dents dans sa propre chair pour ne plus la sentir. La fourrure ne voulait pas revenir et elle se sentait aussi démunie et perdue qu'une enfant abandonnée.

Clara était assise un peu à l'écart dans l'herbe, les bras autour des genoux. Elle ne versait pas une larme. Impassible, comme si on lui avait arraché le cœur.

Ce fut Clara qui vit le nain la première. Valiant trottinait dans leur direction d'un air innocent, comme si elles l'avaient surpris en train de chercher des champignons, mais seul un nain pouvait avoir révélé aux Goyls que le cimetière des licornes était l'unique passage pour sortir du royaume des fées.

Fox essuya ses larmes et chercha dans l'herbe humide le pistolet de Jacob, qu'elle braqua sur Valiant.

— Arrête ! Qu'est-ce qui te prend ? s'écria Valiant en se précipitant derrière le premier buisson. Comment aurais-je pu savoir qu'ils allaient lui tirer dessus ? Je pensais qu'ils ne s'intéressaient qu'à son frère !

Clara se releva.

— Tue-le, Fox, dit-elle. Si tu ne le fais pas, c'est moi qui le ferai.

— Attends ! pleurnicha le nain. Ils m'ont capturé quand je revenais vers la gorge ! Qu'aurais-je dû faire ? Les laisser me tuer ?

— Et qu'est-ce que tu viens faire ici ? l'apostropha Fox. Dévaliser encore quelques cadavres avant de rentrer ?

— Comment peux-tu dire une chose pareille ? Je suis venu à votre secours ! répondit le nain avec une indignation non feinte. Deux jeunes filles, toutes seules, abandonnées de tous…

— … si seules, que nous devrons sûrement payer pour ton aide ?

Le silence qui suivit en disait long. Elle leva de nouveau le pistolet. Si seulement il n'y avait pas eu toutes ces larmes. Elles brouillaient tout, la vallée dans la brume, le buisson derrière lequel le traître s'était réfugié, et le visage immobile de Jacob.

— Fox !

Clara lui attrapa le bras. Une mite rouge s'était posée sur la poitrine ensanglantée de Jacob, une autre sur son front.

Fox laissa retomber le pistolet.

— Disparaissez! leur cria-t-elle d'une voix noyée de larmes. Et dites à votre maîtresse qu'il ne reviendra plus jamais la voir! (Elle se pencha sur Jacob.) Ne te l'avais-je pas dit? lui murmura-t-elle. Ne retourne pas chez les fées. Cette fois, tu en mourras!

Une autre mite vint se poser sur le corps inerte. Elles étaient de plus en plus nombreuses à voltiger entre les arbres, comme des fleurs jaillissant de la chair de Jacob. Fox essaya de les chasser, mais elles étaient trop nombreuses; elle renonça et les regarda recouvrir Jacob de leurs ailes comme si, même dans la mort, la Fée Pourpre le revendiquait pour elle.

Clara s'agenouilla à côté de Fox et passa les bras autour de ses épaules.

— Il faut l'enterrer.

La jeune fille se libéra de son étreinte et posa sa joue sur la poitrine de Jacob.

L'enterrer.

— Je m'en charge, dit alors le nain qui s'était approché.

Il releva le fusil que Jacob avait lâché et aplatit le canon d'une seule main, comme si le métal était de la pâte à tarte.

— Quel gâchis! marmonna-t-il en modelant le fusil en forme de pelle. Un kilo de pierre de lune rouge et personne pour le rentabiliser!

Le nain souleva sans effort les mottes couvertes d'herbe, comme s'il avait l'habitude d'enterrer des morts. Fox resta immobile, serrant Clara dans ses bras sans quitter des yeux le visage inerte de Jacob. Les mites le recouvraient toujours, lui faisant comme un linceul, quand le nain jeta sa pelle et essuya ses mains pleines de terre.

— On peut le mettre dedans, dit-il en se penchant au-dessus de Jacob, mais avant, voyons ce qu'il a dans les poches. Il n'y a pas de raison de laisser pourrir dans la terre ses beaux thalers en or.

La fourrure de Fox lui revint aussitôt.

— Ne le touche pas ! glapit-elle en essayant de mordre les doigts avides de Valiant.

Mords-le, Fox. Mords-le aussi fort que tu peux. Cela te soulagera peut-être un peu.

Le nain essaya de se défendre avec le fusil, mais elle déchira sa veste et tenta de lui sauter à la gorge jusqu'à ce que Clara l'attrape par sa fourrure et la tire en arrière.

— Fox, laisse-le ! murmura-t-elle en étreignant le corps tremblant de la renarde. Il a raison. Nous allons avoir besoin d'argent. Et des armes de Jacob, de sa boussole… de tout ce qu'il avait sur lui.

— Pour quoi faire ?

— Pour trouver Will.

De quoi parlait-elle ?

Derrière eux, le nain éclata d'un rire incrédule.

— Will ? Il n'y a plus de Will.

Mais Clara se pencha sur Jacob et glissa la main dans la poche de son manteau.

— Nous te donnerons tout ce qu'il a sur lui si tu nous aides à retrouver son frère. C'est ce qu'il aurait voulu.

Elle tira le mouchoir de la poche de Jacob et deux thalers en or tombèrent sur sa poitrine. Les mites tourbillonnaient comme les feuilles d'automne au vent.

— C'est drôle, comme ils étaient différents tous les deux, dit Clara en dégageant les cheveux bruns du front de Jacob. Tu as des frères et sœurs, Fox?

— Trois frères.

Une dernière mite s'envola. Fox frotta sa tête contre la main inerte. Mais soudain, elle sursauta. Un frisson traversait le corps sans vie. Les lèvres de Jacob bougèrent et ses mains s'agrippèrent à l'herbe.

Jacob! Fox lui sauta dessus si fougueusement qu'il soupira. Pas de tombe. Pas d'herbe humide sur son visage. Elle lui mordit le menton et les joues. Elle l'aimait tant qu'elle avait envie de le manger!

— Fox! Qu'est-ce qui te prend?

Jacob l'attrapa et s'assit.

Clara recula comme devant un fantôme et le nain laissa retomber son fusil. Mais Jacob contemplait sa chemise ensanglantée.

— C'est le sang de qui?

— C'est le tien! répondit Fox en se blottissant contre sa poitrine pour sentir battre son cœur. Ils t'ont tiré dessus!

Il la regarda d'un air incrédule, puis il déboutonna sa chemise imbibée de sang. Mais sur son cœur, à la place de la blessure, il n'y avait que l'empreinte rose pâle d'une mite.

— Tu étais mort, Jacob, dit Clara avec difficulté, comme si sa langue cherchait ses mots. Mort.

Jacob porta la main sur l'empreinte sur sa poitrine. Il n'était pas encore tout à fait revenu à lui. Fox le lisait sur son visage. Brusquement, il regarda autour de lui.

— Où est Will?

Il se relevait péniblement quand il aperçut le nain debout derrière lui. Valiant lui adressa un grand sourire.

— Cette fée doit être folle de toi. J'ai entendu dire qu'elle ressuscitait ses amants morts, mais qu'elle le fasse aussi avec ceux qui la quittent!

Il secoua la tête et leva le fusil déformé.

— Où est mon frère?

Jacob fit un pas en direction du nain, l'air menaçant. Valiant sauta au-dessus de la tombe pour se mettre à l'abri.

— Doucement, doucement! s'écria-t-il en braquant le fusil sur Jacob. Comment pourrai-je te le dire si tu me tords le cou avant?

Clara glissa les deux thalers et le mouchoir dans la poche de Jacob.

— Je suis désolée. Je ne savais pas comment retrouver Will sans lui, dit-elle en cachant son visage contre son épaule. Je croyais vous avoir perdus tous les deux.

Sans quitter Valiant des yeux, Jacob lui passa la main sur les cheveux en guise de consolation.

— Ne t'inquiète pas. Nous retrouverons Will. Je te le promets. Nous n'avons pas besoin du nain pour ça.

— Ah bon? lança Valiant en cassant le canon tordu du fusil comme une branche de bois mort. Ils emmènent ton frère dans la forteresse royale. Le dernier homme qui s'y est introduit était un espion impérial. Ils l'ont coulé dans de l'ambre jaune. Tu pourras l'admirer, juste à côté de l'entrée principale. Un spectacle horrible.

Jacob ramassa son pistolet et le mit dans sa ceinture.

— Mais évidemment, tu connais quand même un moyen d'y entrer.

Valiant grimaça un sourire d'une telle arrogance que Fox montra les dents.

— Bien sûr.

Jacob fixa le nain comme si c'était un serpent venimeux.

— Combien ?

Valiant redressa le fusil.

— Cet arbre d'or que tu as vendu à l'impératrice l'année dernière… Il paraît qu'elle t'en a laissé une bouture.

Heureusement, il ne remarqua pas le coup d'œil que Fox lança à Jacob. L'arbre poussait derrière les ruines, entre les écuries incendiées et, jusque-là, le seul or qu'il faisait pleuvoir, c'était son pollen malodorant. Mais Jacob prit quand même l'air indigné.

— C'est un prix inacceptable.

— Non, raisonnable, rétorqua Valiant dont les yeux brillaient comme s'il sentait déjà l'or ruisseler sur ses épaules. Mais si tu ne ressors pas vivant de la forteresse, il faut que la renarde me le montre. Je veux qu'elle me donne sa parole.

— Ma parole ? grogna Fox. Ça m'étonne que tu puisses prononcer ce mot sans avoir la langue qui enfle !

Le nain lui adressa un sourire méprisant. Et Jacob lui tendit la main.

— Donne-lui ta parole, Fox, dit-il. Quoi qu'il arrive, je suis certain qu'il aura mérité l'arbre.

31. Du verre sombre

Sans les chevaux, ils mirent des heures avant d'atteindre la vallée et une route qui s'enfonçait dans les montagnes. Jacob dut porter Valiant sur son dos pour qu'il ne les retarde pas. Puis un paysan les emmena dans sa charrette jusqu'au premier village, où Jacob acheta deux chevaux et un âne pour le nain. Les chevaux n'étaient pas très rapides, mais ils avaient l'habitude des chemins escarpés. Quand l'obscurité fut complète, Jacob s'arrêta enfin, contraint et forcé.

Il trouva sous une saillie rocheuse un endroit pour s'abriter du froid. Valiant se mit bientôt à ronfler aussi fort que s'il dormait dans un des lits douillets qui faisaient la réputation des auberges des nains. Fox partit chasser et Jacob conseilla à Clara de se coucher derrière les chevaux pour profiter de leur chaleur. Quant à lui, il alluma un feu avec du bois sec qu'il dénicha entre les rochers et essaya de retrouver un peu de la paix qu'il avait connue sur l'île. Il se surprenait souvent à passer la main sur le sang séché qui maculait sa chemise mais, tout ce dont il se souvenait, c'était d'un regard lourd de reproches : une sensation de douleur et d'obscurité.

Et son frère n'était plus là.

— Quand tu te réveilleras, ce sera fini. Je te le promets.

Comment, Jacob ? À supposer que le nain ne le trahisse pas une fois de plus et qu'il trouve la Fée Sombre dans la forteresse, comment ferait-il pour l'approcher d'assez près pour la toucher et, surtout, pour lui dire ce que sa sœur lui avait révélé ? Elle le tuerait bien avant.

Ne pense pas, Jacob. Fais-le, tout simplement.

Il brûlait d'impatience — comme si la mort avait redoublé son agitation habituelle. Il avait envie de secouer le nain, de reprendre la route.

Continue, Jacob. Toujours plus loin. Comme tu le fais depuis des années.

Le vent s'engouffra dans le feu et il boutonna son manteau sur sa chemise ensanglantée.

— Jacob ?

Clara avait mis une couverture des chevaux autour de ses épaules. Il remarqua que ses cheveux avaient poussé.

— Comment vas-tu ?

Sa voix trahissait sa surprise qu'il fût encore en vie.

— Bien, répondit-il. Tu veux me prendre le pouls pour t'en convaincre ?

Elle ne put s'empêcher de sourire, mais l'inquiétude persistait dans ses yeux. Une chouette hulula au-dessus de leurs têtes. Dans ce monde-ci, elles passaient pour être les âmes des sorcières défuntes. Clara s'agenouilla sur la terre froide et tendit les mains au-dessus des flammes.

— Tu continues à croire que tu pourras aider Will ?

Elle avait l'air terriblement lasse.

— Oui, dit-il. Crois-moi, tu n'as pas besoin d'en savoir plus. Ça te ferait peur.

Elle le regarda de ses yeux aussi bleus que ceux de son frère. Avant qu'ils ne disparaissent sous les reflets d'or.

— C'est pour cette raison que tu n'as pas dit à Will pourquoi il devait cueillir cette rose ? (Le vent alluma des étincelles dans ses cheveux.) Je crois que ton frère en sait plus sur la peur que toi.

Des mots. Rien que des mots. Mais ils transformaient la nuit en un verre sombre dans lequel Jacob voyait son propre visage se refléter.

— Je sais pourquoi tu es là, dit Clara d'un air absent, comme si elle ne parlait pas de lui, mais d'elle. Ce monde-ci te fait beaucoup moins peur que l'autre. Tu as laissé derrière le miroir tout ce qui t'effraie. Ici, tu n'as rien à perdre, ni personne, excepté Fox, et elle se fait plus de souci pour toi que toi pour elle. Mais Will est arrivé, et la peur avec lui.

Elle se releva et brossa la terre sur ses genoux.

— Quoi que tu aies l'intention de faire, Jacob, fais attention à toi. Tu ne répareras rien en te faisant tuer à la place de Will. Et s'il y a un moyen, quel qu'il soit, de lui permettre de redevenir celui qu'il était, alors, laisse-moi t'aider ! Même si tu penses que j'aurai peur. Moi non plus, je ne veux pas le perdre. À quoi cela sert-il, sinon, que je sois encore ici ?

Elle s'éclipsa sans attendre sa réponse. Jacob aurait voulu qu'elle soit très loin. Et en même temps, il était heureux de sa présence. Son visage se reflétait dans le verre sombre de la nuit. Intact. Tel que Clara l'avait dessiné.

32. Le fleuve

Ils mirent encore quatre jours à atteindre la montagne que les Goyls appelaient leur pays. Des journées glaciales, des nuits froides. Trop de pluie et des vêtements mouillés. Un des chevaux perdit un fer et le maréchal-ferrant auquel ils l'amenèrent parla à Clara d'un Barbe-Bleue qui avait acheté au village voisin trois filles, à peine plus âgées qu'elle, à leurs pères, et les avait emmenées dans son château pour les tuer. Clara l'écoutait d'un air impassible, mais Jacob devinait en la regardant qu'elle trouvait sa propre histoire presque aussi sinistre.

— Que fait-elle encore ici ? lui demanda Valiant à voix basse le matin (car Clara était si fatiguée qu'elle arrivait à peine à remonter à cheval). Comment traitez-vous vos femmes, vous les hommes ? Sa place est dans une maison. De beaux vêtements, des domestiques, des gâteaux, un lit douillet, voilà ce dont elles ont besoin.

— Avec un nain pour mari et une serrure en or à la porte, dont toi seul posséderais la clé ? rétorqua Jacob.

— Pourquoi pas ? répliqua Valiant en gratifiant Clara de son plus charmant sourire.

Les nuits étaient si froides qu'ils dormaient dans des auberges. Clara partageait son lit avec Fox et Jacob dormait à côté du nain qui ronflait, mais ce n'était pas la seule raison de ses insomnies. Il rêvait de mites rouges qui l'étouffaient et quand il se réveillait, trempé de sueur, il avait dans la bouche le goût de son propre sang.

Au soir du quatrième jour, ils aperçurent les tours que les Goyls construisaient le long de leur frontière. Fines comme des stalagmites, avec des murs fibreux et des fenêtres en onyx. Par chance, Valiant connaissait un chemin à travers les montagnes environnantes.

Autrefois, dans cette contrée, les Goyls n'étaient qu'un fléau parmi beaucoup d'autres, qu'on mentionnait en passant à côté des ogres et des loups bruns. Mais leur pire crime avait toujours été leur ressemblance avec les hommes. Ils étaient les jumeaux honnis. Les cousins de pierre qui vivaient dans l'obscurité. Nulle part on ne les avait chassés aussi impitoyablement que dans les montagnes d'où ils étaient originaires. À présent, les Goyls se vengeaient. Ils n'étaient nulle part plus féroces que dans leur vieille patrie.

Valiant évitait les routes fréquentées par leurs troupes, mais ils tombaient souvent sur leurs patrouilles. Le nain présentait alors Jacob et Clara comme de riches clients qui avaient l'intention de construire une verrerie à proximité de la forteresse royale. Jacob avait acheté à Clara une de ces jupes brodées de fils d'or que les femmes fortunées portaient dans la région et échangé ses propres vêtements contre ceux d'un commerçant. Il avait lui-même peine à se reconnaître dans ce manteau au col doublé de fourrure et ces pantalons gris et soyeux. Quant à Clara, elle avait encore plus de mal à tenir en selle dans sa jupe ample mais, chaque fois que Valiant racontait son histoire, les Goyls lui faisaient signe de passer.

Un soir qui sentait la neige, ils atteignirent le fleuve au-delà duquel se trouvait la forteresse. Le bac accostait à Blenheim, une ville dont les Goyls s'étaient emparés des années plus tôt. Presque la moitié des fenêtres étaient murées. Les occupants avaient couvert de nombreuses rues pour se protéger de la lumière du jour et, derrière le mur du port, il y avait un accès surveillé qui indiquait que, désormais, Blenheim avait aussi son quartier souterrain.

Pendant que Fox disparaissait entre les maisons à la poursuite d'un des maigres poulets qui picoraient sur les pavés, Jacob accompagna Clara jusqu'au ponton où le bac était amarré. Le ciel du soir se reflétait dans l'eau trouble ; sur l'autre rive, un portail carré s'ouvrait dans le flanc de la montagne.

— C'est l'entrée de la forteresse ? demanda Jacob au nain.

Mais Valiant secoua la tête.

— Non, c'est une des villes qu'ils ont aménagées à la surface de la terre. La forteresse est plus à l'intérieur du pays et si profondément enfouie qu'on a du mal à y respirer.

Jacob attacha les chevaux et descendit avec Clara jusqu'au ponton. Le batelier était en train de mettre la chaîne. Cet homme était presque aussi affreux que le troll, dans le Nord, qui avait peur de son propre reflet. Son bateau, à la coque plate doublée de métal, avait connu des jours meilleurs. Quand Jacob lui demanda s'il pouvait les faire passer de l'autre côté avant la tombée de la nuit, le batelier grimaça un sourire méprisant.

— Ce fleuve n'est pas très hospitalier quand il fait nuit. Et à partir de demain, la traversée sera interdite pendant trois jours : le Goyl quitte son nid pour aller se marier.

Il parlait fort, comme s'il voulait qu'on l'entende depuis l'autre rive.

— Se marier ?

Jacob tourna vers Valiant un regard interrogateur, mais le nain haussa les épaules.

— D'où sortez-vous ? se moqua le batelier. Demain, l'impératrice achète la paix qu'elle conclut avec les visages de pierre en donnant la main de sa fille à leur roi. Demain, ils vont sortir de leurs trous comme des termites et le Goyl va se rendre à Vena dans son train diabolique pour emporter la plus belle de toutes les princesses avec lui sous la terre.

Demain. Déjà !

— La fée l'accompagne ?

Valiant fronça les sourcils.

Le batelier haussa les épaules.

— Bien sûr. Le Goyl ne va nulle part sans elle. Pas même à son mariage avec une autre.

Et le temps te file entre les doigts, Jacob. Il mit sa main dans sa poche.

— Est-ce que tu as transporté un officier goyl aujourd'hui ?

— Pardon ? demanda le batelier en portant la main à son oreille.

— Un officier goyl. La peau en jaspe, un œil presque aveugle. Il était accompagné d'un prisonnier.

Le batelier regarda en direction du poste, derrière le mur, où un Goyl montait la garde, mais il était loin et leur tournait le dos.

— Comment ça ? Tu es un de ces chasseurs de têtes ? s'écria le batelier d'une voix si sonore que Jacob lança à la sentinelle un coup d'œil inquiet. Son prisonnier pourrait te rapporter beaucoup d'argent. Il est d'une couleur que je n'ai encore jamais vue, chez aucun d'entre eux.

Comme Jacob aurait aimé lui lancer son poing dans la figure ! Il se maîtrisa et tira un thaler en or de son mouchoir.

— Tu en auras un deuxième sur l'autre rive si tu nous fais passer aujourd'hui.

Le batelier regarda le thaler avec avidité. Valiant attrapa Jacob par le bras et l'attira à l'écart.

— Attendons demain. Il fait presque nuit et le fleuve grouille de Loreleys.

Des Loreleys. Jacob regarda le cours paisible de l'eau. Sa grand-mère lui avait parfois chanté une ballade du même nom. Quand il était enfant, cette histoire lui faisait très peur, mais celles qu'on racontait sur les Loreleys en ce monde étaient bien plus sinistres. Quand même. Il n'avait pas le choix.

— Ne vous inquiétez pas, nous ne les réveillerons pas ! dit le batelier en lui tendant une main calleuse.

Mais quand Jacob y déposa le thaler en or, il fouilla dans sa poche déformée et en sortit des boules de cire qu'il mit dans la main de Jacob et dans celle de Valiant. Elles avaient l'air d'être déjà passées par beaucoup d'oreilles.

— Par prudence. On ne sait jamais.

Clara regarda Jacob d'un air perplexe.

— Vous n'en avez pas besoin, dit le batelier. Les Loreleys ne s'intéressent qu'aux hommes.

Quand Fox réapparut, ils étaient déjà en train d'embarquer les chevaux sur le bac. Elle arracha quelques poils de sa fourrure avant de sauter sur le bateau plat. Les chevaux étaient nerveux, mais le batelier fourra le thaler dans sa poche et largua les amarres.

Le bac s'éloigna de la rive. Derrière lui, les maisons et le ponton de Blenheim se fondaient dans le crépuscule et, bientôt, on n'entendit plus dans le silence du soir que le clapot de l'eau contre la coque du bac. L'autre rive se rapprochait lentement. Le batelier fit à Jacob un signe rassurant. Mais les chevaux étaient toujours nerveux et Fox dressait l'oreille.

Soudain, une voix se fit entendre sur le fleuve.

Au chant mélodieux d'un oiseau succéda celui d'une femme. La voix venait d'un rocher qui émergeait de l'eau sur leur gauche, un rocher gris, comme si le crépuscule s'était pétrifié. Une silhouette s'en détacha et glissa sur le fleuve. Une deuxième suivit, puis il en vint de partout.

Valiant lâcha un juron.

— Qu'est-ce que je t'avais dit ? lança-t-il à Jacob. Plus vite ! cria-t-il au batelier. Dépêche-toi !

Mais celui-ci semblait n'entendre ni le nain ni les voix sur l'eau, de plus en plus enjôleuses. Et quand Jacob lui posa la main sur l'épaule, il sursauta.

— Dur de la feuille ! Ce bâtard sournois est presque aussi sourd qu'un poisson mort ! s'écria Valiant en s'empressant d'enfoncer les boules de cire dans ses oreilles.

Le batelier haussa les épaules et s'accrocha à sa barre tandis que Jacob se demandait, tout en introduisant les boules de cire sale dans ses oreilles, combien de fois il était déjà revenu sans ses passagers.

Les chevaux avaient peur. Il avait du mal à les tenir. Les dernières lueurs du jour s'éteignaient et l'autre rive se rapprochait très lentement, comme si l'eau les repoussait. Clara fit un pas dans sa direction. Fox se mit devant lui pour le protéger, bien que sa fourrure se hérissât sous le coup de la peur, mais les voix devenaient si sonores que Jacob les entendait, malgré les boules. Elles l'attiraient vers l'eau. Clara l'éloigna du bastingage, mais le chant lui traversait la peau comme un doux poison. Des têtes émergeaient des vagues, des chevelures flottaient sur l'eau comme des roseaux et quand, l'espace d'un instant, Clara le lâcha pour se boucher les oreilles, Jacob ôta les boules protectrices et les jeta par-dessus bord.

Les voix chantantes s'enfonçaient dans son cerveau comme des couteaux dégoulinant de miel. Quand il se dirigea en titubant vers le bastingage, Clara fit une nouvelle tentative pour le retenir, mais Jacob la repoussa si rudement qu'elle trébucha contre le batelier.

Où étaient-elles ? Il se pencha sur l'eau. Il ne vit d'abord que son propre reflet, auquel se mêla bientôt un visage qui ressemblait à celui d'une femme, sans nez, avec des yeux d'argent et des crocs bien visibles sous les lèvres vert pâle. Des bras surgissaient du fleuve, se tendaient vers lui, des doigts s'agrippaient à ses poignets. Une autre main lui attrapa les cheveux. De l'eau giclait sur le pont. Elles étaient partout, tendaient les bras vers lui, montrant les dents, leurs corps de poisson à demi hors de l'eau. Des Loreleys. Bien pire que la ballade. La réalité était toujours pire.

Fox enfonça profondément ses crocs dans un des nombreux bras couverts d'écailles qui s'accrochaient à celui de Jacob mais les autres Loreleys le tiraient par-dessus bord. Il allait perdre pied quand il entendit un coup de feu : une des nixes retomba dans l'eau sombre, une balle en plein front.

Clara se tenait derrière lui, le pistolet qu'il lui avait donné à la main. Elle visa une Loreley qui essayait d'entraîner le nain dans l'eau, et tira une deuxième fois. Le batelier tua deux nixes à coups de couteau. Jacob, dégrisé, tira à son tour sur une Loreley qui avait enfoncé ses griffes dans la fourrure de Fox. Quand elles virent les corps flotter à la surface, les autres battirent en retraite avant de s'attaquer à leurs congénères.

Devant ce spectacle, Clara laissa retomber son pistolet. Elle cacha son visage dans ses mains tandis que Jacob et Valiant rattrapaient les chevaux affolés et que le batelier dirigeait vers le ponton le bac qui tanguait dangereusement. Les Loreleys criaient dans leur dos, furieuses, et leurs voix évoquaient cette fois les cris stridents d'une nuée de mouettes.

Elles criaient encore quand ils firent descendre les chevaux à terre. Le batelier retint Jacob et lui tendit la main.

Mais Valiant le repoussa si rudement qu'il faillit basculer dans le fleuve.

— Je vois que le deuxième thaler n'est pas tombé dans l'oreille d'un sourd, lui lança-t-il. Que dirais-tu de nous rendre le premier ? À moins que tu aies l'habitude de te faire payer quand tu livres à domicile leur dîner aux Loreleys ?

— Je vous ai fait traverser, que voulez-vous de plus ? répondit le batelier. C'est cette maudite fée qui les a amenées là. Dois-je pour autant fermer boutique ? Ce qui est convenu est convenu.

— C'est bon, dit Jacob en tirant un deuxième thaler de sa poche. (Ils étaient arrivés sur l'autre rive, cela seul comptait.) Y a-t-il autre chose contre quoi nous devrions nous prémunir ?

Valiant suivit le thaler des yeux. Le batelier, avide, le glissa dans sa poche.

— Le nain vous a parlé des dragons ? Ils sont aussi rouges que le feu qu'ils crachent et, quand ils tournent au-dessus des montagnes, leurs versants s'embrasent et brûlent pendant plusieurs jours.

— Ah oui, une vieille histoire, dit Valiant en lançant à Jacob un regard de connivence. Ne racontez-vous pas aussi à vos enfants qu'il y a encore des géants qui vivent sur cette rive ? Superstitions que tout cela ! Mais veux-tu que je te dise où il y a vraiment des dragons ?

Le batelier se pencha vers le nain, curieux.

— Je l'ai vu de mes propres yeux ! lui cria Valiant dans l'oreille. Dans son nid d'os, à seulement deux lieues en remontant le fleuve, mais il était vert et une jambe aussi maigre que les tiennes pendait de son horrible gueule ! Par le diable et tous ses cheveux d'or, me suis-je dit, je ne voudrais pas vivre à Blenheim, si jamais il prenait un jour à ce monstre l'idée de descendre le fleuve !

Le batelier ouvrit des yeux aussi grands que les thalers en or de Jacob.

— À deux lieues ? répéta-t-il en regardant en amont du fleuve d'un air inquiet.

— Oui, peut-être même un peu moins ! dit Valiant en lui rendant les boules de cire. Amuse-toi bien pour le retour !

— Pas mal, ton histoire ! chuchota Jacob au nain qui se hissait sur son âne. Et si je te disais que j'ai déjà vu un dragon, un vrai ?

— Je dirais que tu es un menteur, répliqua Valiant à voix basse. Raconte-moi plutôt où tu trouves ces thalers en or. Comment est-il possible que tu en tires constamment de ta poche sans que je les entende tinter ?

Derrière eux, les Loreleys criaient toujours. Quand il aida Clara à monter à cheval, Jacob remarqua les marques de griffes sur son bras. Mais dans ses yeux, il ne lut aucun reproche.

— Que sens-tu ? demanda-t-il à Fox en sautant sur sa propre monture.

— Des Goyls, répondit-elle. Rien que des Goyls. On dirait qu'ils sont dans l'air, partout.

33. Si fatigué

Will voulait dormir. Seulement dormir, et oublier le sang, tout ce sang sur la poitrine de Jacob. Il avait perdu la notion du temps, et il ne sentait plus sa propre peau, ni les battements de son cœur. Son frère mort. C'était la seule image qui émergeait dans ses rêves. Et les voix. Une voix rauque. Et l'autre comme de l'eau. De l'eau fraîche, sombre. « Ouvre les yeux », disait la voix. Mais il ne pouvait pas.

La seule chose qu'il pouvait faire, c'était dormir.

Même si cela supposait de voir tout le sang.

Une main lui caressait le visage. Pas une main de pierre, non, une main douce et fraîche.

— Réveille-toi, Will.

Mais il ne voulait pas se réveiller avant d'être rentré dans l'autre monde, où le sang sur la poitrine de Jacob ne serait plus qu'un mauvais rêve, comme la peau de jade et l'étranger qui était en lui.

— Il est allé voir votre sœur pourpre.

La voix de l'assassin. Will aurait voulu taillader sa peau de jaspe avec ses nouvelles griffes et le voir à terre, inerte comme Jacob. Mais il était prisonnier du sommeil qui paralysait ses membres mieux qu'une lourde chaîne.

— Quand ?

La colère. Will la ressentit comme une lame de glace.

— Pourquoi ne l'en as-tu pas empêché ?

— Comment ? Vous ne m'avez pas révélé comment on franchit la vallée des licornes !

La haine. Comme le feu contre la glace.

— Vous êtes plus puissante que votre sœur. Vous n'avez qu'à annuler son sortilège.

— C'est un sortilège d'épines ! Personne ne peut l'annuler. J'ai vu qu'une fille l'accompagnait. Où est-elle ?

— Je n'avais pas ordre de l'amener ici.

La fille. Comment était-elle ? Will ne savait plus. Le sang avait effacé l'image de son visage.

— Amène-la-moi ! La vie de ton roi en dépend.

Will sentit de nouveau les doigts sur son visage. Si doux, si frais.

— Une armure en jade, dit la voix caressante. Issue de la chair de ses ennemis. Mes rêves ne mentent jamais.

34. *L'eau d'alouette*

Valiant les conduisait à travers la nuit, très sûr de lui. Les versants devenaient de plus en plus abrupts, et la route qu'ils suivaient depuis le fleuve finit par se perdre dans le gravier et des buissons de ronces. Le nain retint alors son âne et regarda autour de lui, perplexe.

— Quoi ? s'exclama Jacob en le rejoignant. Ne me dis pas que tu es déjà perdu.

— La dernière fois que je suis venu ici, il faisait grand jour ! répliqua Valiant, agacé. Comment veux-tu que je trouve un accès caché quand il fait plus noir que dans le derrière d'un géant ? Ce doit être tout près d'ici !

Jacob descendit de cheval et lui mit la lampe de poche dans la main.

— Tiens! Tâche de le trouver, si possible cette nuit.

Incrédule, le nain regarda le rayon de la lampe scruter l'obscurité.

— Qu'est-ce que c'est? De la magie de fées?

— Si on veut, répondit Jacob.

— Je pourrais jurer que c'est là-bas, dit Valiant en éclairant un versant, en contrebas, qui se perdait dans les buissons.

Fox le regarda d'un air soupçonneux partir à pied dans cette direction.

— Va avec lui, lui dit Jacob. Sinon, il va encore se perdre.

Fox n'était pas emballée, mais elle obéit et suivit le nain.

Clara mit pied à terre et attacha son cheval à un arbre. Les fils d'or de sa jupe brillaient au clair de lune. Jacob cueillit des feuilles de chêne et les lui tendit.

— Frotte-les dans tes mains et passe-les ensuite sur les broderies.

Les fils pâlirent sous les doigts de Clara, comme si l'or, sur le tissu bleu, s'effaçait.

— Du fil d'elfe. Magnifique. Mais les Goyls te repéreraient à des lieues.

Clara passa ses mains sur sa chevelure claire qui risquait aussi de les trahir, cherchant à la dissimuler.

— Tu veux entrer seul dans la forteresse.

— Oui.

— Tu serais mort si tu avais été seul sur le fleuve! Laisse-moi t'accompagner. Je t'en prie.

Jacob secoua la tête.

— C'est trop dangereux. Will est perdu s'il t'arrive quelque chose. Crois-moi. Il va bientôt avoir besoin de toi, bien plus que moi.

— Comment ça ?

Il faisait si froid qu'une buée sortait de ses lèvres.

— C'est toi qui devras le réveiller.

— Le réveiller ?

Elle mit quelques instants à comprendre.

— La rose...

Clara le regarda d'un air incrédule.

Et le prince se pencha sur elle et lui donna un baiser. Alors elle s'éveilla...

Au-dessus d'eux, les croissants des deux lunes étaient si minces dans le ciel noir qu'on eût dit que la nuit les avait engloutis.

— Pourquoi crois-tu que je puisse le réveiller ? Ton frère ne m'aime plus, répondit-elle en s'efforçant de dissimuler sa peine.

Jacob enleva le manteau qui le faisait passer pour un riche commerçant. Les seuls hommes dans la forteresse étaient des esclaves et ils n'arboraient sûrement pas des cols de fourrure.

— Toi, tu l'aimes, dit-il. Ça devrait suffire.

— Et si ça ne suffit pas ?

Il n'avait pas besoin de répondre. Ni l'un ni l'autre n'avaient oublié le château et les morts sous les feuilles.

— Combien de temps Will a-t-il mis avant d'oser te demander de sortir avec lui ? demanda Jacob en enfilant son vieux manteau.

Ce souvenir dissipa le chagrin sur le visage de Clara.

— Quinze jours. Je pensais qu'il ne le ferait jamais. Alors que nous nous sommes vus tous les jours à l'hôpital quand il venait voir votre mère.

— Quinze jours ! Pour Will, ce n'est pas long. (Derrière eux, il y eut un bruit de feuilles froissées. Jacob porta la main à son pistolet, mais ce n'était qu'un blaireau qui se frayait un chemin à travers les buissons.) Et où t'a-t-il emmenée ?

— À la cafétéria de l'hôpital. Pas très romantique, ajouta Clara en souriant. Il m'a parlé d'un chien qui s'était fait renverser par une voiture et qu'il avait recueilli. À notre rendez-vous suivant, il me l'a amené.

En voyant l'expression de Clara, Jacob se surprit à envier Will.

— Allons chercher de l'eau, dit-il en détachant les chevaux.

Ils trouvèrent une mare et, à côté, une carriole abandonnée. Les roues s'enfonçaient dans la vase et, sur le plateau pourri, un héron avait construit son nid. Les chevaux plongèrent leurs naseaux dans l'eau et l'âne de Valiant y entra jusqu'aux genoux, mais quand Clara voulut en boire, Jacob la retint.

— Les ondins, dit-il. La carriole devait appartenir à une petite paysanne. Ils sont friands de fiancées humaines et, dans le coin, ils doivent attendre longtemps avant de tomber sur une proie.

Jacob crut entendre soupirer l'ondin quand Clara s'éloigna de la mare. Les ondins étaient assez horribles, mais ils ne dévoraient pas leurs victimes comme les Loreleys. Ils les emportaient dans des grottes où elles pouvaient respirer, ils les nourrissaient et leur apportaient des cadeaux. Des coquillages, des perles de rivière, les bijoux de noyées… Jacob avait travaillé un certain temps pour les parents désespérés de telles captives. Il avait réussi à ramener à la lumière du jour trois pauvres filles complètement traumatisées par leur séjour dans des grottes obscures, où elles avaient dû supporter pendant plusieurs mois, entre les perles et les arêtes de poisson, les baisers baveux d'un ondin amoureux.

Une fois, les parents avaient même refusé de le payer parce qu'ils ne reconnaissaient pas leur fille.

Jacob laissa les chevaux boire et se mit en quête de la source qui alimentait la mare. Il ne mit pas longtemps à la trouver : un mince filet d'eau coulait d'une fente dans la roche. Jacob repêcha les feuilles fanées qui flottaient à la surface et Clara remplit ses mains d'eau glacée. Elle avait un goût de terre mais, quand Jacob aperçut les oiseaux, Clara et lui en avaient déjà bu. Deux alouettes mortes collées l'une contre l'autre sur les pierres humides. Il cracha et aida Clara à se relever.

— Que se passe-t-il ? demanda-t-elle, effrayée.

Sa peau sentait l'automne et le vent. *Non, Jacob.* Mais c'était trop tard. Elle ne résista pas quand il l'attira vers lui. Il l'attrapa par les cheveux, l'embrassa sur la bouche et sentit le cœur de Clara battre aussi fort que le sien. Les cœurs minuscules des alouettes ne résistaient pas à cet accès de folie, d'où le nom : eau d'alouette. Fraîche et claire, elle n'éveillait pas les soupçons, mais il suffisait d'en boire une gorgée et l'on était perdu. *Lâche-la, Jacob.* Mais il l'embrassait toujours et ce n'était pas le nom de Will qu'elle murmurait, mais le sien.

— Jacob !

Femme ou renarde. L'espace d'un instant, Fox sembla être les deux. Mais ce fut la renarde qui le mordit, si fort qu'il lâcha Clara alors que tout en lui voulait la retenir.

Clara recula en trébuchant et passa la main sur sa bouche, comme pour effacer ses baisers.

— Regardez-moi ça ! s'exclama Valiant en braquant sa lampe de poche sur eux et en adressant à Jacob un sourire hypocrite. Ça veut dire que nous oublions ton frère ?

Fox le regarda comme s'il l'avait frappée. Humaine et animale, renarde et femme. Elle semblait être toujours les deux à la fois, mais elle était Fox tout entière quand elle courut jusqu'au ruisseau et remarqua les deux oiseaux morts.

— Depuis quand êtes-vous assez bêtes pour boire de l'eau d'alouette?

— Il faisait nuit, Fox.

Il sentait les battements de son cœur jusque dans sa gorge.

— De l'eau d'alouette?

Clara dégagea les cheveux de son front d'une main tremblante. Elle ne le regardait pas.

— Oui. C'est terrible, lança Valiant en la gratifiant d'un sourire faussement compatissant. Quand on en boit, on peut tomber même dans les bras de la fille la plus laide. Seuls les nains n'en ressentent presque pas l'effet. Mais malheureusement, poursuivit-il en regardant Jacob avec un sourire sardonique, ce n'est pas moi, mais lui qui en a bu.

— Combien de temps cela dure-t-il? demanda Clara d'une voix à peine audible.

— Certains disent que l'effet s'arrête après la première crise. Mais il y en a aussi qui prétendent qu'il peut durer des mois. Quant aux sorcières, poursuivit Valiant en se tournant vers Jacob avec un sourire désobligeant, elles croient que l'eau se contente de révéler ce qui était déjà là.

— Tu m'as l'air de tout savoir sur l'eau d'alouette. Est-ce que tu en mets en bouteille pour en faire le commerce? lança Jacob au nain.

Valiant haussa les épaules.

— Malheureusement, elle ne se conserve pas. Et elle a un effet trop imprévisible. Comme c'est dommage. Tu imagines l'argent qu'on pourrait gagner avec ça ?

Jacob sentit le regard de Clara sur lui mais, quand il se tourna vers elle, elle baissa les yeux. Il sentait encore sa peau sous ses doigts.

Arrête, Jacob.

— Vous avez trouvé l'accès ? demanda-t-il à Fox.

— Oui, répondit-elle en lui tournant le dos. Il s'en dégage une odeur de mort.

— Qu'est-ce que tu racontes ? rétorqua Valiant avec mépris. C'est un tunnel naturel qui débouche sur une de leurs routes souterraines. Ils font surveiller la plupart des accès, mais celui-là est relativement sûr.

— Relativement ? répéta Jacob qui croyait sentir encore les cicatrices sur son dos. Et d'où le connais-tu ?

Devant tant de méfiance, Valiant leva les yeux au ciel.

— Leur roi a interdit la vente de certaines pierres semi-précieuses, très prisées. Par chance, certains de ses sujets sont aussi intéressés que moi par un commerce honnête.

— Je le répète, il dégage une odeur de mort.

La voix de Fox était encore plus rauque que d'habitude.

— Si vous préférez passer par l'entrée principale ! railla Valiant. Jacob Reckless sera peut-être le seul être humain qui puisse se promener dans la forteresse des Goyls sans être coulé dans l'ambre.

Clara cacha ses mains derrière son dos comme pour oublier celui qui les avait touchées.

Jacob évitait de la regarder. Il rechargea son pistolet et sortit divers objets de sa sacoche : la longue-vue, la tabatière, le flacon de verre vert et le couteau de Chanute. Puis il remplit ses poches de munitions.

Fox était tapie sous les buissons. Elle se recroquevilla quand il se dirigea vers elle, comme autrefois, quand il l'avait trouvée dans le piège.

— Tu vas rester ici et veiller sur elle, dit-il. Si je ne suis pas rentré demain soir, emmène-la au château en ruine.

Emmène-la. Il n'osait même pas prononcer son nom.

— Je ne veux pas rester avec elle.

— Fox, je t'en prie.

— Tu ne vas pas revenir. Pas cette fois.

Elle montra les dents, mais sans mordre vraiment. On sentait toujours l'amour sous ses morsures.

— Reckless ! s'exclama le nain en lui donnant un coup de crosse impatient dans le dos. Je croyais que tu étais pressé.

Il avait transformé le fusil en une arme insolite. Le bruit courait même que, dans les mains des nains, le métal pouvait donner des racines.

Jacob se releva.

Clara était toujours debout à côté du ruisseau. Elle se détourna quand il s'approcha d'elle mais Jacob l'entraîna à sa suite. Loin du nain. Loin de Fox et de sa rancune.

— Regarde-moi.

Elle essaya de se dégager mais il ne la lâcha pas, malgré les battements accélérés de son cœur.

— Ça n'a aucune importance, Clara. Aucune !

Les yeux de Clara étaient noirs de honte.

— Tu aimes Will, tu entends ? Si tu l'oublies, nous ne pourrons pas le secourir. Et alors, personne ne pourra le secourir.

Elle hocha la tête. Pourtant, Jacob lisait dans son regard la même folie qui le dévorait. *Combien de temps cela agit-il ?*

— Tu voulais savoir ce que j'ai l'intention de faire, ajouta-t-il en lui prenant les mains. Je dois aller trouver la Fée Sombre et la forcer à rendre sa peau humaine à Will.

Clara gémit d'effroi. Il posa un doigt sur ses lèvres.

— N'en dis rien à Fox, lui murmura-t-il. Sinon, elle va me suivre. Mais je te jure que je trouverai la fée. Toi, tu réveilleras Will. Et tout s'arrangera.

Il voulait la garder. Jamais il n'avait souhaité quelque chose avec une telle intensité.

Jacob partit derrière Valiant dans la nuit sans se retourner. Fox ne les suivit pas.

35. Au cœur de la Terre

Fox avait raison. La grotte où Valiant conduisit Jacob dégageait une odeur de mort : nul besoin d'un flair de renarde pour le sentir. Un seul coup d'œil suffit à Jacob pour savoir qui y habitait.

Le sol était parsemé d'os. Les ogres vivaient au milieu des restes de leurs repas, et ils ne mangeaient pas que des hommes. Ils appréciaient aussi la chair des Goyls et des nains. On distinguait au milieu des ossements des objets qui permettaient d'identifier leurs victimes : une montre de poche, la manche déchirée d'une robe, une chaussure d'enfant minuscule, un carnet avec du sang séché sur les pages. Un instant, Jacob eut envie de faire demi-tour pour prévenir Clara, mais le nain le retint.

— Ne t'inquiète pas, lui souffla-t-il. Il y a belle lurette que les Goyls ont tué tous les ogres de la région. Et, par chance, ils n'ont pas encore découvert ce tunnel.

Il disparut dans une fente du rocher, assez large pour qu'un nain s'y faufile, mais plus difficile d'accès pour Jacob. Le tunnel était si bas que, durant les premiers mètres, il put à peine se tenir debout. Bientôt, la pente se fit très raide. Dans l'étroite galerie, Jacob respirait avec peine et il fut soulagé quand ils débouchèrent enfin sur une des routes souterraines qui reliaient entre elles les forteresses des Goyls. Aussi large qu'une route de l'autre monde, elle était recouverte de pavés phosphorescents qui, à la lueur de la lampe de poche, diffusaient une faible lumière. Jacob crut entendre au loin des machines et un bourdonnement qui ressemblait à celui des abeilles dans une prairie pleine de fleurs.

— Qu'est-ce que c'est? demanda-t-il à voix basse au nain.

— Des insectes qui épurent les eaux usées des Goyls. Leurs villes sentent nettement moins mauvais que les nôtres, expliqua Valiant en sortant un crayon de sa veste. Baisse-toi! Il est temps que je te fasse la marque des esclaves! P pour Prussan, chuchota-t-il en dessinant sur le front de Jacob la lettre de l'alphabet goyl. Si on t'interroge, tu diras que c'est le nom de ton propriétaire. Prussan est un commerçant avec qui je fais des affaires. Cela dit, ses esclaves sont beaucoup plus propres que toi et ne portent sûrement pas de ceinturon. Tu ferais mieux de me donner le tien.

— Non, merci, chuchota Jacob en boutonnant son manteau

pour cacher son ceinturon. Si jamais ils m'arrêtent, je ne veux pas devoir compter sur toi.

La route était aussi large que les allées de la capitale impériale mais, au lieu d'arbres, elle était bordée de parois rocheuses. Quand Valiant les balaya avec le faisceau de sa lampe de poche, des visages émergèrent de l'obscurité. Jacob n'avait jamais cru aux histoires selon lesquelles les Goyls honoraient leurs héros en construisant les murs de leurs forteresses avec leurs têtes. Mais apparemment, comme tous les contes, ces histoires comportaient une part obscure de vérité. Des centaines de morts les regardaient. Des milliers. Une tête après l'autre, comme des pierres grotesques. Les visages des Goyls, dans la mort, restaient intacts et les yeux éteints avaient été remplacés par des topazes dorées.

Valiant ne resta pas longtemps dans l'allée des morts. Il emprunta des galeries qui s'enfonçaient toujours plus profondément sous terre. Jacob voyait par moments de la lumière au bout d'un tunnel latéral ou sentait le bruit des moteurs comme une vibration sur sa peau. Des bruits de sabots ou de roues de voitures leur parvinrent à plusieurs reprises mais, par chance, ils trouvèrent tout le long du chemin des grottes obscures où ils purent se cacher dans des buissons de stalagmites ou derrière des rideaux de stalactites.

On entendait partout le bruit des gouttes d'eau, régulier, incessant. Autour d'eux se cachaient dans le noir les merveilles qu'elles avaient formées au cours des siècles : des cascades de calcaire blanc qui bouillonnaient sur les murs comme de l'eau gelée, des forêts d'aiguilles de grès qui pendaient au-dessus de leurs têtes et des fleurs de cristal qui fleurissaient dans

l'obscurité. Dans de nombreuses grottes, il n'y avait pratiquement aucune trace des Goyls, hormis çà et là un chemin rec-
tiligne qui traversait les buissons de pierre ou des tunnels qui
s'ouvraient en carré dans une paroi rocheuse. D'autres étaient
ornées de façades en pierre et de mosaïques qui semblaient venir
d'un autre temps – des ruines entre des colonnes que l'eau avait
sculptées dans la roche.

Jacob avait l'impression qu'ils erraient depuis des jours dans
ce monde souterrain quand s'ouvrit devant eux une grotte au
fond de laquelle on distinguait les reflets d'un lac. Des plantes
qui n'avaient pas besoin de soleil poussaient le long des parois et
au-dessus de l'eau s'étirait un pont interminable, simple arche
rocheuse doublée de fer. Le moindre pas sur le pont résonnait
à travers la grotte, trahissant leur présence et effarouchant des
nuées de chauves-souris accrochées au plafond.

Ils avaient franchi la moitié du pont quand Valiant s'arrêta
brusquement. Jacob buta sur lui. Le cadavre qui leur barrait le
chemin n'était pas celui d'un Goyl mais d'un homme. Le signe
du roi était tatoué sur son front ; sa poitrine et sa gorge étaient
couvertes de morsures.

– Un des prisonniers de guerre dont ils se servent comme
esclaves, expliqua Valiant en levant les yeux d'un air inquiet.

Jacob tira son pistolet.

– Qui l'a tué ?

Le nain éclaira les stalactites qui pendaient de la voûte avec sa
lampe de poche.

– Les gardiens, chuchota-t-il. Ils les dressent pour monter
la garde dans les tunnels et les rues latérales. Ils se manifestent

quand ils flairent autre chose que les Goyls mais, par ici, je ne les ai jamais vus! Attends!

Le rayon de la lampe révéla la présence de gros trous inquiétants entre les stalactites. Valiant poussa un juron étouffé.

Un cri résonna dans le silence. Comme un signal.

– Cours! cria le nain en sautant par-dessus le corps, entraînant Jacob à sa suite.

L'air s'emplit soudain de claquements d'ailes. Les gardiens surgirent entre les stalactites, tels des oiseaux de proie : des créatures blafardes, quasi humaines, avec des ailes aux extrémités griffues. Ils avaient des yeux d'un blanc laiteux, comme ceux des aveugles, mais, à l'évidence, ils se fiaient à leur ouïe pour se diriger. Jacob en tua deux au vol; Valiant abattit un gardien qui s'agrippait dans le dos de Jacob, mais trois autres émergèrent des trous au-dessus de leurs têtes. L'un d'entre eux essaya d'arracher le pistolet des mains de Jacob qui donna un coup de coude dans le visage livide et lui trancha une aile avec son sabre. La créature poussa un cri si strident que Jacob craignit d'en voir surgir des dizaines d'autres mais, par chance, les trous n'avaient pas l'air d'être tous habités. Les gardiens des Goyls étaient de piètres attaquants toutefois, à l'extrémité du pont, l'un d'entre eux réussit à jeter le nain à terre. Il allait attaquer Valiant à la gorge quand Jacob lui planta son sabre entre les ailes. De près, son visage ressemblait à celui d'un embryon humain. Même son corps avait quelque chose d'enfantin et Jacob fut pris de nausées, comme si c'était la première fois qu'il tuait quelqu'un.

Ils se réfugièrent dans un tunnel. Leurs épaules et leurs bras étaient couverts de morsures, mais aucune n'était très profonde

et Valiant était trop furieux pour s'étonner au sujet de la teinture d'iode que Jacob appliqua sur leurs plaies.

— J'espère que l'arbre donnera de l'or pendant des années,
grogna-t-il tandis que Jacob lui bandait la main, sinon, tu n'as
pas fini d'honorer tes dettes !

Deux gardiens tournoyaient toujours au-dessus du pont. Ils
ne les suivaient pas, mais le combat avait été très dur. Jacob avait
encore plus de mal à respirer et les rues sombres lui semblaient
interminables. Épuisé, il se demandait si le nain ne lui avait
pas encore joué un mauvais tour quand le tunnel fit un coude
devant eux. Ils le franchirent et débouchèrent soudain en pleine
lumière.

— Voilà ! lui chuchota Valiant. Le nid des bêtes sauvages, ou les
grottes des lions, ça dépend de quel côté tu te trouves.

La grotte était immense, Jacob n'en voyait pas le bout. Une
multitude de lampes diffusaient une lumière tamisée, adaptée
aux yeux fragiles des Goyls. Apparemment, elles ne marchaient
pas au gaz, mais à l'électricité, et éclairaient une ville qui semblait avoir été tout entière taillée dans la pierre. Des maisons,
des tours et des palais surgissaient du sol de la grotte et le long
de ses murs, des dizaines de ponts en fer enjambaient une mer
d'immeubles, comme s'il n'y avait rien de plus simple que de
construire des ponts en fer dans les airs. Leurs piliers se dres-
saient entre les toits, tels des arbres géants, et certains étaient
bordés de maisons comme les ponts médiévaux de l'autre
monde : des ruelles suspendues sous un ciel de grès. L'ensemble
ressemblait à une toile d'araignée tissée de fer.

Jacob leva les yeux vers la voûte, où pendaient trois gigantes-
ques stalactites. La plus grande était couverte de tours en cristal

orientées vers le bas comme des javelots ; ses parois semblaient baignées par le clair de lune.

— C'est le palais ? chuchota Jacob au nain. Pas étonnant que nos édifices ne les impressionnent guère. Quand ont-ils construit ces ponts ?

— Comment le saurais-je ? répondit Valiant à voix basse. On ne nous enseigne pas l'histoire des Goyls dans les écoles des nains. On raconte que ce palais a été construit il y a plus de sept cents ans, mais leur roi a prévu de le rénover car il le trouve démodé. Les deux stalactites sur le côté sont des casernes et des prisons. Tu veux que je trouve celle dans laquelle ils ont enfermé ton frère ? ajouta le nain avec un petit sourire entendu. Tes thalers en or délieront sûrement la langue des Goyls. Mais évidemment, ça te coûtera aussi un petit supplément pour moi.

Pour toute réponse, Jacob lui mit deux thalers dans la main. Valiant ne put se contrôler. Il se redressa et plongea ses petits doigts courts dans la poche du manteau de Jacob.

— Rien ! murmura-t-il. Rien du tout ! C'est ce manteau ? Non, quand tu portais l'autre, cela marchait aussi ! Ils te poussent entre les doigts.

— Exactement, répondit Jacob en retirant la main du nain de sa poche avant qu'elle ne se referme sur le mouchoir.

— Je finirai bien par trouver, grommela Valiant en faisant disparaître les pièces d'or dans sa poche. Et maintenant, baisse la tête ! Tu es un esclave.

Les ruelles qui sillonnaient la mer d'immeubles étaient encore plus inaccessibles aux humains que les rues de Terpevas. Elles étaient si escarpées par endroits que les pieds de Jacob glissaient. Il devait alors s'accrocher à une porte ou au rebord d'une fenêtre. Valiant, en revanche, était presque aussi à l'aise qu'un Goyl. La peau des gens qu'ils rencontraient était grise, faute de soleil, et un grand nombre d'entre eux portaient l'initiale de leur propriétaire tatouée sur le front. Ils ne prêtaient pas plus attention à Jacob que les Goyls qu'ils croisaient dans le labyrinthe sombre des immeubles. Le nain semblait être une explication suffisante. Valiant prenait un malin plaisir à charger Jacob de tout ce qu'il achetait dans les boutiques où il entrait pour se renseigner sur l'endroit où se trouvait Will.

— Gagné ! chuchota-t-il après avoir fait attendre Jacob presque une demi-heure devant l'atelier d'un orfèvre. Une bonne et une mauvaise nouvelle. Je commence par la bonne : j'ai appris ce que nous voulions savoir. L'adjudant du roi a amené dans la forteresse un prisonnier que la Fée Sombre faisait rechercher. Il s'agit sans doute de notre ami. Mais le bruit n'a pas encore couru que son prisonnier avait une peau de jade.

— Et quelle est la mauvaise nouvelle ?

— Il se trouve dans le palais, dans les appartements de la fée, et il a sombré dans un sommeil profond dont nul ne peut le tirer. Je suppose que tu vois de quoi je veux parler.

— Oui, répondit Jacob en levant les yeux vers la grande stalactite.

— Laisse tomber, lui chuchota le nain. Ton frère pourrait aussi bien s'être évaporé. La chambre de la fée se trouve à la pointe extrême. Tu devrais traverser tout le palais. Personne, même toi, ne serait assez fou pour entreprendre une chose pareille.

Jacob observa les fenêtres sombres.

— Peux-tu obtenir une audience auprès de l'officier avec lequel tu fais des affaires ?

— Et après ? demanda Valiant en secouant la tête, moqueur. Le signe du roi est tatoué sur le front des esclaves du palais. Même si ton amour fraternel était assez grand pour t'en faire tatouer un, aucun d'entre eux n'est admis à quitter les appartements inférieurs.

— Et les ponts ?

— Quoi, les ponts ?

Deux d'entre eux étaient reliés au palais. Le premier, pont de chemin de fer, disparaissait dans un tunnel dans la partie supérieure. Le deuxième, bordé de maisons, était relié à mi-hauteur à la stalactite. Au point d'intersection avec le palais, la vue était dégagée sur la porte en onyx noir et une armée de sentinelles.

— Tu as un air qui ne me plaît pas ! marmonna Valiant.

Mais Jacob ne l'écoutait plus. Il regardait les poutrelles en fer qui supportaient le pont. À cette distance, elles avaient l'air d'avoir été ajoutées ultérieurement pour soutenir une vieille construction en pierre. Quoi qu'il en soit, elles s'agrippaient, telles des griffes métalliques, dans le flanc du palais suspendu.

Jacob s'abrita sous un porche et dirigea sa longue-vue vers les stalactites.

— Les fenêtres n'ont pas de barreaux, murmura-t-il.

— Pourquoi en auraient-elles ? répliqua Valiant à voix basse. Seuls les oiseaux et les chauves-souris peuvent s'en approcher. Mais tu penses appartenir à l'une de ces deux espèces.

Une troupe d'enfants passa dans la ruelle. Jacob n'avait encore jamais vu d'enfant goyl et, l'espace d'un instant, il crut reconnaître son frère parmi eux. Quand ils disparurent, Valiant regardait toujours en direction du pont.

— Attends, souffla-t-il. Maintenant, je sais ce que tu veux faire ! C'est du suicide !

Mais Jacob remit sa longue-vue dans sa poche de manteau.

— Si tu veux posséder un jour l'arbre d'or, conduis-moi au pont.

Il retrouverait Will. Même s'il avait embrassé Clara.

36. Le faux nom

—Fox ?

C'était encore elle qui l'appelait. Et Fox s'imaginait que l'ondin la tirait par les cheveux et l'entraînait dans la mare. Que les loups la mordaient. Ou que le nain la mettait en vente au marché aux esclaves. Avec la Fée Pourpre, elle n'avait jamais eu ce sentiment. Ni avec la sorcière dans la cabane de laquelle, à une époque, Jacob disparaissait presque toutes les nuits. Ni avec la femme de chambre de l'impératrice dont le parfum suave et fleuri imprégnait ses vêtements pendant des semaines.

— Fox ? Où es-tu ?

Tais-toi !

Fox s'accroupit sous les buissons sans plus savoir si elle était femme ou renarde. Elle ne voulait plus de sa fourrure. Elle voulait une peau, des lèvres qu'il puisse embrasser, comme il avait embrassé celles de Clara. Elle la revoyait dans ses bras. Continuellement.

Jacob.

Que lui arrivait-il ? Ce désir en elle, lancinant comme la faim ou la soif. Ce n'était pas l'amour. L'amour était chaud et doux comme un lit de feuillage. Mais ce qu'elle ressentait ressemblait à l'ombre d'un buisson empoisonné… si avide.

Cela devait avoir un autre nom. Le même mot ne pouvait désigner la vie et la mort, le soleil et la lune.

Jacob. Même son nom avait soudain un goût différent. Et Fox sentait le vent froid caresser sa peau de femme.

— Fox ?

Clara s'agenouilla devant elle dans la mousse humide.

Sa chevelure était dorée. Celle de Fox était toujours rousse, rousse comme la fourrure de la renarde. Elle ne se souvenait pas d'avoir été différente.

Elle écarta Clara et se releva. Cela faisait du bien d'être aussi grande qu'elle.

— Fox, dit Clara en essayant de la retenir quand elle chercha à s'éclipser. Je ne connais même pas ton nom. Ton vrai nom.

Vrai. Qu'avait-il de vrai ? Et en quoi cela regardait-il Clara ? Même Jacob ne connaissait pas son nom de jeune fille. *Céleste, lave-toi les mains. Peigne tes cheveux.*

— Et après ? Tu le sens encore ?

Fox regarda Clara dans le bleu de ses yeux. Jacob pouvait

regarder quelqu'un ainsi, et lui mentir. Il était très fort, mais la renarde connaissait bien son jeu.

Clara se détourna, mais Fox sentit ce qu'elle ressentait : de la peur et de la honte.

— As-tu déjà bu de l'eau d'alouette ?

— Non, répondit Fox d'un air méprisant. Aucune renarde ne serait aussi bête.

Même si ce n'était pas vrai.

Clara regarda en direction du ruisseau. Les alouettes étaient toujours coincées entre les pierres. Clara. Son nom avait un son de verre et d'eau fraîche. Fox l'avait aimée… jusqu'à ce que Jacob l'embrasse.

Cela lui faisait toujours mal.

Rappelle ta fourrure, Fox. Mais elle ne pouvait pas. Elle voulait sentir sa peau, ses mains et ses lèvres avec lesquelles on pouvait embrasser. Fox tourna le dos à Clara, de peur d'être trahie par son visage de femme. Elle ne savait même pas à quoi il ressemblait. Était-elle belle ou laide ? Sa mère était belle, ce qui n'avait pas empêché son père de la battre. À moins qu'il l'ait maltraitée pour cette raison ?

— Pourquoi préfères-tu être un renard ? demanda Clara.

La nuit colorait ses yeux en noir.

— Le monde est-il plus facile à comprendre ?

— Les renards n'essaient pas de le comprendre.

Clara passa sa main sur son bras, comme si elle sentait encore la main de Jacob. Et Fox vit qu'elle aurait souhaité posséder une fourrure, comme elle.

37. Les fenêtres de la Fée Sombre

Des bouchers, des tailleurs, des boulangers, des orfèvres. Le pont qui menait au palais suspendu, à une hauteur vertigineuse, était une rue commerçante. Dans les vitrines, des pierres précieuses étincelaient à côté de la viande de reptile et du chou aux feuilles noires qui poussait en l'absence de soleil. Le pain et les fruits des provinces d'en haut côtoyaient les insectes séchés – un mets de choix chez les Goyls. Mais la seule chose qui intéressait Jacob, c'était le palais.

Il était suspendu au sommet de la grotte comme un lustre de grès. Jacob fut pris de vertige quand il se pencha au-dessus du parapet entre deux magasins et regarda en bas, là où l'extrémité de la stalactite formait une couronne de cristaux qui tendait ses pointes éclatantes vers le vide.

– Quelles sont les fenêtres de la Fée Sombre ?

– Celles en malachite, répondit Valiant en jetant des coups d'œil inquiets autour de lui.

Outre les gardes postés devant le palais, il y avait beaucoup de soldats sur le pont, qui se mêlaient à la foule des badauds. Les femmes goyls portaient presque toutes des vêtements couverts de broderies de la même pierre que leur peau, taillée en écailles si fines que le tissu brillait comme une peau de serpent. Jacob se surprit à s'imaginer Clara dans une de ces robes. *Combien de temps cela dure-t-il ?*

Les fenêtres de la fée s'ouvraient comme des yeux verts dans le grès clair. Les poutrelles métalliques du pont étaient fixées dans le mur à une vingtaine de mètres au-dessus, mais la façade du palais était lisse et, contrairement aux autres stalactites, n'offrait aucune prise pour grimper.

Quand même. Il devait essayer.

Alors que Valiant marmonnait quelque chose sur les limites de l'entendement humain, Jacob tira sa tabatière de sa poche. Elle contenait un des objets magiques les plus précieux qu'il ait trouvé : un long cheveu d'or. Le nain se tut quand Jacob commença à le frotter entre ses doigts. Des filaments dorés et fins comme des fils d'araignée apparurent, s'enroulant autour du cheveu qui fut bientôt aussi gros que le majeur de Jacob et plus solide que n'importe quelle corde de ce monde – et de l'autre. Mais il avait d'autres pouvoirs. La corde adoptait la longueur dont on avait besoin et se fixait exactement à l'endroit que l'on regardait quand on la lançait.

— Un cheveu de Raiponce, pas bête ! murmura Valiant. Mais il ne te sera d'aucun secours contre les sentinelles ! Elles te verront tout de suite, comme le nez au milieu de la figure !

Pour toute réponse, Jacob tira de sa poche le petit flacon de verre vert. Il l'avait dérobé à un Stilz : il contenait de la bave d'escargot qui pouvait rendre invisible pendant quelques heures. Grâce à ce subterfuge, les escargots qui la produisaient pouvaient avoir accès à tout ce qu'ils aimaient, et les Stilz et les Poucets en faisaient l'élevage pour pouvoir chasser sans être vus. On se passait la bave sous le nez — ce qui n'était sans doute guère appétissant, même si elle n'avait pas d'odeur — mais l'effet était immédiat. Le seul problème, c'est que cette substance provoquait des nausées et des paralysies quand on l'utilisait trop souvent.

— De la bave qui rend invisible et un cheveu de Raiponce, dit le nain, qui ne pouvait cacher tout à fait son admiration. J'avoue que tu es parfaitement équipé. Quand même. Je voudrais bien savoir où pousse ton arbre d'or avant que tu te lances là-dedans.

Mais Jacob se frottait déjà la bave sous le nez.

— Oh non, dit-il. Imagine que tu m'aies encore caché quelque chose et que les gardes m'attendent ? La corde ne supporterait pas nos deux poids, tu peux rester ici. Mais si jamais les gardes donnent l'alarme, tu as intérêt à faire diversion, sinon, tu pourras oublier ton arbre d'or.

Coupant court aux protestations du nain, il sauta par-dessus le parapet. La bave eut un effet quasi instantané : quand Jacob se suspendit aux piliers en fer, il ne voyait déjà plus ses mains. Il s'accrocha à une des poutrelles et lança la corde. Elle tournoya dans les airs comme si elle traversait les eaux avant de se fixer à une corniche entre les fenêtres de malachite.

Et si tu retrouves vraiment Will derrière cette fenêtre, Jacob ? Même si tu romps la malédiction de la Fée Sombre, il dort ! Comment veux-tu le sortir de la forteresse ? Il n'avait pas de réponse. Il savait seulement qu'il devait essayer. Et qu'il sentait toujours les lèvres de Clara sur les siennes.

Il était facile de grimper à un cheveu de Raiponce. La corde adhérait à ses mains. Jacob essaya d'oublier le vide au-dessous de lui. *Tout va s'arranger.* La stalactite descendait vers lui, tendineuse comme un muscle de pierre. Il sentait la nausée que provoquait la bave l'envahir. *Encore quelques mètres, Jacob. Ne regarde pas en bas. Oublie le vide.*

Il s'agrippa à la corde bien tendue et continua de grimper jusqu'à ce que ses mains invisibles sentent enfin le mur lisse. Il posa les pieds sur la corniche et reprit son souffle un instant tout en s'appuyant contre la pierre fraîche. À gauche et à droite, les fenêtres de la fée étincelaient comme de l'eau pétrifiée. *Et maintenant, Jacob ? Tu vas les casser ?* Les gardes arriveraient aussitôt.

Il tira le couteau de Chanute de sa ceinture et posa la lame sur le verre. Il ne remarqua les trous cerclés de pierre de lune que lorsque le serpent surgit. De la pierre de lune aussi pâle que ses écailles, ou la peau de sa maîtresse. Le serpent s'enroula autour du cou de Jacob avant que celui-ci ait pu réaliser ce qui lui arrivait. Il essaya de lui planter le couteau dans le corps, mais le reptile l'enserrait si impitoyablement que Jacob lâcha le manche du couteau et s'accrocha désespérément au corps visqueux. Ses pieds glissèrent : il était suspendu au-dessus du vide comme un oiseau pris au piège, le serpent autour du cou. Deux autres serpents jaillirent d'un trou voisin et s'enroulèrent autour de sa poitrine et de ses jambes. Jacob essaya en vain de reprendre son souffle : il suffoquait. La dernière chose qu'il vit, ce fut la corde dorée qui se détachait de la corniche et disparaissait dans l'obscurité.

38. Trouvé et perdu

Des murs de grès et une porte grillagée. Une botte de cuir qui s'enfonçait dans ses côtes. Des uniformes gris nimbés du brouillard rouge qui emplissait sa tête. Au moins, les serpents avaient disparu et il pouvait respirer. Le nain l'avait encore trahi. C'était la seule pensée qui émergeait dans le brouillard. Quand ? Où ?

Dans une des boutiques devant lesquelles tu attendais comme un mouton, Jacob ?

Il voulut s'asseoir mais il avait les mains ligotées et son cou lui faisait si mal qu'il avait peine à respirer.

– Qui t'a ramené de chez les morts ? Sa sœur ?

Le Goyl jaspé sortit de l'ombre.

— Je n'ai pas cru la fée quand elle m'a dit que tu étais vivant. Car j'avais visé juste. (Il parlait le patois de l'empire avec un fort accent.) Elle a fait courir le bruit que ton frère se trouvait dans ses appartements, et toi, tu as donné dans le panneau. Tu n'as pas eu de chance, la bave qui rend invisible ne trompe pas les serpents. Mais tu t'en es nettement mieux sorti que les deux Goyls en onyx qui voulaient grimper dans les appartements du roi. Nous avons dû gratter leurs restes sur les toits de la ville.

Jacob s'adossa contre le mur et réussit à s'asseoir. La cellule dans laquelle ils l'avaient jeté ne se distinguait en rien de celles des prisons des hommes : mêmes barreaux, mêmes graffitis sur les murs.

— Où est mon frère ?

Sa voix était si rauque qu'il comprenait à peine ce qu'il disait et la bave d'escargot lui donnait la nausée.

Le Goyl ne répondit pas.

— Où as-tu laissé la fille ? se contenta-t-il de demander.

Il ne devait pas parler de Fox. Que voulaient-ils à Clara ? Valiant ne l'avait pas trahie, ce qui prouvait bien qu'il avait un faible pour elle.

Fais l'idiot, Jacob.

— Quelle fille ?

La question lui valut un coup de pied dans l'estomac qui lui bloqua la respiration, presque aussi efficacement que l'étreinte du serpent. Un coup de pied donné par un soldat, une femme dont le visage n'était pas inconnu à Jacob. Bien sûr — il l'avait désarçonnée en lui tirant dessus dans la vallée aux licornes. Elle se ferait une joie de le frapper encore. Mais le Goyl jaspé la retint.

— Arrête, Nesser, dit-il. Avec lui, ça peut durer des heures.

Jacob avait entendu parler de leurs scorpions.

Nesser laissa le premier grimper sur ses doigts de pierre, presque tendrement, avant de le poser sur la poitrine de Jacob. Le scorpion était incolore et à peine plus gros qu'un pouce humain, mais ses pinces étincelaient comme du métal argenté.

— Ils ne peuvent percer une peau de Goyl, dit le Goyl jaspé quand le scorpion s'introduisit sous la chemise de Jacob. Mais votre peau est tellement plus tendre. Je répète : où est la fille ?

Le scorpion lui planta ses pinces dans la poitrine comme pour le dévorer vivant. Mais Jacob se retint de crier jusqu'au moment où l'aiguillon se planta dans la chair. Le venin brûlant se répandit sous sa peau et il ne put s'empêcher de gémir de peur et de douleur.

— Où est la fille ?

La Goyl lui mit trois autres scorpions sur la poitrine.

— Où est la fille ?

Toujours la même question. Jacob hurla. Si seulement sa peau avait été en jade, comme celle de Will ! Que voulaient-ils à Clara ? Jouait-elle, comme son frère, un rôle dans une de leurs histoires ? Avant de perdre connaissance, il se demanda si le venin neutraliserait l'eau d'alouette.

Quand il se réveilla, Jacob ne se souvenait plus s'il avait dit aux Goyls ce qu'ils voulaient savoir. Il était dans une autre cellule, d'où l'on voyait le palais suspendu. Son corps était meurtri comme s'il s'était ébouillanté la peau et son ceinturon avait disparu, ainsi que le contenu de ses poches. Par chance, ils lui avaient laissé le mouchoir. *Par chance, Jacob ? À quoi pourraient bien te servir quelques thalers en or ?* Les soldats goyls étaient incorruptibles, le fait était connu.

Il réussit à se mettre à genoux. Sa cellule n'était séparée de la suivante que par une grille ; quand il regarda à travers les barreaux, ce qu'il vit lui fit oublier sa douleur.

Will.

Jacob appuya son épaule contre le mur et réussit à se lever. Son frère gisait, comme mort, mais il respirait et l'on distinguait encore des traces de peau sur son front et sur ses joues. La Fée Pourpre avait tenu sa promesse et arrêté le temps.

Dans le couloir, des pas se rapprochaient. Jacob s'écarta de la grille derrière laquelle son frère dormait. Le Goyl jaspé descendait, accompagné de deux gardiens. Hentzau. Maintenant, il connaissait son nom. Quand il vit qui trébuchait derrière lui, Jacob eut envie de se cogner la tête contre les barreaux.

Il leur avait dit ce qu'ils voulaient savoir.

Le front de Clara saignait, et ses yeux étaient écarquillés de peur. Où est Fox ? voulait lui demander Jacob, mais elle ne le remarqua même pas : elle n'avait d'yeux que pour son frère.

Hentzau la poussa dans la cellule de Will. Clara fit un pas vers lui et s'arrêta, désemparée, comme si elle se souvenait que, quelques heures plus tôt, elle avait embrassé son frère.

— Clara !

Elle se tourna vers lui. L'effroi, l'inquiétude, le désespoir et la honte se lisaient sur son visage.

Elle s'approcha de la grille et toucha le cou marqué de Jacob.

— Qu'est-ce qu'ils t'ont fait ? chuchota-t-elle.

— Ce n'est rien. Où est Fox ?

— Ils l'ont capturée aussi.

Soudain, les Goyls postés devant la cellule se mirent au garde-à-vous. Clara prit la main de Jacob. Hentzau lui aussi se redressa, visiblement à contrecœur, et Jacob sut tout de suite qui était la femme qui descendait l'escalier.

Les cheveux de la Fée Sombre étaient plus clairs que ceux de sa sœur, mais Jacob ne se demanda pas d'où lui venait son nom. Il sentait l'obscurité qui émanait d'elle comme une ombre sur sa peau. Mais il n'avait pas peur.

Tu n'as plus besoin de la chercher, Jacob. C'est elle qui vient à toi !

Quand la fée entra dans la cellule de Will, Clara recula, mais Jacob referma les doigts sur les barreaux qui le séparaient d'elle. *Approche ! Allez, viens !* pensa-t-il. Il suffisait d'un contact, et des trois syllabes que la Fée Pourpre lui avait révélées. Mais la grille rendait la fée aussi inaccessible que si elle avait été couchée dans le lit de son amant royal. Sa peau avait l'éclat des perles et sa beauté éclipsait même celle de sa sœur, mais Jacob ne voyait que Clara. Il cherchait sur le visage de son frère un antidote à sa folie, en vain.

La fée observa Clara avec aversion. Les fées détestaient les femmes des humains.

— Tu l'aimes ? demanda-t-elle en caressant le visage de Will endormi. Parle.

Clara recula. Son ombre s'anima et ses doigts noirs enserrèrent les chevilles de la jeune femme.

— Réponds-lui, Clara, dit Jacob.

— Oui ! balbutia-t-elle. Je l'aime.

L'ombre de Clara redevint une ombre, rien de plus, et la fée sourit.

— Bon. Alors tu souhaites sûrement qu'il se réveille. Il suffit pour cela que tu l'embrasses.

Clara se tourna vers Jacob, désemparée.

Non! voulait-il dire. *Ne le fais pas!* Mais sa langue ne lui obéissait plus. Ses lèvres étaient comme scellées. Impuissant, il regarda la fée saisir Clara par le bras et l'entraîner à côté de Will.

— Regarde-le, dit-elle. Si tu ne le réveilles pas, il restera ainsi pour toujours, ni mort ni vivant, jusqu'à ce que son âme devienne poussière dans son corps flétri.

Clara voulut se détourner, mais la fée ne la lâcha pas.

— C'est ça, l'amour? chuchota-t-elle. Tu l'abandonnes parce que sa peau n'est plus aussi tendre que la tienne? Laisse-le partir!

Clara leva la main, hésitante, et la passa sur le visage pétrifié de Will.

La fée lâcha son bras et recula en souriant.

— Mets tout ton amour dans ton baiser, dit-elle, et tu verras. L'amour ne meurt pas aussi facilement que tu le crois.

Clara ferma les yeux, comme pour effacer le visage pétrifié de Will, et l'embrassa.

39. Réveillé

L'espace d'un instant, Jacob espéra malgré tout que ce serait son frère qui se réveillerait. Mais il lut la vérité sur le visage de Clara. Le regard qu'elle lança à Jacob était si désespéré qu'il en oublia un instant sa douleur.

Son frère n'existait plus.

Toute trace de peau humaine avait disparu. Will n'était plus que pierre, de la pierre qui respirait : le corps familier était coulé dans le jade comme un insecte mort dans de l'ambre.

Un Goyl.

Will se releva, ignorant Jacob et Clara. Son regard chercha celui de la fée et Jacob sentit le chagrin briser l'écorce protectrice dont il s'était entouré le cœur pendant des années. Il se sentit aussi désemparé et vulnérable qu'à douze ans, quand il s'était retrouvé dans le bureau vide de son père. Et comme à l'époque, il n'y avait aucune consolation. Seulement l'amour. Et le chagrin.

– Will ?

Clara murmura le nom de son frère, comme s'il était mort. Elle fit un pas dans sa direction : la Fée Sombre lui barra le chemin.

– Laisse-le partir, dit-elle.

Les gardes ouvrirent la porte de la cellule.

– Viens, dit-elle à Will, il est temps de te réveiller. Tu as dormi trop longtemps.

Clara les suivit des yeux jusqu'à ce qu'ils disparaissent dans le couloir obscur. Puis elle se tourna vers Jacob. Le reproche, le désespoir, la culpabilité rendaient son regard plus sombre encore que celui de la fée. *Qu'ai-je fait ?* demandait-il. *Pourquoi ne l'as-tu pas empêché ? N'avais-tu pas promis de le protéger ?* Mais peut-être Jacob ne faisait-il que lire ses propres pensées dans ses yeux.

– Devons-nous le tuer ? demanda un garde en braquant son fusil sur lui.

Hentzau tira le pistolet du ceinturon qu'il avait subtilisé à Jacob. Il ouvrit le chargeur et le contempla comme il aurait observé le noyau d'un fruit exotique.

– Intéressant ! Où l'as-tu trouvé ?

Jacob lui tourna le dos. *Dépêche-toi d'en finir !* pensa-t-il. La cellule, le Goyl, le palais suspendu. Tout ce qui l'entourait lui semblait irréel. Les fées et les forêts ensorcelées, la renarde qui était une fille… Ce n'étaient que les hallucinations d'un enfant de douze ans. Jacob se revoyait à l'entrée du bureau de son père ; Will regardait avec de grands yeux les maquettes d'avions poussiéreuses, les vieux pistolets. Au-dessus du miroir.

— Retourne-toi, lança Hentzau d'une voix impatiente.

Il était si facile de susciter leur colère. Elle s'embrasait aussitôt sous leur peau de pierre.

Jacob ne bougea pas.

— La même arrogance !

Il entendit le rire du Goyl.

— Ton frère ne lui ressemble pas. Je n'ai pas tout de suite compris pourquoi ton visage ne m'était pas inconnu. Et puis, il était bien plus âgé. Tu as les mêmes yeux, la même bouche. Mais ton père était loin de savoir cacher sa peur aussi bien que toi.

Jacob se retourna. *Quel imbécile tu es, Jacob Reckless !*

Les Goyls ont les meilleurs ingénieurs. Il avait souvent entendu cette phrase derrière le miroir, à Schwanstein ou dans la bouche des officiers de l'impératrice, mais il n'avait jamais fait le rapprochement.

Avait-il retrouvé son père à l'instant où il perdait son frère ?

— Où est-il ? demanda-t-il.

Hentzau haussa les sourcils.

— J'espérais que tu pourrais me le dire. Nous l'avons capturé il y a cinq ans à Blenheim. Il devait y construire un pont : les habitants en avaient assez de se faire bouffer par les Loreleys. Déjà, à l'époque, le fleuve en était plein, même si on aime raconter que c'est la fée qui les a mises là. John Reckless… c'était son nom. Il avait toujours une photo de ses fils sur lui. Il a fabriqué un appareil photo pour Kami'en, bien avant que les inventeurs de l'impératrice en aient eu l'idée. Il nous a beaucoup appris, mais qui aurait pu penser que son fils aurait un jour une peau en jade !

Hentzau caressa le canon démodé du pistolet.

— Il n'était pas aussi têtu que toi quand on lui posait des questions et ce qu'il nous a appris nous a été très utile pendant cette guerre. Mais ensuite, il s'est enfui. Je l'ai cherché pendant des mois, sans jamais découvrir sa trace. Et maintenant, nous avons ses fils.

Il se tourna vers les gardes.

— Laissez-le en vie jusqu'à mon retour du mariage, dit-il. J'ai beaucoup de questions à lui poser.

— Et la fille ?

La peau du garde qui montrait Clara était en pierre de lune.

— Laissez-la en vie, répondit Hentzau. La fille-renarde aussi. À elles deux, elles le rendront sûrement plus loquace que les scorpions.

Les pas de Hentzau résonnèrent dans le couloir. Par la fenêtre grillagée entraient les bruits de la ville souterraine. Mais Jacob était loin, dans le bureau de son père, et ses doigts d'enfant caressaient le cadre du miroir.

40. La force des nains

Jacob entendait Clara respirer dans l'obscurité… et pleurer. Il y avait une grille entre eux ; pourtant, la pensée de Will les séparait plus que les barreaux. Dans la tête de Jacob, les baisers que lui avait donnés Clara se mêlaient à celui qui avait réveillé son frère. Et le souvenir de Will ouvrant les yeux et se fondant dans le jade ne le quittait pas.

Il suffoquait de désespoir. Miranda l'avait-elle vu en rêve ? Avait-elle perçu l'échec cuisant qu'il avait subi ? Clara appuya la tête contre le mur froid de la cellule et Jacob eut envie de la prendre dans ses bras pour essuyer ses larmes. *Ce n'est rien, Jacob. Rien que l'eau d'alouette.*

Le palais suspendu brillait comme un fruit défendu derrière les barreaux de la fenêtre. Maintenant, Will devait y être arrivé.

Clara leva la tête. Un grattement sourd se fit entendre au-dehors, comme si un animal grimpait le long du mur, et un visage barbu apparut derrière la grille de la fenêtre.

La barbe de Valiant était redevenue presque aussi fournie que jadis, quand il l'arborait avec fierté, et ses petits doigts écartèrent sans difficultés les barreaux.

— Une chance pour vous que les Goyls enferment rarement les nains ! murmura-t-il en se glissant entre les barreaux tordus. L'impératrice fait renforcer tous les barreaux avec de l'argent.

Preste comme un écureuil, il sauta de la fenêtre et s'inclina devant Clara.

— Qu'est-ce que tu as à me regarder comme ça ? lança-t-il à Jacob. C'était trop drôle quand les serpents t'ont attrapé. Impayable !

— Je ne doute pas que les Goyls t'aient très bien payé pour le spectacle ! répliqua Jacob en se levant.

Il jeta un coup d'œil dans le couloir, mais aucun garde n'était en vue.

— Où m'as-tu trahi précisément ? Quand je t'attendais devant chez les orfèvres ? Ou chez le tailleur qui fournit le palais ?

Valiant secoua la tête et ouvrit les fers que Clara portait aux poignets avec la même facilité qu'il avait tordu les barreaux de la fenêtre.

— Écoutez-moi ça ! chuchota-t-il à la jeune fille. Il ne peut faire confiance à personne. Je lui ai dit que c'était une idée idiote de grimper comme un cafard sur les murs du palais royal. Vous croyez qu'il m'aurait écouté ? Non.

Le nain écarta les barreaux entre les deux cellules et se planta devant Jacob.

— Tu t'imagines sans doute que s'ils ont trouvé les deux filles dans la forêt, c'est ma faute. Ce n'est pas moi qui ai eu l'idée de les laisser seules dans cette jungle. Et ce n'est certainement pas Evenaugh Valiant qui a raconté au Goyl où elles étaient.

Il s'inclina devant Jacob avec un sourire entendu.

— Ils ont lâché les scorpions sur toi, n'est-ce pas ? J'avoue que j'aurais aimé voir ça.

Des voix se firent entendre dans la cellule voisine. Clara se réfugia sous la fenêtre, mais le couloir resta vide.

— J'ai vu ton frère, chuchota Valiant à Jacob en lui ôtant ses fers. Si tu veux encore l'appeler ainsi. Chaque centimètre de sa peau est celui d'un Goyl et il suit la fée comme un chien bien dressé. Elle l'a emmené au mariage de son amant. La moitié de la garde les a suivis. Ce qui explique que j'aie pu me risquer jusqu'ici.

Clara ne bougeait pas : elle ne quittait pas des yeux le banc de grès sur lequel elle avait vu Will endormi.

— Ne vous inquiétez pas, chuchota Valiant en la soulevant vers la fenêtre comme si elle ne pesait pas plus qu'une enfant. Dehors, une corde vous attend qui permet de grimper presque sans effort et, sur ce bâtiment, il n'y a pas de serpents.

— Et Fox ? murmura Jacob.

Valiant montra le plafond.

— Elle est juste au-dessus de vous.

La façade de la prison-stalactite était parsemée de concrétions calcaires qui offraient de bonnes prises, mais Clara tremblait de tout son corps en enjambant la fenêtre. Elle s'accrocha au parapet tandis que ses pieds cherchaient un appui entre les pierres. Valiant, en revanche, paraissait dans son élément.

— Pas de panique, murmura-t-il. Il suffit de ne pas regarder en bas.

Le nain avait fixé une corde à un pont métallique à peine plus large qu'un sentier. Le cheveu de Raiponce était tendu entre le mur et ses piliers de fer. Il fallait grimper une dizaine de mètres pour atteindre le pont.

— Le nain a raison ! chuchota Jacob en posant les mains de Clara sur la corde. Ne regarde que vers le haut, et reste sous le pont jusqu'à ce que je te rejoigne avec Fox.

Dans l'immense grotte, la corde d'or ne semblait pas plus grosse qu'un fil de toile d'araignée. Clara grimpait très lentement. Jacob la suivit des yeux jusqu'à ce qu'elle arrive enfin au pont et s'accroche à une des poutrelles métalliques. Les nains et les Goyls étaient réputés dans l'art de l'escalade mais Jacob, qui ne se sentait déjà pas très à l'aise sur le versant d'une montagne, l'était encore moins sur la façade d'un bâtiment suspendu à une centaine de mètres au-dessus d'une ville hostile. Par chance, Valiant ne s'était pas trompé : Fox était enfermée juste au-dessus d'eux.

Elle avait repris sa forme humaine. Quand Jacob s'agenouilla près d'elle, elle passa ses bras autour de son cou et se mit à pleurer comme une enfant tandis que Valiant la délivrait de ses chaînes.

— Ils ont dit qu'ils m'arracheraient ma fourrure si je me métamorphosais ! sanglota-t-elle.

Il n'y avait plus trace de colère en elle.

— Ne pleure pas ! murmura Jacob en caressant ses cheveux roux. Tout va s'arranger.

Vraiment, Jacob ? Comment ?

Naturellement, Fox lut son désespoir sur son visage.

— Tu n'as pas trouvé Will, chuchota-t-elle.

— Si, mais il a disparu.

Une porte claqua dans le couloir. Valiant arma son fusil, mais les gardiens emmenaient un autre prisonnier.

Fox grimpait aussi bien que le nain ; Clara parut soulagée de la voir se hisser avec Jacob sur le pilier métallique, à côté d'elle. Valiant sauta sur le parapet du pont tandis que Jacob frottait la corde de Raiponce entre ses doigts jusqu'à ce qu'elle redevienne un cheveu doré. Une éternité s'écoula avant que le nain leur fasse signe de le rejoindre. Une troupe de Goyls passa sur un autre pont et un train de marchandises, en traversant le gouffre, cracha sa fumée grise dans la grotte. Hormis deux cheminées d'aération par lesquelles filtrait un peu de jour, on ne voyait pas par où les Goyls évacuaient leurs émanations toxiques. *Ton père a dû leur apprendre ça, Jacob,* pensa-t-il en suivant Valiant sur les panneaux métalliques. Mais il refoula cette pensée. Il ne voulait pas penser à son père. Il ne voulait même pas penser à Will. Il voulait retourner dans l'île et oublier, tout oublier, le jade, l'eau d'alouette et les ponts métalliques, seules traces que John Reckless avait laissées en ce monde.

Ils se cachèrent dans une des galeries qui longeaient la paroi de la grotte.

— Et les chevaux ? demanda Jacob au nain.

— Oublie-les, grommela Valiant. Les écuries sont proches de l'entrée principale. Il y a trop de gardes.

— Ça veut dire que tu veux traverser les montagnes à pied ?

— Tu as un meilleur plan ? rétorqua le nain.

Non, il n'en avait pas. Et s'ils devaient passer devant les gardes aveugles, ils n'auraient pour se défendre que le fusil de Valiant et le couteau qu'il avait apporté à Jacob – sans oublier de lui réclamer un thaler en or en échange.

Fox reprit sa forme de renarde. Clara s'appuya contre une colonne en regardant dans le vide comme si elle n'était pas vraiment là, avec eux. Elle était peut-être revenue de l'autre côté du miroir et était assise avec Will dans la cafétéria de l'hôpital. Il lui faudrait parcourir un long chemin pour retourner là-bas et chaque kilomètre parcouru lui rappellerait que Will ne les accompagnait pas.

Des fenêtres et des portes derrière des rideaux de grès. Des maisons comme des nids d'hirondelle. Des yeux d'or partout. Pour ne pas trop se faire remarquer, Valiant partit d'abord avec Clara tandis que Jacob se dissimulait avec Fox entre les maisons. Puis le nain revint les chercher, Clara s'étant cachée dans un recoin sombre. Pour des humains, les rues et les escaliers abrupts étaient encore plus impraticables à la descente qu'à la montée. Valiant avait redessiné la lettre sur le front de Jacob et il avançait fièrement à côté de Clara, comme s'il présentait sa jeune épouse aux Goyls. De même qu'à l'aller, ils croisèrent de nombreux soldats : Jacob s'attendait chaque fois à sentir une main de pierre s'abattre sur son épaule. Mais personne ne les arrêta et, au bout de plusieurs heures interminables, ils atteignirent enfin l'ouverture par laquelle ils avaient découvert la grotte. Mais dans le tunnel, la chance les abandonna.

La fatigue les rendit imprudents. Ils restèrent groupés, Jacob soutenant Clara malgré les coups d'œil réprobateurs de Fox. Les premiers Goyls qu'ils rencontrèrent rentraient de la chasse. Ils étaient six, accompagnés d'une meute de loups apprivoisés qui les suivaient dans les grottes les plus profondes. Deux domestiques tenaient par la bride les chevaux qui portaient le butin : trois des gros lézards dont les épines de la crête dentelée ornaient les casques de la cavalerie goyl et six chauves-souris dont le cerveau était pour eux un mets de choix. Aucun chasseur n'accorda à Jacob plus qu'un regard furtif. Mais la patrouille qui surgit d'un tunnel latéral se montra plus curieuse. Un des trois soldats était un Goyl en albâtre – la couleur de peau de beaucoup de leurs espions.

Dès que Valiant leur donna le nom du marchand auquel Jacob était censé appartenir, ils échangèrent un bref coup d'œil. Le Goyl en albâtre mit la main sur la crosse de son pistolet et informa le nain que son client avait été arrêté pour trafic illégal de minéraux. Valiant, plus rapide, abattit le Goyl d'une balle ; Jacob lança son couteau dans la poitrine de son compagnon. Valiant avait acheté l'arme dans une des boutiques du pont. La lame s'enfonça aisément dans la peau en citrine. Jacob frissonna en réalisant à quel point il avait envie de les tuer tous. Fox se précipita entre les jambes du cheval que montait le troisième soldat, mais le Goyl réussit à contrôler sa monture et s'enfuit au galop avant que Jacob ait pu s'emparer de l'arme d'un des morts.

Valiant émit un juron que même Jacob n'avait jamais entendu. Alors que le bruit des sabots résonnait dans l'obscurité, un son se fit soudain entendre, qui laissa le nain sans voix. C'était comme si des milliers de grillons mécaniques s'étaient mis à chanter dans la roche. Une alarme ! Autour d'eux, les murs de pierre s'animèrent. Des insectes surgirent des trous et des failles, des mille-pattes, des araignées, des cafards. Des mites les assaillirent, des moustiques, des cousins, des mouches de dragons. Ils se prenaient dans leurs cheveux, se glissaient sous leurs vêtements. La Terre, alertée par les Goyls, se mettait à respirer et sa peau de pierre exhalait de la vie qui rampait, voltigeait, mordait.

Ils continuèrent d'avancer à l'aveuglette, trébuchant, frappant dans l'obscurité, écrasant ce qui rampait devant eux. Ils ne savaient plus d'où ils venaient ni où était le chemin qui menait au-dehors. Les murs bourdonnaient et le faisceau de la lampe de poche ressemblait à un doigt tâtonnant dans le noir. Jacob crut entendre des bruits de sabots au loin, des voix. Ils étaient pris au piège, un piège aux multiples ramifications. La peur leur fit oublier leur désespoir et réveilla en eux la volonté de vivre. Simplement vivre, rien d'autre, et revenir à la lumière. Respirer à l'air libre.

Fox glapit ; Jacob la vit s'engouffrer dans une galerie latérale. Un léger souffle effleura son visage quand il entraîna Clara derrière lui. La lumière éclaira un vaste escalier en contrebas. Ils étaient là, les dragons dont le passeur avait parlé. Mais ils étaient faits de métal et de bois et reproduisaient à grande échelle les maquettes poussiéreuses accrochées au-dessus du bureau de John Reckless.

41. Des ailes

Un rai de jour filtrait d'un vaste tunnel. Il n'y avait que deux Goyls sans armes au milieu des avions. Des mécaniciens, pas des soldats, qui levèrent les mains dès que Valiant braqua son fusil sur eux.

La peur de mourir, aussi manifeste que leur fameuse colère, se lisait sur leurs visages. Jacob les ligota avec des câbles que Clara avait trouvés entre les avions, mais l'un d'eux se libéra et brandit ses griffes. Valiant arma son fusil : le Goyl laissa retomber ses mains. Jacob était obsédé par les griffes qui avaient déchiré le cou de Will. Il n'avait jamais pris plaisir à tuer, mais le désespoir qu'il ressentait depuis que Will avait suivi la Fée Sombre était tel qu'il avait peur de lui-même.

— Non, murmura Clara en lui prenant le couteau des mains.

L'espace d'un instant, elle avait entrevu sa face sombre et cela les lia plus encore que l'eau d'alouette.

Valiant avait complètement oublié les Goyls. Il semblait ne rien voir, ne rien entendre, ni les bourdonnements dans les murs ni les voix qui résonnaient dans le tunnel. Il n'avait d'yeux que pour les trois avions.

— Oh, c'est extraordinaire ! murmura-t-il en passant la main, émerveillé, sur le fuselage rouge. Bien plus extraordinaire qu'un dragon nauséabond. Mais comment volent-ils et qu'est-ce que le Goyl veut en faire ?

— Ils crachent du feu, répondit Jacob. Comme tous les dragons.

C'étaient des biplans, tels qu'on en construisait en Europe au début du XXe siècle. Un grand saut dans le futur pour le monde du miroir – plus audacieux que tout ce que les usines de Schwanstein ou les ingénieurs de l'impératrice avaient pu réaliser. Deux des machines ressemblaient aux monoplaces que les pilotes de chasse utilisaient pendant la Première Guerre mondiale, mais le troisième était un Junkers J 4, un biplace qui avait été conçu comme bombardier et avion de reconnaissance. Jacob avait construit une maquette de Junkers avec son père.

Fox ne le quitta pas des yeux quand il grimpa dans l'étroit cockpit.

— Descends de là ! lui cria-t-elle. Essayons le tunnel. Il conduit à l'air libre. Je le sens !

Jacob examina le tableau de bord et contrôla les jauges. Le Junkers était assez facile à piloter. Même si, au sol, il avait l'air lourd et difficile à manier. *Tu l'as appris dans un livre, Jacob, et en jouant avec les maquettes. Tu ne peux pas croire sérieusement que tu peux piloter pour autant ?* Il avait volé plusieurs fois avec son père quand John Reckless avait envie de s'évader, non pas en franchissant le miroir mais en montant dans un avion de tourisme. Cependant c'était si loin… cela lui semblait aussi irréel que le fait d'avoir eu un père.

L'alarme résonna à travers la grotte comme si l'on avait réveillé tous les grillons d'une prairie.

Jacob activa la pompe à essence pour faire monter la pression. Où était l'allumage ?

Valiant leva les yeux vers lui, sidéré.

— Attends ! Tu sais piloter cet engin ?

— Bien sûr !

La réponse avait jailli avec une telle évidence que Jacob en fut presque convaincu lui-même.

— Et on peut savoir où tu as appris ?

Fox se mit à glapir comme pour mettre Jacob en garde.

Les voix se rapprochaient.

Clara s'empressa de soulever Valiant pour le déposer sur une des ailes. Fox s'écarta de l'avion, mais la jeune fille la prit dans ses bras et grimpa avec elle dans le cockpit.

Les doigts de Jacob trouvèrent le démarreur.

L'hélice se mit à tourner. Tout en passant les commandes en revue, Jacob crut voir les mains de son père faire les mêmes gestes. Dans un autre monde. Une autre vie. *Regarde-moi ça, Jacob ! Un fuselage en aluminium sur un squelette métallique. Seul le manche est encore en bois.* John Reckless n'était jamais aussi passionné que quand il parlait de vieux avions. Ou d'armes.

Fox sauta à l'avant et se blottit derrière ses jambes en tremblant.

Des machines. Bruit métallique. Mouvement artificiel. Un miracle mécanique pour ceux qui n'avaient ni pelage ni ailes.

Jacob fit tourner l'avion. Oui, au sol, il était lourd. Il fallait espérer qu'il soit meilleur en vol.

Quand la machine s'engagea dans le tunnel, des coups de feu retentirent derrière eux. Le bruit du moteur résonnait entre les parois rocheuses. De l'huile éclaboussa le visage de Jacob et une aile frôla la roche. *Plus vite, Jacob.* Il accéléra, malgré l'étroitesse du tunnel, et il respira quand le lourd engin s'élança sur une piste de décollage recouverte de gravier, au-dessus de laquelle flottait un soleil pâle entre des nuages chargés de pluie. Le vrombissement du moteur déchira le silence et une nuée de corneilles s'envola d'un arbre proche, mais – par chance – sans se prendre dans l'hélice.

Emporte-les dans les airs, Jacob. Fox se laisse pousser une fourrure, ton frère porte une peau de pierre et toi, maintenant, tu as des ailes.

Miracle de la machine.

John Reckless avait apporté des dragons de métal dans ce monde-ci. Comme le jour où il avait trouvé la feuille de papier derrière le miroir, Jacob ne put s'empêcher de penser que John Reckless avait laissé quelque chose pour son fils aîné.

L'avion s'éleva, toujours plus haut ; Jacob vit des rues et des quais qui s'enfonçaient, à travers de lourds portails, au cœur de la roche. Quelques années plus tôt, l'entrée de la forteresse des Goyls n'était qu'une fissure naturelle au pied de la montagne. Mais maintenant, des lézards en jade décoraient les portes et le blason royal que Kami'en avait fait sien l'année précédente était gravé dans le flanc de la montagne : la silhouette d'une mite noire sur champ de cornaline. Quand Jacob passa devant, le soleil dessina l'ombre de l'avion sous les ailes de la mite.

Il avait volé son dragon au roi des Goyls. Mais cela ne lui rendait pas son frère.

42. Deux chemins

Rentrer. Par le fleuve sur lequel les Loreleys avaient failli les dévorer, par les montagnes où Jacob était mort, par la campagne dévastée où la princesse dormait parmi les roses et où Will, fasciné, avait regardé pour la première fois les Goyls comme s'il était des leurs… Le Junkers franchit en quelques heures la distance qu'ils avaient mis plus d'une semaine à couvrir. Mais Jacob trouva le trajet long, car chaque kilomètre rendait plus irrévocable le fait qu'il n'avait plus de frère.

Où est Will, Jacob ? Quand il était enfant, il l'avait perdu plus d'une fois. En faisant des courses ou dans le parc, parce qu'il avait honte de tenir la main de son petit frère. Dès qu'on lui lâchait la main, Will disparaissait. Derrière un écureuil, un chien errant, une corneille… Une fois, Jacob l'avait cherché pendant des heures avant de le retrouver, en larmes, devant l'entrée d'un magasin. Mais cette fois, il n'y avait plus d'endroit où chercher, plus de chemin à parcourir en sens inverse pour effacer sa faute, ce moment d'inattention.

Jacob suivait une voie de chemin de fer qui allait vers l'est, dans l'espoir que ce soit la direction de Schwanstein. Dans le cockpit ouvert, il faisait un froid glacial, même si l'avion ne volait pas très haut. Et le vent s'engouffrait si insidieusement sous les ailes recouvertes d'aluminium que Jacob en oublia les reproches qu'il s'adressait à lui-même pour se concentrer sur son combat avec la machine qui tanguait. Derrière lui, le nain jurait chaque fois que l'avion perdait de l'altitude – même s'il appréciait de partager avec Clara l'étroit siège arrière – et Fox hurlait de plus en plus souvent à la mort. Seule Clara restait silencieuse, comme si elle laissait le vent emporter tout ce qui était arrivé.

Voler.

C'était comme si les deux mondes s'étaient fondus l'un dans l'autre. Comme si le miroir n'existait plus. Si les dragons pouvaient se transformer en machines, qu'allait-il encore se passer ?

Mais il ne fallait pas penser des choses pareilles assis derrière le manche d'un biplan, surtout quand on pilotait pour la première fois.

La fumée d'une locomotive brouilla la vue de Jacob. Il redressa l'avion trop rapidement et le Junkers piqua vers le sol comme s'il se rappelait tout d'un coup qu'il venait d'un autre monde. Fox s'accroupit en gémissant et les jurons de Valiant couvrirent les hoquets du moteur.

Naturellement. Comment as-tu pu croire qu'on pouvait se fier à quelque chose qui vient de ton père, Jacob ?

Il sentit les doigts de Clara s'enfoncer dans son épaule. Quelle serait sa dernière pensée ? Le souvenir du visage en jade de Will ou les alouettes mortes ?

Il n'aurait su le dire.

Un coup de vent ralentit la chute de l'appareil gémissant et Jacob put le redresser avant de frôler les premières cimes des arbres. L'avion se balança d'un côté et de l'autre, comme un oiseau blessé, mais il réussit à poser les roues sur une butte marécageuse. Le manche se brisa sous le choc. Une des ailes vola en éclats contre un arbre et le fuselage s'éventra en atterrissant sur le sol pierreux, mais l'appareil finit par s'immobiliser. Le moteur rendit l'âme dans un dernier râle… ils étaient vivants.

Valiant grimpa sur l'aile en soupirant et alla vomir sous un arbre. Le nain s'était cogné le nez et Clara s'était égratigné la main contre une branche, mais ils étaient sains et saufs. Fox était si contente de sentir la terre ferme sous ses pattes qu'elle sauta sur le premier lapin qui leva le nez dans l'herbe.

Ils n'étaient en effet pas très loin de Schwanstein. La renarde lança à Jacob un regard soulagé quand elle aperçut la colline aux ruines sur sa gauche. Jacob regardait les voies au pied de la butte : elles se dirigeaient vers le sud, pas seulement vers Schwanstein mais aussi plus loin, beaucoup plus loin. Vena. La capitale de l'impératrice. Il croyait voir les cinq ponts, le palais, les tours de la cathédrale…

— Reckless ! Tu m'écoutes ? s'exclama Valiant en s'essuyant le nez avec sa manche. C'est encore loin ?

— Quoi ? demanda Jacob sans quitter les voies des yeux.

— Ma maison. Mon arbre d'or !

Jacob ne répondit pas. Il regardait vers l'est, là où le train qui avait provoqué leur chute apparaissait entre les collines. De la fumée blanche et du fer noir.

— Fox, dit-il en s'accroupissant près de la renarde à la fourrure encore ébouriffée par le vent. Je veux que tu ramènes Clara aux ruines. Je reviens dans quelques jours.

Fox ne demanda pas où il voulait aller et il comprit qu'elle le savait depuis longtemps. Il en avait toujours été ainsi. Elle le connaissait mieux qu'il ne se connaissait lui-même. Mais elle en avait assez d'avoir peur pour lui. Et sa colère était revenue. Elle ne lui avait pas pardonné l'eau d'alouette, ni de ne pas l'avoir emmenée dans la forteresse. Et, une fois de plus, il la laissait derrière lui. *Renonce enfin !* disaient ses yeux. *Comment, Fox ?*

Jacob se releva.

Le train grossissait, engloutissant les prés et les champs. Fox le regardait approcher comme s'il transportait la mort en personne.

Dix heures pour aller à Vena. *Et après, Jacob ?* Il ne savait même pas exactement quand serait célébré le mariage. Mais il ne voulait pas penser. Ses pensées étaient en jade.

Il dévala la butte. Valiant l'appela, ahuri, mais Jacob ne se retourna pas. L'air s'emplit de fumée et de vacarme. Il courut encore plus vite, s'accrocha à une barre de fer et atterrit sur un marchepied.

Dix heures. Le temps de dormir et de tout oublier. Sauf ce que la Fée Pourpre lui avait révélé sur sa sœur brune.

43. Chien et loup

Des tramways, des calèches, des carrioles, des cavaliers. Des ouvriers, des mendiants et des bour-
geois. Des bonnes en tabliers amidonnés, des soldats et
des nains qui se faisaient porter par leurs domestiques à
travers la foule. Jacob n'avait jamais vu les rues de Vena
aussi bondées ; il mit presque une heure pour se rendre
de la gare à l'hôtel où il descendait toujours. Les chambres ressemblaient plus à la salle du trésor de Barbe-
Bleue qu'aux réduits spartiates de l'auberge de Chanute,
mais il ne déplaisait pas à Jacob de dormir de temps en
temps dans un lit à baldaquin. Il paya une femme de
chambre afin qu'elle lui prépare des vêtements propres

et convenables pour une audience au palais. Elle ne broncha pas quand il lui remit ses vêtements couverts de sang et de saleté. Avec lui, elle avait l'habitude de ce genre de taches.

Les cloches de la ville sonnaient douze coups quand Jacob se mit en route pour le palais. Sur de nombreux murs de la ville, des slogans anti-Goyls étaient barbouillés sur les affiches qui montraient la photo des jeunes mariés, rivalisant avec les gros titres que les vendeurs de journaux clamaient à tous les coins de rue : *La paix éternelle… Un événement historique… Riches et puissants… Nos deux peuples…* Le même goût des grands mots des deux côtés du miroir.

Jacob avait lui-même servi de modèle au photographe de la cour qui avait immortalisé le couple un an plus tôt. L'homme connaissait son métier, mais la princesse ne lui avait pas facilité les choses. La beauté qu'Amélie d'Austria devait au lys des fées était froide comme de la porcelaine et, même dans la vie, son visage était aussi inexpressif que sur les affiches. Son fiancé, en revanche, évoquait, même sur les photos, du feu pétrifié.

La foule devant le palais était si dense que Jacob eut du mal à se frayer un chemin jusqu'à la porte en fer forgé. Les gardes impériaux pointèrent leurs baïonnettes dans sa direction. Par chance, il découvrit un visage connu sous l'un des casques à panache : Justus Kronsberg, le fils cadet d'un noble terrien. Sa famille devait sa richesse au fait que dans les prés de son père vivaient des nuées d'elfes dont le fil et le verre ornaient, à la cour, de nombreux vêtements.

Dans la garde impériale, l'impératrice n'acceptait que des soldats qui mesuraient au moins deux mètres et le fils cadet de Kronsberg ne faisait pas exception à la règle. Justus Kronsberg dominait Jacob d'une demi-tête, sans compter le casque, mais, sous sa maigre moustache, il avait toujours un visage d'enfant.

Des années auparavant, Jacob avait protégé un des frères de Justus contre une sorcière qui lui en voulait d'avoir évincé sa fille. Pour le remercier, le père envoyait chaque année à Jacob assez de verre d'elfe pour tous les boutons de ses vêtements. Mais cela ne le protégeait pas contre les Stilz et les lutins.

— Jacob Reckless! (Le jeune Kronsberg parlait le dialecte que l'on entendait dans les villages près de la capitale.) On m'a raconté pas plus tard qu'hier que les Goyls t'avaient tué.

— Vraiment?

Machinalement, Jacob porta la main à sa poitrine. L'empreinte de la mite colorait toujours sa peau.

— Où ont-ils installé le fiancé? demanda-t-il pendant que Kronsberg lui ouvrait la porte. Dans l'aile septentrionale?

Les autres gardes l'observaient d'un air méfiant.

— Naturellement, répondit Kronsberg en baissant la voix. Tu rentres de mission? J'ai appris que l'impératrice offre trente thalers en or à celui qui lui apportera un sac magique depuis que le Prince Tordu se vante d'en posséder un.

Un sac magique. Chanute en avait un. Jacob était présent quand il l'avait dérobé à un Stilz. Mais même Chanute n'était pas dépourvu de scrupules au point de mettre pareil objet entre les mains d'une impératrice. Il suffisait de citer le nom d'un ennemi et le sac l'avalait sans laisser de traces. Le Prince Tordu avait fait disparaître ainsi des centaines d'hommes, racontait-on.

Jacob leva les yeux vers le balcon d'où l'impératrice devait présenter le lendemain le couple de jeunes mariés à son peuple.

— Non, ce n'est pas le sac magique qui m'amène, dit-il.

J'apporte un présent à la promise. Salue ton frère et ton père de ma part.

Justus Kronsberg eut l'air déçu de ne pas en apprendre davantage, mais il ouvrit néanmoins à Jacob la porte de la première cour du palais. Car enfin, son frère lui devait de ne pas avoir fini comme crapaud au fond d'un puits ou, ainsi que beaucoup de sorcières le préconisaient désormais, comme paillasson ou plateau pour leur service à thé.

Jacob était venu au palais trois mois plus tôt. Il était chargé de contrôler l'authenticité d'une noix magique dans les salles aux trésors de l'impératrice. À côté de ce qu'il avait vu dans la forteresse des Goyls, les grandes cours semblaient presque modestes : malgré leurs balcons en cristal et leurs toits dorés, les bâtiments qui les entouraient étaient presque sobres, comparés au palais suspendu. Mais le faste de l'aménagement intérieur était toujours impressionnant.

Les empereurs d'Austria avaient fait les choses en grand, en particulier dans l'aile septentrionale. Car elle avait été construite pour montrer à leurs hôtes la richesse et la puissance de l'empire. Des fruits et des fleurs en or s'enroulaient autour des colonnes de l'entrée. Le sol était en marbre blanc – les Goyls étaient plus experts que leurs ennemis dans l'art de la mosaïque – et, sur les murs, des fresques représentaient des curiosités d'Austria : les plus hautes montagnes, les plus anciennes villes, les plus beaux châteaux. Le château en ruine qui abritait le miroir était reproduit dans toute sa splendeur passée et Schwanstein, à son pied, lui offrait un cadre idyllique. Les collines n'y étaient pas traversées de routes ni de voies de chemin de fer. À la place, on y voyait tous les êtres que les ancêtres de l'impératrice chassaient avec passion : des géants et des sorcières, des ondins et des Loreleys, des licornes et des ogres.

Le long de l'escalier qui menait aux étages supérieurs étaient accrochés des tableaux aux sujets moins pacifiques. C'est le père de l'impératrice qui les avait commandés : des batailles sur mer et sur terre, en été et en hiver, des batailles contre son frère en Lotharingie, son cousin en Albion, les nains rebelles et les princes des loups à l'est. Tout hôte, d'où qu'il vienne, ne manquait pas de tomber sur un tableau représentant son pays en guerre contre l'empire. Et, bien entendu, il était toujours dans le camp des vaincus. Seuls les Goyls avaient gravi les marches sans voir leurs ancêtres en déroute sur le champ de bataille car, depuis qu'ils se battaient contre les hommes, ils avaient toujours été vainqueurs.

Les deux gardes que Jacob croisa dans l'escalier ne l'arrêtèrent pas, bien qu'il fût armé, et le domestique qui les suivait le salua avec déférence. Dans l'aile septentrionale, tout le monde connaissait Jacob Reckless, car Thérèse d'Austria le convoquait souvent pour guider des hôtes éminents à travers ses salles aux trésors et leur raconter des histoires plus ou moins vraies sur les trésors qui s'y trouvaient.

Les Goyls étaient logés au deuxième étage, le plus somptueux. Dès qu'il jeta un coup d'œil dans le premier couloir, Jacob vit leurs sentinelles. Il fit mine de ne pas remarquer leurs regards et tourna à gauche. Juste à côté de l'escalier se trouvait une salle dans laquelle l'impératrice exposait les souvenirs de voyage de sa famille, prouvant ainsi l'intérêt qu'elle portait au reste du monde.

La salle était vide, comme Jacob l'avait espéré. Les Goyls ne s'intéressaient sûrement pas au bonnet de troll en fourrure que l'arrière-grand-père de l'impératrice avait rapporté de Jetland, ni aux bottes de Leprechaune d'Albion, et ce qui pouvait se trouver dans les livres qui longeaient les murs n'était guère flatteur.

L'aile septentrionale était loin des appartements de l'impératrice, ce qui donnait aux hôtes l'illusion de n'être pas épiés. Mais derrière les murs courait un réseau de passages secrets par lesquels on pouvait observer chaque pièce et même, dans certains cas, y avoir accès. Jacob avait ainsi rendu quelques visites nocturnes à la fille d'un ambassadeur. On entrait dans ces passages par des portes dérobées ; l'une d'entre elles se dissimulait derrière un souvenir de voyage impérial en Lotharingie. Le rideau était brodé de perles trouvées dans l'estomac des Poucets et la porte que cachait le lourd tissu se confondait avec les lambris.

En s'engageant dans le conduit obscur, Jacob trébucha sur le cadavre d'un rat. L'impératrice les faisait régulièrement empoisonner, mais les rongeurs adoraient ses passages secrets. Tous les trois mètres s'ouvraient dans les murs des judas gros comme un ongle de pouce, camouflés de l'autre côté sous des ornements en stuc ou de faux miroirs. Dans la première pièce, une femme de chambre époussetait les meubles. Dans la deuxième et dans la troisième, les Goyls avaient installé des bureaux provisoires. D'instinct, Jacob retint son souffle en voyant Hentzau assis derrière une des tables. Mais ce n'était pas pour lui qu'il était venu.

Dans les corridors sombres, l'atmosphère était oppressante et l'exiguïté des lieux faisait battre son cœur. À travers les murs minces lui parvinrent le chant d'une femme de chambre et des tintements de vaisselle. Puis il entendit quelqu'un tousser devant lui et s'empressa d'éteindre sa lampe de poche. Naturellement. Thérèse d'Austria faisait épier ses hôtes. Pourquoi n'aurait-elle pas espionné son pire ennemi, même si elle lui accordait la main de sa fille ?

Une lampe à gaz s'alluma devant lui. Elle éclaira un homme au teint si blafard qu'il devait passer sa vie dans ces conduits obscurs. Jacob se dissimula dans l'ombre, le cœur battant, jusqu'à ce que l'espion impérial disparaisse par une porte camouflée. S'il allait chercher la relève, Jacob n'avait pas beaucoup de temps.

L'espion avait observé la pièce que cherchait Jacob. Il reconnut la voix de la Fée Sombre avant même de regarder par le minuscule trou. Quelques bougies éclairaient la pièce. Les rideaux étaient tirés, mais la lumière du soleil filtrait sous le brocart d'or pâle. Elle était debout devant une des fenêtres masquées, comme pour protéger son amant de la lumière. Sa peau brillait, même dans la pénombre ; elle était comme le clair de lune personnifié. *Ne la regarde pas, Jacob.*

Le roi des Goyls se tenait près de la porte. Du feu dans l'ombre. Jacob crut sentir son impatience même à travers le mur. Chacune de ses paroles emplissait l'espace ; sa voix trahissait sa force et son aptitude à la contrôler.

— Tu me demandes de croire à un conte. J'admets que cela m'amuse que ce soit le cas de tous ceux qui exigent que nous retournions sous terre. Mais n'attends pas de moi que je sois si naïf. Nul homme ne peut me donner, par la couleur de sa peau, ce que la meilleure armée ne peut obtenir. Je ne suis pas invincible et aucun Goyl en jade ne me rendra invincible. Même ce mariage ne me garantira la paix que pour un temps.

La fée voulut répliquer, mais il ne lui en laissa pas le temps.

— Il y a des soulèvements dans le Nord, et si nous avons la paix à l'est, c'est parce qu'ils préfèrent s'exterminer les uns les autres. À l'ouest, le Prince Tordu accepte mes pots-de-vin et s'arme dans mon dos, sans parler de son cousin sur l'île. Ma couleur de peau ne plaît pas au Goyl en onyx. Mes usines de munitions produisent moins vite que mes soldats ne tirent. Les hôpitaux militaires sont bondés et les partisans ont fait sauter deux de mes principales voies de chemin de fer. Autant que je me souvienne, il n'est pas question de tout ceci dans les contes que ma mère me racontait. Laisse le peuple croire au Goyl en jade et aux pierres magiques. Mais désormais, le monde est fait de fer.

Il posa la main sur la poignée de la porte et contempla les dorures qui en ornaient le battant.

— Ils font de belles choses, murmura-t-il. Mais je me demande pourquoi ils sont à ce point obsédés par l'or. L'argent est bien plus beau.

— Promets-moi qu'il restera à tes côtés, dit la fée en tendant la main — et l'or, dans la pièce obscure, se recouvrit d'argent. Même au moment de dire oui. Je t'en prie !

— C'est un homme-Goyl ! Même le jade ne saurait faire oublier cela à mes officiers. Et il a moins d'expérience que n'importe lequel de mes gardes du corps.

— Il les a quand même tous battus ! Promets.

Il l'aimait. Jacob le lisait sur son visage. Avec une intensité qui l'effrayait.

— Je dois y aller.

Il fit demi-tour mais, quand il voulut ouvrir la porte, elle résista.

— Arrête ! lança-t-il à la fée.

Elle laissa retomber sa main et le battant s'ouvrit.

— Promets, répéta-t-elle. Je t'en prie !

Mais son amant sortit sans lui répondre, et elle resta seule.

Maintenant, Jacob !

Il tâtonna à la recherche d'une porte dérobée, mais ses doigts ne trouvèrent qu'une cloison de bois. La fée se dirigea vers la porte. *Vas-y, Jacob. Tant qu'elle est seule. Dehors, il y aura des gardes !* Il pouvait peut-être enfoncer la cloison. Et après ? Le bruit alerterait une douzaine de Goyls. Jacob était toujours dans le passage étroit, ne sachant que faire, quand un soldat entra dans la pièce obscure.

La peau de jade.

C'était la première fois que Jacob voyait son frère dans l'uniforme gris. Will le portait comme s'il n'avait jamais porté que cela. Plus rien en lui ne rappelait l'homme qu'il avait été. Ses lèvres étaient peut-être plus pleines et ses cheveux plus fins que ceux des autres Goyls, mais son corps parlait une langue étrangère. Et il regardait la fée comme si elle était tout pour lui.

— J'ai entendu dire que tu as désarmé le meilleur garde du corps de Kami'en, dit-elle en passant la main sur le visage de Will.

Le visage que son sortilège avait transformé en jade.

— Il surestime sa force.

Jamais son frère n'avait parlé ainsi. Will n'avait jamais eu envie de se battre ni de se mesurer à un autre. Pas même avec son frère.

La Fée Sombre sourit quand Will referma presque tendrement ses doigts sur le pommeau de son sabre. Des doigts en pierre.

Je vais te faire payer pour lui, pensa Jacob, submergé de haine et de douleur. *Et c'est ta sœur qui a fixé le prix.*

Il avait complètement oublié l'espion. L'homme ouvrit des yeux effarés quand sa lampe éclaira la silhouette de Jacob. Celui-ci le frappa à la tempe avec sa lampe de poche et retint le corps qui s'écroulait, mais une des maigres épaules effleura la cloison. Et la lampe à gaz tomba par terre avant que Jacob ait pu la rattraper.

— Qu'est-ce que c'est ? entendit-il.

Jacob éteignit la lampe et retint son souffle.

Des pas.

Il porta la main à son pistolet et, en même temps, réalisa qui se dirigeait vers lui.

Will défonça la cloison comme si elle avait été en carton. Jacob n'attendit pas : il retourna à tâtons vers la porte dérobée tandis que la Fée Sombre appelait les gardes.

Arrête-toi, Jacob. Mais les pas qui le suivaient étaient menaçants. Will voyait aussi bien dans l'obscurité que Fox. Et il était armé.

Sors de l'obscurité, Jacob. Là, il a l'avantage. Jacob arracha le rideau, franchit la porte dérobée et se retrouva à l'air libre.

La lumière aveugla Will. Il mit la main devant son visage pour se protéger ; Jacob lui arracha son sabre des mains.

— Laisse le sabre par terre, Will !

Il mit son frère en joue, Will se pencha quand même. *Il va te tuer, Jacob ! Tire !* Mais il ne pouvait pas. C'était toujours la même chose, malgré le visage en jade.

— Will, c'est moi !

Will lui donna un coup de tête en pleine figure. Jacob se mit à saigner du nez et évita de justesse le sabre de son frère. Le coup suivant lui entailla l'avant-bras. Will se battait comme un Goyl, sans hésiter. Il était froid et précis et toute crainte avait disparu de son visage. *J'ai entendu dire que tu as désarmé le meilleur garde du corps de Kami'en. Il surestime sa force.* Encore un coup. *Défends-toi, Jacob.*

Lame contre lame, du métal tranchant, pas comme les jouets avec lesquels ils se battaient quand ils étaient enfants. C'était si loin. Au-dessus d'eux, la lumière du soleil se reflétait dans les fleurs en verre d'un lustre et le motif du tapis sous leurs pieds représentait des sorcières dansant pour appeler le printemps. Will était hors d'haleine. Ils soufflaient tous deux si fort qu'ils ne remarquèrent les soldats de la garde impériale que quand ceux-ci braquèrent leurs longs fusils sur eux. Will recula devant les uniformes blancs et Jacob se mit devant lui pour le protéger, comme il avait toujours fait. Mais son frère n'avait pas besoin de son aide. Les Goyls aussi les avaient trouvés. Ils arrivaient par la porte dérobée. Des uniformes gris derrière eux, des uniformes blancs devant eux. Will ne baissa son sabre que quand un Goyl lui en donna l'ordre, sur un ton qui n'admettait pas de réplique.

Des frères.

— Cet homme a tenté de s'introduire dans les appartements du roi !

Leur officier était un Goyl en onyx qui parlait la langue de l'empire presque sans accent. Will ne quittait pas Jacob des yeux. C'était toujours le même visage, mais il ressemblait aussi peu à son frère qu'un chien à un loup. Jacob lui tourna le dos. Il ne supportait plus de le regarder.

— Jacob Reckless, dit-il en tendant son sabre aux gardes. Il faut que je parle à l'impératrice.

Le garde qui lui prit son sabre murmura quelque chose à l'officier. Il y avait peut-être encore, accroché dans un couloir, le portrait de Jacob que l'impératrice avait fait faire quand il lui avait rapporté la pantoufle de verre.

Will suivit Jacob des yeux quand les gardes l'emmenèrent.

Oublie que tu as un frère, lui l'a aussi oublié.

44. L'impératrice

Il y avait longtemps que Jacob n'était pas entré dans la salle d'audience de l'impératrice. Même quand Chanute et lui livraient un objet qu'elle faisait rechercher depuis des années, un de ses nains négociait le prix ou leur confiait une autre mission. L'impératrice accordait une audience quand la mission s'était révélée particulièrement risquée – comme pour la pantoufle de verre ou la petite table magique – et quand l'histoire qu'on avait à lui conter était assez sanglante et effrayante. Thérèse d'Austria aurait fait elle-même un bon chasseur de trésors, si elle n'avait pas été la fille d'un empereur.

Ce jour-là, elle portait une robe brodée de verre d'elfe du même jaune d'or que les roses qui ornaient sa table de travail. Sa beauté était légendaire, mais la guerre et la défaite avaient marqué son visage. Les lignes de son front étaient plus visibles, les cernes sous ses yeux plus sombres et son regard un peu plus froid.

Un de ses généraux et trois ministres étaient debout près des fenêtres d'où l'on voyait les toits, les tours de la ville et les montagnes que les Goyls avaient déjà conquises. Quand l'adjudant qui s'appuyait contre le buste de l'avant-dernier empereur se retourna, Jacob le reconnut. Donnersmarck. Il l'avait accompagné dans trois expéditions pour l'impératrice. Deux avaient été couronnées de succès, ce qui avait valu à Jacob une coquette récompense et à Donnersmarck une décoration. Ils étaient amis, mais le regard qu'il lança à Jacob n'en laissa rien paraître. Il arborait de nouvelles décorations sur son uniforme blanc, mais il traînait sa jambe gauche. Comparée à la guerre, la chasse au trésor était un plaisir anodin.

— Intrusion dans le palais, menaces envers mes hôtes, agression sur un de mes espions avec perte de connaissance.

L'impératrice posa son porte-plume et fit signe au nain qui se tenait près de son bureau. Il lui recula son fauteuil, sans quitter Jacob des yeux. Au cours des siècles précédents, les nains des empereurs d'Austria avaient empêché une douzaine d'attentats. Thérèse d'Austria en gardait toujours au moins trois à ses côtés. À ce qu'on disait, ils pouvaient même se mesurer aux Géantais.

Aubéron, le favori de l'impératrice, ajusta sa robe. Elle avait toujours une silhouette de jeune fille.

— Qu'est-ce que ça veut dire, Jacob ? Ne t'avais-je pas donné pour mission de trouver le sablier ? Au lieu de cela, tu te bats en duel dans mon palais avec le garde du corps de mon futur gendre !

Jacob baissa la tête. Elle n'aimait pas qu'on la regarde dans les yeux.

— Je n'avais pas le choix. Il m'a attaqué et je me suis défendu.

Son avant-bras saignait toujours. La nouvelle signature de son frère.

— Livrez-leur, Votre Majesté, suggéra un de ses ministres. Ou encore mieux : faites-le exécuter pour prouver votre volonté de paix.

— C'est stupide, répliqua l'impératrice. Comme si cette guerre ne m'avait pas déjà assez coûté ! C'est mon meilleur chasseur de trésors ! Il est encore meilleur que Chanute.

Elle s'avança si près de Jacob qu'il sentit son parfum. Il était, prétendait-on, mélangé à du pavot magique. Quiconque en inhalait trop profondément se pliait à toutes ses exigences, en croyant agir de son plein gré.

— Quelqu'un t'a payé ? demanda-t-elle. Quelqu'un à qui cette paix ne plaît pas ? Dis-lui qu'elle ne me plaît pas non plus.

— Majesté !

Les ministres regardaient en direction de la porte d'un air alarmé, comme si les Goyls écoutaient.

— Oh, taisez-vous ! leur lança l'impératrice. Je paie cette paix assez cher en leur donnant ma fille.

Jacob fixa Donnersmarck, mais celui-ci évita son regard.

— Personne ne m'a payé, dit-il, et ça n'a rien à voir avec votre paix ; je suis ici à cause de la fée.

Le visage de l'impératrice devint presque aussi inexpressif que celui de sa fille.

— La fée ?

Elle s'efforçait de rester impassible, mais sa voix la trahissait. De la haine et du dégoût. Voilà ce que Jacob percevait dans sa voix. Et de la colère. De la colère, parce qu'elle craignait la fée.

— Que lui veux-tu ?

— Accordez-moi cinq minutes seul avec elle. Vous ne le regretterez pas. Sauf si cela vous plaît que le futur marié ait amené avec lui sa sombre amante ?

Prends garde, Jacob. Mais il était trop désespéré pour prendre garde. Elle lui avait volé son frère. Et il voulait qu'elle le lui rende.

L'impératrice échangea un coup d'œil avec le général.

— Aussi irrespectueux que son maître, dit-elle. Chanute parlait à mon père sur un ton aussi impertinent.

— Rien que cinq minutes, répéta Jacob. Son sortilège vous a coûté la victoire ! Et des milliers de sujets.

Elle le dévisagea d'un air pensif.

— Majesté… ! commença le général.

Devant le regard impérieux de l'impératrice, il se tut.

Elle fit demi-tour et revint à son bureau.

— Tu arrives trop tard. J'ai déjà signé le traité. Dis au Goyl qu'il a inhalé de la poussière d'elfe, ordonna-t-elle tandis qu'un garde attrapait le bras de Jacob. Raccompagne-le à la porte et ordonne qu'on ne le laisse plus entrer. Toi, Jacob, oublie le sablier. Je veux un sac magique.

45. En d'autres temps

Jacob ne savait pas comment il était revenu à l'hôtel. Dans chaque vitrine, il croyait voir le visage grimaçant de haine de son frère et chaque femme qu'il croisait se métamorphosait en Fée Sombre.

Ce ne pouvait être fini. Il la trouverait. À la gare, quand elle monterait avec son amant, jeune marié, dans son train noir onyx. Ou dans le palais suspendu, malgré ses serpents. Jacob ne savait plus très bien ce qui le poussait : le désir de vengeance, l'espoir que Will redeviendrait comme avant, ou bien sa fierté blessée.

Dans le hall de l'hôtel, les nouveaux arrivants attendaient au milieu des valises et des grooms qui s'affairaient. Ils venaient tous pour le mariage. Il y avait même des Goyls parmi eux. Ils attiraient plus les regards que la sœur cadette de l'impératrice. Elle était venue de l'Est sans son époux princier, drapée dans une fourrure noire, comme si elle portait le deuil à cause du mariage de sa nièce.

Le mariage aurait lieu le lendemain. Dans la cathédrale où Thérèse d'Austria s'était aussi mariée et avant elle son père.

La femme de chambre lui avait raccommodé et lavé ses vêtements. Jacob les portait sur son bras quand il ouvrit la porte de sa chambre. Il les laissa tomber en voyant l'homme près de la fenêtre, mais Donnersmarck se retourna avant qu'il ait eu le temps de tirer son pistolet. Son uniforme était d'un blanc étincelant, comme s'il voulait faire oublier que la boue et le sang étaient les couleurs d'un soldat.

— Y a-t-il une seule pièce dans laquelle l'adjudant de l'impératrice ne pénètre pas ? demanda Jacob en ramassant les vêtements et en refermant la porte derrière lui.

— Dans la chambre secrète d'un Barbe-Bleue. Où tes talents sont toujours plus utiles que l'uniforme.

Donnersmarck se dirigea vers Jacob en boitant.

— Qu'est-ce que tu mijotes avec la Fée Sombre ?

Ils ne s'étaient pas vus depuis presque un an mais, quand on échappe ensemble à un Barbe-Bleue ou qu'on cherche ensemble un cheveu de diable, cela crée un lien qu'on n'oublie pas facilement. Jacob était passé par toutes ces épreuves, et d'autres encore, avec Donnersmarck. Ils n'avaient jamais trouvé le cheveu de diable, mais Donnersmarck avait empêché le loup brun qui gardait la pantoufle de verre de dévorer Jacob. Jacob, pour sa part, lui avait évité les coups mortels d'une *matraque-sors-du-sac*.

— Qu'est-il arrivé à ta jambe ?

Donnersmarck s'arrêta devant lui.

— Qu'est-ce que tu crois ? C'était la guerre.

Sous la fenêtre, on entendait passer les fiacres. Les chevaux hennissaient, les cochers juraient. Pas si différent de l'autre monde. Mais au-dessus d'un bouquet de roses qui se trouvait sur la table de nuit voltigeaient deux elfes de la grosseur d'un bourdon. Beaucoup d'hôtels en mettaient dans les chambres car leur poussière procurait de beaux rêves.

— J'ai une question à te poser. Tu peux sûrement imaginer qui m'envoie.

Donnersmarck chassa une mouche sur son uniforme.

— Si tu obtenais les cinq minutes, le roi des Goyls aurait-il encore une amante, passé ce délai ?

Jacob mit un instant à réaliser ce qu'il avait entendu.

— Non, répondit-il enfin. Il ne la reverra jamais.

Donnersmarck l'observa comme s'il voulait lire sur son front ce qu'il mijotait. Puis il montra du doigt le cou de Jacob.

— Tu ne portes plus le médaillon. As-tu fait la paix avec sa sœur pourpre ?

— Oui, et elle m'a révélé ce qui rend la Sombre vulnérable.

Donnersmarck rectifia la position de son sabre. À l'époque, il savait le manier mais sa jambe raide avait dû changer les choses pour lui.

— Pour déclarer la guerre à l'autre sœur. C'est toujours ainsi avec la paix, n'est-ce pas ? On sème déjà la guerre suivante.

Il boitilla jusqu'au lit.

— Il ne reste plus que le pourquoi. Je sais que cette guerre t'indiffère. Alors pourquoi prends-tu le risque de te faire tuer par la Fée Sombre ?

— Le Goyl en jade qui est le garde du corps du roi… c'est mon frère.

Les mots prononcés semblaient être la confirmation définitive de cette réalité.

Donnersmarck frotta sa jambe.

— Je ne savais pas que tu avais un frère. Mais quand j'y pense, il y a sûrement beaucoup de choses sur toi que j'ignore.

Il regarda par la fenêtre.

— Sans la fée, nous aurions gagné cette guerre.

Non, vous ne l'auriez pas gagnée, pensa Jacob. *Parce que son roi est plus expert que vous tous en matière de guerre. Parce que mon père lui a montré comment on fabrique les meilleurs fusils. Parce qu'ils ont rallié les nains à leur cause. Et parce que vous attisez leur colère depuis des siècles.*

Donnersmark savait tout cela. Mais il était tellement plus facile de mettre la défaite sur le compte de la fée ! Il se leva et revint vers la fenêtre.

— Elle se rend dans le jardin impérial tous les soirs après le coucher du soleil. Kami'en le fait fouiller, mais ses hommes ne sont pas très consciencieux. Ils savent que personne ne peut rien contre elle.

Il se retourna.

— Et que feras-tu si ton frère reste un des leurs ?

Oui, Jacob, que feras-tu ?

— Ton impératrice donne sa fille en mariage à l'un des leurs.

Donnersmarck ne répondit pas. Des voix se firent entendre dans le couloir. Donnersmarck attendit qu'elles se soient éteintes.

— À la tombée de la nuit, je t'enverrai deux de mes hommes, qui te conduiront dans le jardin.

Il se dirigea vers la porte, s'arrêta encore une fois.

— Je te l'ai montrée ? demanda-t-il en passant la main sur une de ses décorations, une étoile frappée du sceau de l'impératrice. Je l'ai reçue pour la pantoufle de verre que nous avons trouvée. Que TU as trouvée.

Il regarda Jacob.

— Je suis ici en uniforme. J'espère que tu sais ce que ça veut dire. Mais je te considère comme mon ami, même si tu n'aimes pas ce mot. J'ignore ce que tu connais de la Fée Sombre... Mais ce que tu veux faire est suicidaire. Je sais que tu t'es enfui de chez sa sœur et que tu as survécu. Cette fée-là est différente. Elle est plus dangereuse que tout ce que tu as pu rencontrer dans ta vie. Pars plutôt à la recherche du sac magique ou de l'arbre de vie. Du cheval de feu, de l'homme-cygne. Peu importe. Renvoie-moi au palais lui dire que tu as réfléchi. Accepte la paix. Comme nous devons tous le faire.

Jacob lut un avertissement dans ses yeux. Et une prière.

Mais il secoua la tête.

— Je serai ici à la tombée de la nuit.

— Bien sûr, murmura Donnersmarck.

Et il referma la porte derrière lui.

46. La sœur sombre

Il faisait nuit depuis une heure, mais tout était silencieux dans le couloir derrière la porte de Jacob. Il craignait déjà que Donnersmarck ait voulu le protéger contre lui-même quand on frappa enfin. Ce n'étaient pas les soldats de la garde impériale, c'était une femme.

Au premier abord, Jacob reconnut à peine Fox. Elle portait un manteau noir sur sa robe et avait relevé ses cheveux.

— Clara voulait voir ton frère une dernière fois.

Sa voix n'évoquait pas des rues éclairées, mais la forêt et la fourrure de la renarde.

— Elle a convaincu le nain de l'accompagner au mariage demain. Elle passa la main sur son manteau.

— C'est ridicule, non ?

Jacob la fit entrer dans la chambre et referma la porte.

— Pourquoi n'as-tu pas dissuadé Clara ?

— Pourquoi l'aurais-je fait ?

Il sursauta quand elle toucha son bras blessé.

— Qu'est-ce qui t'est arrivé ?

— Rien.

— Clara prétend que tu veux rencontrer la Fée Sombre. Jacob ? dit-elle en prenant son visage entre ses mains — des mains fines comme celles d'une petite fille. C'est vrai ?

Ses yeux bruns lui scrutaient le cœur. Elle savait toujours quand il mentait mais, cette fois, il fallait qu'il réussisse à la tromper. Sinon, elle le suivrait, et Jacob savait qu'il pouvait se pardonner beaucoup de choses, mais pas d'être responsable de sa mort.

— C'est vrai, j'en avais l'intention, dit-il, mais j'ai vu Will. Tu avais raison. C'est trop tard.

Cette fois, c'étaient les hommes de Donnersmarck qui frappaient.

— Jacob Reckless ?

Les deux soldats n'étaient guère plus vieux que Will.

Jacob entraîna Fox avec lui dans le couloir.

— Je vais me saouler avec Donnersmarck. Si tu veux accompagner Clara au mariage, fais-le. Moi, je prendrai le premier train pour Schwanstein.

Crois-moi, Fox. Je t'en prie.

Le regard de la jeune fille allait de son ami aux soldats. Et la Fée Sombre était certainement déjà dans le jardin impérial.

Elle ne le croyait pas. Jacob le lisait sur son visage. Comment aurait-elle pu le croire ? Elle le connaissait mieux que personne. Mieux qu'il ne se connaissait lui-même. Elle avait l'air bien vulnérable dans ses vêtements de femme, mais elle le suivrait. Quoi qu'il lui dise.

Fox emboîta le pas aux soldats. Elle était toujours fâchée à cause de l'eau d'alouette. Et elle allait bientôt l'être encore plus, mais elle aurait la vie sauve.

— Tu n'es pas du tout ridicule avec ce manteau, fit-il quand elle s'arrêta devant l'ascenseur. Tu es très belle, mais j'aurais préféré que tu ne viennes pas jusqu'ici.

« Elle n'a pas le droit de me suivre, dit-il aux soldats. L'un d'entre vous doit rester avec elle.

Fox essaya de se métamorphoser, mais Jacob lui saisit le bras. La peau sur la peau, cela empêchait le pelage de réapparaître. Elle essaya désespérément de se dégager ; Jacob ne la lâchait pas. Il mit la clé de sa chambre dans la main d'un soldat. C'était une véritable armoire à glace, malgré son visage juvénile : il saurait l'empêcher de s'enfuir.

— Fais en sorte qu'elle ne quitte pas ma chambre avant demain matin, lui ordonna-t-il. Et prends garde, elle se métamorphose.

Le soldat n'eut pas l'air ravi de cette mission, mais il acquiesça. Le désespoir de la jeune fille faisait peine à voir, mais la perspective de la perdre était encore plus douloureuse.

— Elle va te tuer !

Ses yeux étaient noyés de larmes et de colère.

— Peut-être, répondit Jacob. Mais si elle en fait autant avec toi, ce ne sera pas mieux.

Le soldat entraîna Fox dans la chambre. Elle se défendit comme une renarde et, devant la porte, elle faillit lui échapper.

— Jacob! N'y va pas!

Il entendait encore sa voix quand l'ascenseur s'arrêta au rez-de-chaussée dans le hall de l'hôtel. Un instant, il eut envie de remonter pour effacer la colère et la peur de son visage.

L'autre soldat était visiblement soulagé que Jacob ne l'ait pas choisi pour veiller sur Fox. Sur le chemin du palais, Jacob apprit qu'il venait d'un village du Sud, qu'il trouvait la vie de soldat excitante et qu'il n'avait à l'évidence aucune idée de qui Jacob espérait rencontrer dans le jardin impérial.

On ouvrait le grand portail à l'arrière du château une fois par an, pour le peuple. Son guide mit une éternité à enlever le cadenas et Jacob regretta une fois de plus sa clé magique et toutes les autres choses qu'il avait perdues dans la forteresse des Goyls. Dès que Jacob se fut glissé à l'intérieur, le soldat remit la chaîne et resta sur le trottoir, le dos à la porte. Donnersmarck voulait savoir si Jacob en réchapperait.

On entendait au loin les bruits de la ville, les calèches et les chevaux, des ivrognes, les vendeurs ambulants et les cris des gardes de nuit. Mais derrière le mur du jardin, on ne percevait que le murmure des fontaines de l'impératrice et, dans les arbres, le chant des rossignols artificiels qu'une de ses sœurs lui avait offerts pour son dernier anniversaire. Dans le palais, il y avait encore de la lumière derrière quelques fenêtres, mais sur les balcons et dans les escaliers régnait un silence sinistre pour la veille d'un mariage impérial. Jacob essaya de ne pas se demander où était Will.

C'était une nuit froide ; ses bottes laissaient des traces sombres sur les pelouses blanchies par le givre, mais l'herbe absorbait le bruit de ses pas beaucoup mieux que les chemins recouverts de gravier qui longeaient les parterres et les haies. Jacob ne chercha pas les traces de la Fée Sombre. Il savait où elle était allée. Au cœur du jardin impérial se trouvait un étang dont la surface était couverte de lys comme le lac des fées, et aussi des saules penchés au-dessus de l'eau sombre.

La fée était sur la rive. Le scintillement des étoiles se reflétait dans ses cheveux. La clarté des deux lunes caressait sa peau et Jacob sentit sa haine se noyer dans sa beauté. Mais le souvenir du visage pétrifié de Will l'aida à se ressaisir.

Elle sursauta en entendant son pas. Comme le lui avait conseillé la Fée Pourpre, il ouvrit son manteau noir, découvrant sa chemise blanche. « Blanc comme la neige. Rouge comme le sang. Noir comme l'ébène. » Il manquait encore une couleur.

La Fée Sombre dénoua ses cheveux d'un geste preste et ses mites se précipitèrent vers lui. Mais quand Jacob passa la lame de son couteau sur son bras et essuya le sang sur sa chemise blanche, elles battirent en retraite comme s'il leur avait brûlé les ailes.

— Blanc, rouge, noir... les couleurs de Blanche-Neige, dit-il. C'est ainsi que mon frère les appelait. Il aimait beaucoup ce conte. Qui aurait pu croire qu'elles étaient si puissantes ?

— Qui t'a parlé de ces trois couleurs ? demanda la fée en reculant d'un pas.

— Ta sœur.

— Elle te révèle nos secrets pour te remercier de l'avoir quittée ?

Ne la regarde pas, Jacob. Elle est trop belle.

La fée retira ses chaussures et s'approcha de l'eau. Jacob sentait son pouvoir, comme le froid de la nuit.

— Apparemment, ce que tu as fait est plus difficile encore à pardonner, dit-il.

Les mites étaient revenues se poser dans les cheveux de la fée.

— Elles sont choquées que je sois partie, dit-elle avec un petit rire feutré. Mais je me demande bien ce qu'elle croit obtenir en te parlant des trois couleurs. Comme si j'avais besoin des mites pour te tuer !

Elle recula jusqu'à ce que l'eau de l'étang se referme sur ses pieds nus, et la nuit se mit à vibrer comme si l'air lui-même se transformait en eau noire.

Jacob sentit qu'il avait peine à respirer.

— Je veux que mon frère revienne.

— Pourquoi ? J'ai fait de lui ce qu'il était prédestiné à être, dit la fée en passant la main dans ses longs cheveux. Tu sais ce que je crois ? Ma sœur est encore trop amoureuse de toi pour te tuer. C'est pour ça qu'elle t'envoie !

Il sentait que sa beauté lui faisait tout oublier, la haine qui l'avait amené là, l'amour pour son frère et lui-même. *Ne la regarde pas, Jacob !* Il serra son bras blessé, cherchant à se protéger par la douleur. La douleur causée par l'épée de son frère. Il serra si fort que le sang jaillit sur sa main. Les images revinrent. Le visage grimaçant de haine de Will. Son frère perdu.

La Fée Sombre s'approcha de lui.

Oui. Approche.

— As-tu vraiment l'arrogance de croire que tu peux venir ici avec des exigences ? Tu t'imagines peut-être que, parce qu'une fée n'a pas pu te résister, cela vaut pour toutes les autres ?

— Non, répondit Jacob.

Ses yeux s'écarquillèrent quand il toucha son bras blanc. La nuit tissait comme des fils d'araignée autour de sa bouche, paralysant sa langue, mais il eut le temps de prononcer son nom.

La fée le repoussa et leva les mains comme pour conjurer les syllabes fatales. Mais, déjà, ses doigts se transformaient en branches et ses pieds en racines. Ses cheveux se muèrent en feuilles, sa peau en écorce : son cri résonna comme le bruit du vent dans le feuillage d'un saule.

— C'est un beau nom, dit Jacob en se glissant sous les branches. Dommage qu'on ne puisse le prononcer que dans votre royaume. L'as-tu révélé à ton amant ?

Le saule gémit et son tronc se pencha au-dessus de l'étang comme s'il pleurait sur son propre reflet.

— Tu as donné à mon frère une peau en pierre. Je t'en donne une en écorce. Ça me semble correct, non ? poursuivit Jacob en refermant son manteau sur sa chemise maculée de sang. Je vais maintenant chercher Will, et, si sa peau est toujours en jade, je reviendrai et mettrai le feu à tes racines.

Jacob n'aurait su dire d'où venait la voix. Il l'entendait aussi distinctement que si elle lui chuchotait chaque mot à l'oreille :

— Libère-moi et je rendrai à ton frère sa peau humaine.

— Ta sœur m'a dit que tu allais me promettre ça. Elle m'a dit aussi de ne pas te croire.

— Amène-le-moi et je te le prouverai !

— Ta sœur m'a donné un autre conseil.

Jacob cueillit une poignée de feuilles argentées. Le saule soupira quand il les mit dans sa poche.

— Je dois apporter ces feuilles à ta sœur, continua Jacob. Mais je crois que je vais les garder et les échanger contre la peau de mon frère.

L'étang était un miroir argenté et la main avec laquelle il avait touché le bras de la fée était comme gelée.

— Je vais te l'amener, dit-il. Cette nuit même.

Mais un frisson passa à travers les feuilles du saule.

— Non! chuchotèrent les feuilles. Kami'en a besoin de lui! Il doit rester à ses côtés jusqu'à la fin de la cérémonie.

— Pourquoi?

— Promets ou je ne t'aiderai pas.

À l'autre bout du jardin, Jacob entendait encore sa voix.

— Promets-le!

Encore et encore.

47. Les salles aux trésors de l'impératrice

Je vais te l'amener. Mais comment? Jacob resta bien une heure derrière les étables, entre les jardins et le palais, les yeux rivés sur les fenêtres de l'aile nord. Il y avait toujours de la lumière – la lumière des bougies, qui n'irritait pas les yeux des Goyls – et, une fois, il crut apercevoir le roi qui regardait les jardins plongés dans l'obscurité. Il attendait son amante. La veille de son mariage.

Je vais te l'amener. Mais comment?

C'est un jeu d'enfant qui donna la réponse à Jacob. Il aperçut, au milieu des seaux dont se servaient les garçons d'écurie pour abreuver les chevaux, une balle toute sale. *Naturellement, Jacob. La balle en or.*

C'est lui qui l'avait vendue à l'impératrice trois ans plus tôt. La balle était un de ses trésors préférés. Mais aucun garde ne laisserait Jacob entrer dans le palais et les Goyls lui avaient pris la bave qui rend invisible.

Il mit encore une heure à trouver un des escargots qui en produisaient. Les jardiniers de l'impératrice tuaient tous ceux sur lesquels ils tombaient, mais Jacob finit par en découvrir deux sous le bord couvert de mousse d'une fontaine. Leur bave agissait dès qu'on se la mettait sous le nez. Il n'y en avait pas beaucoup, mais cela suffirait pour une ou deux heures.

Devant l'entrée de service, réservée aux fournisseurs et aux domestiques, un garde était adossé contre le mur. Jacob se faufila près de lui sans le tirer de sa somnolence.

Dans les cuisines et les buanderies, on travaillait même la nuit et une des bonnes sursauta quand l'épaule invisible de Jacob la frôla. Il arriva bientôt au pied de l'escalier qui s'éloignait des serviteurs et montait chez les seigneurs. Il sentit sa peau s'engourdir parce qu'il avait utilisé de la bave quelques jours auparavant mais, par chance, aucun membre ne fut paralysé.

Les salles aux trésors se trouvaient dans l'aile sud, la partie la plus récente du palais. Les six salles étaient tapissées de lapis-lazuli — on disait de cette pierre qu'elle diminuait le pouvoir magique des artefacts exposés. La famille impériale avait toujours eu un goût affirmé pour les objets magiques et avait essayé de s'en procurer le plus possible. Mais c'était le père de l'impératrice actuelle qui avait décrété que les objets, les animaux et les hommes dotés de pouvoirs magiques devaient être déclarés aux autorités. Car enfin, il n'était pas facile de régner dans un monde où les mendiants pouvaient être métamorphosés en princes par un arbre d'or et où des animaux qui parlent chuchotaient aux gardes forestiers des idées de rébellion.

Les portes dorées n'étaient pas gardées. Le grand-père de l'impératrice en avait confié la fabrication à un forgeron qui avait appris son métier auprès d'une sorcière. Des branches d'arbres aux sorcières se mêlaient aux branches dorées qui se déployaient sur les battants, et si l'on ouvrait les portes sans connaître leur secret, on se retrouvait empalé sur les branches. Elles surgissaient comme des lances dès que l'on touchait la poignée et visaient d'abord les yeux, comme les arbres de la Forêt Noire. Mais Jacob connaissait le secret qui ouvrait les salles aux trésors.

Il s'approcha tout près des portes sans toucher les poignées. Entre les battants, le forgeron avait dissimulé un pic-vert. Quand Jacob souffla sur l'or, son plumage prit les couleurs de la vie et les portes s'ouvrirent sans bruit, comme sous l'effet d'un coup de vent.

Les salles aux trésors d'Austria.

La première était remplie en grande partie d'animaux fantastiques, trophées de chasse de la famille impériale. Jacob passa devant les vitrines qui protégeaient les corps empaillés des mites et de la poussière : il avait l'impression que les animaux le suivaient du regard avec leurs yeux de verre. Une licorne. Des lièvres ailés. Un loup brun. Des hommes-cygnes. Des corneilles magiques. Des chevaux qui parlaient… et, naturellement, il y avait aussi une renarde. Ses membres n'étaient pas aussi fins que ceux de Fox, mais Jacob ne supportait pas de la regarder.

La deuxième salle contenait des artefacts dérobés aux sorcières. Aucune distinction n'était établie entre les guérisseuses et les ogresses : des couteaux qui avaient dépecé la chair humaine côtoyaient une aiguille dont la piqûre soignait les blessures et des plumes de hibou qui rendaient la vue aux aveugles. Il y avait deux balais, sur lesquels les sorcières volaient aussi vite et aussi haut que les oiseaux, et du pain d'épice provenant des maisons fatales de leurs sœurs, mangeuses d'enfants.

Dans la vitrine de la troisième salle étaient exposées des écailles de nymphes et d'ondins qui permettaient, quand on les mettait sous la langue, de rester très longtemps sous l'eau. Mais il y avait aussi des écailles de dragon de toutes tailles et de toutes couleurs. Dans presque tous les coins de ce monde, on faisait courir le bruit qu'il en existait encore. Jacob lui-même avait déjà vu dans le Nord des ombres sur le ciel qui ressemblaient étrangement au corps momifié exposé dans la quatrième salle. La queue à elle seule occupait presque la moitié d'un mur et, devant les dents et les griffes imposantes, Jacob fut presque reconnaissant à la famille impériale de les avoir exterminés.

La balle en or qu'il était venu chercher se trouvait dans la cinquième salle, sur un coussin de velours noir. Jacob l'avait trouvée dans la grotte d'un ondin, près de la fille d'un boulanger que l'ondin avait enlevée. Elle était à peine plus grosse qu'un œuf de poule et la description épinglée sur le velours évoquait un conte de l'autre monde : « À l'origine, le jouet préféré de la fille cadette de Léopold le Bon, avec lequel elle trouva son mari (plus tard Wenzeslas II) qu'elle délivra du sort jeté par une grenouille. » Mais ce n'était pas toute la vérité. La balle était un piège qui attirait à l'intérieur celui qui l'attrapait et ne le relâchait que si on polissait l'or.

Jacob ouvrit la vitrine avec un couteau et fut tenté un instant de prendre d'autres objets qui auraient pu trouver place dans l'auberge de Chanute, mais il pensa que l'impératrice serait déjà assez fâchée par la disparition de la balle. Jacob était en train de la mettre dans sa poche de manteau quand les lampes à gaz s'allumèrent dans la première salle. Son corps commençait à redevenir visible et il s'empressa de se cacher derrière une vitrine dans laquelle se trouvait une botte de sept lieues usée en peau de salamandre, que Chanute avait vendue au père de l'impératrice (la deuxième se trouvait dans la salle aux trésors du roi d'Albion). Des pas résonnèrent à travers les salles ; Jacob entendit quelqu'un ouvrir les vitrines. Il ne pouvait voir qui c'était et n'osait bouger, de peur que ses pas ne le trahissent. Peu après, la lumière s'éteignit, les lourdes portes se refermèrent et Jacob se retrouva seul dans l'obscurité.

La bave lui donnait la nausée, mais il ne put s'empêcher d'aller examiner les vitrines pour voir ce que le visiteur nocturne était venu faire. Il manquait l'aiguille de sorcière, deux griffes de dragon censées protéger des blessures et un morceau de peau d'ondin auquel on attribuait les mêmes vertus. Jacob se demanda ce que cela voulait dire ; il en conclut que l'impératrice tenait à offrir quelques objets magiques au marié, pour s'assurer qu'il ne serait pas remplacé bientôt par un autre Goyl moins pacifique.

Quand les portes dorées se refermèrent derrière lui, Jacob avait tellement mal au cœur qu'il faillit vomir. Il avait des crampes, premiers signes avant-coureurs de la paralysie que la bave pouvait provoquer, et les couloirs du palais étaient interminables. Jacob décida de les suivre jusque dans les jardins. Les murs qui les séparaient de la route étaient hauts mais, cette fois encore, la corde de Raiponce vint à son secours. Il lui restait au moins un objet utile.

L'homme de Donnersmarck était toujours devant la porte, mais Jacob réussit à passer sans se faire remarquer. Son corps était encore aussi schématique que celui d'un fantôme. Un gardien de nuit qui faisait sa ronde dans les rues obscures, de terreur, en lâcha sa lanterne.

Heureusement, quand il regagna l'hôtel, il était redevenu visible. Chaque pas lui coûtait et il avait du mal à plier ses doigts. Il réussit de justesse à prendre l'ascenseur et ce n'est que devant la porte de sa chambre qu'il se souvint de Fox.

Il dut frapper si fort que deux clients passèrent la tête par la porte de leur chambre avant que le soldat ouvre enfin. Jacob le bouscula et courut vomir dans la salle de bains. Il ne vit Fox nulle part.

— Où est-elle ?

Il dut s'appuyer contre le mur pour ne pas tomber.

— Je l'ai enfermée dans l'armoire ! répondit le soldat, furieux, en lui montrant sa main enveloppée dans un mouchoir maculé de sang. Elle m'a mordu !

Jacob le poussa dans le couloir.

— Va dire à Donnersmarck que j'ai tenu ma promesse.

Il s'adossa contre la porte, épuisé.

Un des elfes qui voltigeaient encore dans la chambre laissa sa poussière argentée sur son épaule. *Fais de beaux rêves, Jacob.*

Fox portait sa fourrure ; elle montra les dents quand il ouvrit l'armoire. Elle était peut-être soulagée, mais elle le cachait bien.

— C'est la fée ? se contenta-t-elle de demander en voyant sa chemise ensanglantée.

Et elle resta impassible tandis qu'il essayait vainement de l'enlever. Ses doigts étaient durs et raides comme du bois.

— Je flaire la bave qui rend invisible.

Fox se lécha le poil, comme si la poigne du soldat l'avait meurtrie.

Jacob s'assit sur le lit. Ses genoux aussi devenaient raides.

— Aide-moi, Fox. Je dois aller au mariage demain et je peux à peine bouger.

Elle resta si longtemps silencieuse que Jacob pensa qu'elle ne savait plus parler.

— Peut-être qu'une bonne morsure te ferait du bien, dit-elle enfin. Et j'avoue que je me ferais un plaisir de te l'infliger… mais avant, dis-moi ce que tu as l'intention de faire.

48. Projets de mariage

Les premières lueurs de l'aube apparurent sur les toits de la ville. L'impératrice n'avait toujours pas fermé l'œil. Elle avait attendu toute la nuit, mais quand un des nains de Donnersmarck entra dans sa salle d'audience, elle dissimula derrière un masque de poudre toute trace d'anxiété et d'espoir sur son visage.

— Il l'a fait. Kami'en la fait rechercher mais, si Jacob dit vrai, ils ne la trouveront pas.

Donnersmarck ne semblait pas très heureux de cette nouvelle, mais le cœur de Thérèse se mit à battre plus vite car c'était la nouvelle qu'elle espérait.

— Bien.

Elle lissa ses cheveux bien tirés. Comme ils grisonnaient, elle les teignait en blond doré, comme ceux de sa fille. Elle la garderait. Ainsi que son trône. Et sa fierté.

— Donne les ordres prévus.

Donnersmarck baissa la tête comme chaque fois qu'il n'était pas d'accord avec un ordre.

— Qu' y a-t-il?

— Vous pouvez tuer leur roi, mais ses armées sont toujours à vingt lieues d'ici à peine.

— Sans Kami'en et la fée, ils sont perdus.

— Un des Goyls en onyx le remplacera.

— Et fera la paix! Les Goyls en onyx veulent régner sous terre, uniquement.

Dans sa propre voix, elle percevait l'impatience. Elle ne voulait pas penser, elle voulait agir. Avant qu'il ne soit trop tard.

— Leurs villes souterraines sont surpeuplées. Et ses sujets crieront vengeance. Ils adorent leur roi!

Il était têtu. Et il en avait assez de la guerre. Mais nul n'était plus intelligent que lui. Et plus intègre.

— Je ne le répéterai pas. Donne les ordres prévus!

Elle fit signe au plus jeune de ses nains.

— Apporte-moi mon petit déjeuner, j'ai faim.

Le nain sortit. Donnersmarck ne bougeait toujours pas.

— Et que fait-on du frère de Jacob?

— Que veux-tu qu'on en fasse? Il est le garde du corps du roi. Il doit mourir avec lui. Tu as les objets, pour ma fille?

Donnersmarck posa son butin sur la table où elle mangeait souvent quand elle était enfant et regardait son père sceller les traités et les arrêts de mort. Désormais, c'est elle qui portait la chevalière.

Une aiguille magique, une griffe de dragon et de la peau d'ondin. Thérèse d'Austria s'approcha de la table et caressa les écailles vert mat qui recouvraient jadis la main d'un ondin.

— Fais coudre la griffe et la peau dans la robe de mariée de ma fille, ordonna-t-elle à la femme de chambre qui se tenait près de la porte. Et donne l'aiguille au médecin qui sera prêt à intervenir dans la sacristie.

Donnersmarck lui tendit une deuxième griffe.

— C'est pour vous.

Il salua et fit demi-tour.

— Qu'en est-il de Jacob ? Tu l'as fait arrêter ?

Donnersmarck s'immobilisa brusquement, comme si elle avait jeté un cadavre sur ses pas. Mais quand il se retourna, son visage était aussi impassible que celui de l'impératrice.

— Le soldat qui attendait devant la porte dit qu'il n'est pas ressorti. Nous ne l'avons pas trouvé non plus dans le palais.

— Et après ? Vous avez fait surveiller son hôtel ?

Il la regardait mais elle ne pouvait rien lire dans ses yeux.

— Il n'y est pas.

L'impératrice caressa la griffe de dragon qu'elle avait dans la main.

— Trouve-le. Tu sais comment il est. Tu pourras le relâcher dès que le mariage sera fini. Pour son frère, ce sera trop tard.

— C'est déjà trop tard. C'est un Goyl.

Le nain revint avec le petit déjeuner. Dehors, le jour se levait ; la nuit avait emporté la Fée Sombre avec elle. Le moment était venu de reprendre ce que son sortilège lui avait volé. Qui voulait la paix, quand on pouvait vaincre ?

49. Un des leurs

Will essayait de ne pas écouter. Il était l'ombre du roi et les ombres étaient sourdes et muettes. Mais Hentzau parlait si fort qu'il était difficile de ne pas l'entendre.

— Sans la fée, je ne peux pas vous protéger. Les troupes que j'ai demandées en renfort ne seront pas là avant cette nuit et l'impératrice le sait !

Kami'en boutonna sa veste : pas de frac pour le marié. Il porterait l'uniforme gris foncé. Sa deuxième peau. L'uniforme dans lequel il avait vaincu. Dans lequel il se marierait. Lui, le premier Goyl à prendre pour épouse une femme humaine.

— Votre Majesté, cela ne lui ressemble pas de disparaître sans un mot !

Il y avait dans la voix de Hentzau quelque chose que Will ne lui connaissait pas : la peur.

— Au contraire. Cela lui ressemble, dit le roi en prenant le sabre que Will lui tendait. Elle déteste notre coutume de prendre plusieurs femmes. Même si je lui ai maintes fois expliqué qu'elle avait aussi le droit de prendre d'autres hommes.

Il fixa son sabre à son ceinturon en argent et s'approcha du miroir accroché près de la fenêtre. Le verre étincelant rappela quelque chose à Will. Mais quoi ?

— Je suppose qu'elle avait planifié sa fuite et que c'est pour cette raison qu'elle a fait rechercher pour moi le Goyl en jade. Et si l'avenir lui donne raison, poursuivit le roi en se tournant vers Will, il me suffit de l'avoir près de moi pour être en sécurité.

« Ne t'éloigne pas de lui, avait dit si souvent la fée que Will entendait encore ses paroles en rêve. Même s'il veut t'éloigner, ne lui obéis pas ! »

Elle était si belle. Mais Hentzau la détestait. N'empêche que, sur son ordre, il avait entraîné Will, parfois aussi durement que s'il avait voulu le tuer. Heureusement, la peau de Goyl guérissait vite et la peur ne l'avait rendu que meilleur au combat. La veille, il avait arraché son sabre des mains de Hentzau.

« Que t'avais-je dit ? lui avait murmuré la fée. Tu es né pour être son ange gardien. Je te ferai peut-être pousser des ailes un jour.

— Mais qu'étais-je avant ? avait demandé Will.

— Depuis quand le papillon s'enquiert-il de la chenille ? lui avait-elle répondu. Il l'oublie. Et aime ce qu'il est. »

Oui, Will aimait ce qu'il était. Il aimait l'insensibilité de sa peau, la force de ses membres infatigables, qui rendait les Goyls si supérieurs aux Peaux Tendres, même s'il savait qu'il était né de leur chair. Il se reprochait d'en avoir laissé échapper un, qui se cachait comme un rat derrière les murs du roi. Will ne pouvait oublier son visage : les yeux gris dépourvus d'or, les cheveux bruns et fins comme une toile d'araignée, la peau dont la mollesse trahissait toutes leurs faiblesses… Il frissonna en passant la main sur sa peau de jade.

— La vérité, c'est que tu ne veux pas la paix. Tu préférerais les tuer tous, les uns après les autres, les hommes, les femmes et les enfants.

Le roi avait l'air irrité et Hentzau baissa la tête comme un vieux loup devant le chef de la meute.

— C'est vrai, répondit-il d'une voix rauque. Car tant qu'un seul d'entre eux sera encore vivant, ils souhaiteront notre mort. Repousse le mariage d'un jour. Jusqu'à ce que les renforts soient arrivés.

Kami'en enfila ses gants sur ses griffes. Ils étaient en peau de serpent, de ceux qui vivaient si profondément sous terre que même la peau des Goyls qui les chassaient fondait. La fée avait parlé de ces serpents à Will. Elle lui avait décrit tant de choses : les routes des morts, les chutes d'eau en grès, les lacs souterrains et les champs de fleurs en améthyste. Il rêvait de voir toutes ces merveilles de ses propres yeux.

Le roi attrapa son casque et caressa les épines de lézard qui le décoraient. Aux hommes les panaches, aux Goyls les épines de lézard.

— Tu sais exactement ce qu'ils diraient : le Goyl a peur de nous parce qu'il ne peut pas se cacher derrière la jupe de son amante. Et aussi : nous avons toujours su que c'est grâce à elle qu'il remporte la victoire.

Hentzau se tut.

— Tu sais que j'ai raison.

Le roi lui tourna le dos. Will s'empressa de baisser la tête quand il se dirigea vers lui.

— J'étais avec elle quand elle a rêvé de toi, poursuivit-il. J'ai vu ton visage dans ses yeux. Comment peut-on rêver de ce qui n'est pas encore arrivé et voir un homme que l'on n'a jamais rencontré ? À moins que tu ne sois né de son rêve, et qu'elle n'ait semé la chair de pierre que pour te récolter ?

Will referma les doigts sur le pommeau de son sabre.

— Je crois qu'il y a en nous quelque chose qui connaît les réponses, Votre Majesté, répondit-il, mais il n'y a pas de mots pour cela. Je ne vous décevrai pas. C'est tout ce que je sais. Je le jure.

Le roi se tourna vers Hentzau.

— Écoute ça. Tu vois, mon ombre de jade n'est pas muette. Lui as-tu aussi appris à parler ? demanda-t-il en souriant à Will. Que t'a-t-elle dit ? Que tu dois rester à mes côtés, même quand je dirai oui ?

Will sentait le regard laiteux de Hentzau, comme du givre sur sa peau.

— A-t-elle dit cela ? répéta le roi.

Will hocha la tête.

— Il en sera donc ainsi, conclut Kami'en en se tournant vers Hentzau. Fais atteler les chevaux. Le roi des Goyls prend une humaine pour épouse.

50. La belle et la bête

Un mariage. Une fille comme monnaie d'échange et une robe blanche pour cacher le sang des champs de bataille. Les vitraux coloraient de bleu, vert, rouge et or la lumière du matin. Jacob se tenait derrière une des colonnes décorées de fleurs et regardait les bancs de la cathédrale se remplir. Il portait l'uniforme de la garde impériale. Le soldat à qui il l'avait emprunté était solidement ligoté dans une ruelle derrière la cathédrale et, entre les colonnes, il y avait tant de gardes qu'un visage inconnu ne se remarquait pas. Leurs uniformes blancs ponctuaient la mer de couleurs qui, avec les invités, inondait les lieux. Les Goyls étaient là aussi :

on eût dit que les pierres de l'édifice avaient pris forme humaine. La pénombre que les milliers de bougies ne pouvaient dissiper semblait faite pour eux. Will n'aurait pas besoin de cacher ses yeux derrière des lunettes en onyx pour jouer son nouveau rôle. Le Goyl en jade. *Ton frère, Jacob.*

Il tâta sa poche où se trouvait la balle en or. *Pas avant que le mariage soit fini.* Ce ne serait pas facile d'attendre si longtemps. Jacob n'avait pratiquement pas dormi depuis trois nuits, et il avait mal au bras, là où Fox l'avait mordu pour extraire de ses veines le poison de la bave.

Attendre…

Il vit Valiant descendre l'allée centrale avec Fox et Clara. Le nain s'était rasé, et même les ministres impériaux qui se bousculaient aux premiers rangs n'étaient pas mieux habillés que lui. Fox regardait autour d'elle, cherchant Jacob des yeux : son regard s'éclaira quand elle le découvrit entre les colonnes. Mais l'inquiétude ne tarda pas à revenir. Fox trouvait son plan impossible. Pas étonnant. Lui-même n'y croyait guère, mais c'était sa dernière chance. Si Will suivait le roi et sa femme dans la forteresse souterraine, la Fée Sombre ne pourrait jamais prouver qu'elle était capable de briser son propre sortilège.

Des clameurs leur parvinrent du dehors, comme si le vent s'était engouffré dans la foule qui attendait devant la cathédrale depuis des heures.

Ils arrivaient. Enfin.

Les Goyls, les nains, les hommes, tous se retournèrent en direction de la porte ornée de fleurs.

Le marié. Il enleva ses lunettes noires et resta un instant sous le porche. Des murmures s'élevèrent quand Will apparut à ses côtés. Cornaline et jade. Ils semblaient faits l'un pour l'autre, au point que Jacob dut se souvenir que son frère n'avait pas toujours eu ce visage de pierre. Six gardes du corps suivaient Kami'en. Et Hentzau.

Sur la galerie, l'orgue se mit à jouer et les Goyls s'avancèrent vers l'autel. Malgré leur peau de pierre, ils devaient sentir la haine qu'ils inspiraient, mais le marié avait l'air aussi tranquille que s'il était dans son palais suspendu, et non dans la capitale des ses ennemis.

Will passa si près de Clara et de Fox qu'il aurait pu les toucher, mais il ne les remarqua pas. Le visage de Clara se crispa de chagrin. Fox lui posa affectueusement la main sur l'épaule.

Le marié était presque arrivé aux marches devant l'autel quand l'impératrice apparut. Sa robe ivoire aurait fait honneur à une mariée. Les quatre nains qui portaient sa traîne n'accordèrent pas un regard à Kami'en, mais l'impératrice lui adressa un sourire bienveillant avant de monter les marches et de prendre place derrière la grille de roses sculptées qui entourait la loge royale, à gauche de l'autel. Thérèse d'Austria avait toujours été une comédienne très douée.

Il était une fois une reine qui avait perdu une guerre. Mais elle avait une fille.

Même l'orgue ne put couvrir les clameurs qui annonçaient l'arrivée d'Amélie. Peu importait ce que la foule qui se pressait le long des rues pouvait penser du marié, le mariage d'une fille d'empereur était toujours une occasion de faire la fête et de rêver de jours meilleurs.

Le joli petit visage de poupée que la princesse devait au lys des fées ressemblait à un masque, mais Jacob crut néanmoins déceler sous les traits parfaits une ombre de bonheur. Elle regardait son mari de pierre comme si c'était elle, et non sa mère, qui l'avait choisi.

Kami'en l'accueillit avec un sourire. Will était près de lui. *Il doit rester à ses côtés jusqu'à ce que le mariage soit fini...* «Marche plus vite! avait envie de crier Jacob à la princesse. Finissons-en.» Mais le généralissime qui la conduisait à l'autel n'avait pas l'air pressé.

Jacob regarda en direction de l'impératrice. Quatre de ses gardes entouraient la loge. Ses nains aussi l'accompagnaient... et son adjudant. Donnersmarck chuchota quelque chose à l'oreille de l'impératrice qui leva les yeux vers la tribune d'orgue. Mais Jacob ne comprit toujours pas. *Aveugle et sourd, Jacob.*

La princesse n'avait fait qu'une dizaine de pas quand le premier coup de feu retentit. Il venait d'un tireur caché sur la tribune d'orgue et visait le roi, mais Will le poussa à temps sur le côté. Le deuxième coup manqua Will de justesse. Le troisième atteignit Hentzau. Et une peau d'écorce de saule maintenait la Fée Sombre prisonnière dans les jardins impériaux. *Bravo, Jacob. Ils t'ont manipulé comme un chien bien dressé.*

Apparemment, l'impératrice avait caché ses plans d'attentat aussi bien à sa fille qu'à ses ministres, qui cherchaient désespérément refuge derrière les minces lambris de leurs bancs. La princesse resta immobile, les yeux rivés sur sa mère. Le général qui l'accompagnait voulut l'entraîner avec lui, mais ils furent tous deux emportés par la foule des invités qui se bousculaient en criant pour quitter leurs places. Où voulaient-ils aller? La porte d'entrée était barricadée depuis longtemps. Peut-être l'impératrice espérait-elle se débarrasser à l'occasion de ce mariage, non seulement du roi des Goyls, mais aussi de quelques sujets déplaisants.

Jacob ne voyait Fox et Clara nulle part, pas plus que Valiant, mais Will n'avait pas quitté le roi. Les gardes du corps avaient formé un cercle d'uniformes gris autour de Kami'en. Les autres Goyls essayaient de les rejoindre, mais ils tombaient comme des lapins sous les coups des gardes impériaux.

Et tu leur as enlevé la fée, Jacob. Il se fraya un chemin jusqu'aux marches de l'autel. L'un des nains de l'impératrice lui sauta dessus. Jacob bourra de coups de coude son visage barbu. Des cris, des coups de feu, du sang sur la soie et sur les dalles en marbre. Les gardes impériaux étaient partout. Mais les Goyls se défendaient bien. Si surprenant que cela pût paraître, Will et le roi étaient toujours indemnes. On racontait qu'avant la bataille les Goyls se durcissaient encore la peau en la chauffant et en absorbant une plante qu'ils cultivaient à cet effet. Apparemment, ils avaient pris les mêmes mesures pour le mariage de leur roi. Même Hentzau s'était relevé. Mais chacun de ses hommes devait faire face à plus de dix gardes impériaux.

Jacob referma les doigts sur la balle en or, mais il lui était impossible de viser juste. Will était entouré d'uniformes blancs et Jacob pouvait à peine lever le bras. Ils étaient tous perdus. Will. Clara. Fox.

Un autre Goyl tomba. Le suivant fut Hentzau. Et il n'y eut bientôt plus que Will, seul devant le roi. Deux gardes se saisirent de Kami'en. Will les tua, bien que l'un d'eux lui ait enfoncé son sabre dans l'épaule. *Kami'en a besoin de lui.* La fée le savait. Le Goyl en jade était le bouclier de son amant. Son frère.

L'uniforme de Will était imbibé du sang des Goyls et des hommes. Le roi combattait dos à dos avec lui, mais ils étaient cernés d'uniformes blancs. Bientôt, même sa peau de Goyl ne lui serait plus d'aucun secours.

Fais quelque chose, Jacob. N'importe quoi !

Jacob aperçut la fourrure de Fox au milieu des bancs et Valiant debout dans l'allée, qui protégeait une silhouette recroquevillée. Clara. Il n'aurait su dire si elle était encore en vie. Tout près d'eux, un Goyl luttait contre quatre gardes. Et Thérèse d'Austria, assise derrière les roses sculptées, attendait la mort de son ennemi.

Jacob escalada les marches tant bien que mal. Donnersmarck le regarda. Je t'avais prévenu, lut-il dans ses yeux.

Will repoussa trois gardes. Du sang coulait sur son visage. Du sang pâle de Goyl. *Fais quelque chose, Jacob.*

Quand il prit son mouchoir, un garde buta contre lui et les feuilles de saule tombèrent sur la poitrine d'un des nombreux morts. Des Goyls et des hommes. *De quel côté es-tu, Jacob ?* Mais il ne pouvait plus penser à ce genre de questions, il ne pensait qu'à son frère. Et à Fox. Et à Clara. Il réussit à ramasser les feuilles sur la poitrine du cadavre et cria le nom de la fée dans le tumulte du combat.

Quand elle apparut soudain au pied des marches de l'autel, elle avait encore des traces d'écorce sur les bras et des feuilles de saule dans sa longue chevelure. Elle leva les mains : autour de Will et de Kami'en s'enroulèrent des rameaux de verre sur lesquels les balles et les sabres ricochaient. Jacob vit son frère s'effondrer et le roi le rattraper dans ses bras. La Fée Sombre se mit à grandir comme une flamme attisée par le vent ; les mites s'envolèrent de ses cheveux, des milliers d'insectes noirs qui se posaient sur la peau des hommes et des nains.

L'impératrice tenta de s'enfuir avec ses nains. Mais, tout

comme ses gardes, ils s'effondraient sous l'offensive des mites et elles finirent par trouver aussi sa peau.

La peau humaine. Fox portait sa fourrure. Mais où était Clara ?

Jacob se releva et enjamba les morts et les blessés dont les cris et les gémissements emplissaient la nef de l'église. Il descendit en trébuchant les marches de l'autel. Fox était penchée sur Clara et tentait désespérément de chasser les mites. Valiant était allongé près d'elle.

La fée se consumait toujours comme une flamme. Jacob serra les feuilles dans ses mains. Elle se tourna vers lui, comme si elle sentait la pression de ses doigts sur sa peau.

— Rappelle-les ! cria-t-il en tombant à genoux à côté de Clara et de Valiant.

Le nain bougeait encore, mais Clara était pâle comme la mort. Blanc, rouge, noir. Jacob chassa les mites posées sur la peau de la jeune fille et lâcha les feuilles pour enlever sa veste d'uniforme blanche. Il y avait assez de sang dessus pour fournir le rouge, mais où allait-il prendre le noir ? Les mites se posèrent sur lui quand il mit sa veste sur Clara pour la protéger. Rassemblant ses dernières forces, il prit un foulard au cou d'un cadavre et l'enroula autour du bras de Clara. Des battements d'ailes et des piqûres qui s'enfonçaient dans la peau comme des éclats de verre. Elles semaient une paralysie qui avait le goût de la mort. Jacob s'effondra à côté du nain et sentit des pattes se poser sur sa poitrine.

— Fox !

Il avait peine à émettre un son. Elle chassa les mites, mais elles étaient trop nombreuses.

— Blanc, rouge, noir, balbutia-t-il.

Elle ne comprenait pas ce qu'il voulait dire.

Les feuilles… il tâtonna sur le sol, mais ses doigts étaient de plomb.

— Assez !

Rien qu'un mot, mais il venait du seul être que, dans sa colère, la fée écoutait encore. La voix du roi chassa les mites. Leur poison, dans les veines de Jacob, sembla se dissoudre, le laissant écrasé de lassitude. La fée redevint femme et toute peur disparut devant sa beauté.

Valiant roula sur le côté en gémissant. Clara ne bougeait toujours pas. Quand Jacob se pencha sur elle, ses paupières battirent. Il détourna les yeux pour cacher son soulagement, mais le regard de Clara ne cherchait que celui de Will.

Will s'était relevé. Les rameaux de verre de la fée se liquéfièrent dès que Kami'en s'en approcha et coulèrent sur les dalles comme pour laver le sang sur les marches de l'autel.

Les mites s'étaient posées sur les corps des Goyls morts ou blessés. Beaucoup d'entre eux recommencèrent à bouger pendant que la Fée Sombre étreignait son amant et essuyait le sang pâle sur son visage.

Will obligea l'impératrice à se relever et jeta à terre un nain qui, chancelant, cherchait à s'interposer. Trois autres Goyls firent sortir les survivants de derrière les bancs. Jacob cherchait autour de lui les feuilles de saule : un des Goyls le força à se lever et le poussa avec Clara vers l'autel. Fox, vêtue de sa fourrure protectrice, les suivit. Valiant lui aussi s'était redressé. Dans une des dernières rangées de bancs apparut soudain une silhouette mince. De la soie blanche, tachée de sang, et un visage de poupée qui, malgré la peur, ressemblait toujours à un masque.

La princesse gagna l'allée centrale d'un pas incertain. Son voile était déchiré. Elle releva sa robe pour enjamber le corps du général qui l'avait escortée et se dirigea vers l'autel comme une somnambule, sa longue traîne alourdie et imbibée de sang.

Le roi la regardait venir à lui comme s'il se demandait s'il devait la tuer lui-même ou laisser ce plaisir à la Fée Sombre. La colère des Goyls. Chez leur roi, c'était un feu glacé.

— Amène-moi un de leurs prêtres, ordonna-t-il à Will. Il doit bien y en avoir encore un en vie.

L'impératrice l'observa d'un air incrédule. Elle tenait à peine sur ses jambes ; un nain s'approcha d'un pas chancelant pour la soutenir.

— Eh bien ! Vous avez essayé de me tuer. Est-ce que cela change quelque chose à notre accord ? demanda Kami'en en s'approchant d'elle, le sabre à la main.

Il se tourna vers sa promise.

— Non, cela ne change rien, répondit Amélie d'une voix saccadée. Cela ne change rien, mais le prix est toujours la paix.

Sa mère voulait protester mais un regard de Kami'en la fit taire.

— La paix ? répéta-t-il en considérant ceux de ses hommes que les mites n'avaient pas ramenés à la vie. J'ai oublié le sens de ce mot. Mais je vous laisse la vie sauve, à toi et à ta mère, en cadeau de mariage.

Le prêtre que Will ramena de la sacristie butait sur les morts. Le visage de la Fée Sombre était plus blanc que la robe de la mariée quand la princesse monta les marches de l'autel. Et Kami'en, le roi des Goyls, prit Amélie d'Austria pour épouse.

51. Amène-le-moi

Quand la mariée sortit de la cathédrale, sa robe était couverte de fleurs. La fée avait changé le sang des Goyls en roses blanches et celui des hommes en roses rouges. Des taches sur l'uniforme du marié, elle avait fait des rubis et des pierres de lune. La foule qui les attendait les acclama. Quelques-uns se demandèrent peut-être pourquoi si peu d'invités suivaient le jeune couple, ou décelèrent la peur sur les visages. Mais le bruit de la rue avait couvert celui des coups de feu, les morts se taisaient. Le roi des Goyls monta avec sa femme dans le carrosse doré dans lequel avait pris place, en des temps lointains, l'arrière-grand-mère d'Amélie.

Une interminable rangée de carrosses attendait devant la cathédrale. La Fée Sombre resta en haut des marches, telle une menace, tandis que les Goyls survivants formaient une haie infranchissable. Aucun des gardes impériaux qui surveillaient la foule ne réalisa que, sous leurs yeux, les carrosses se remplissaient d'otages. Et que l'impératrice, chancelante, en faisait partie.

Donnersmarck avait survécu au bain de sang, ainsi que deux nains, dont Aubéron, son favori. Il avait du mal à marcher et son visage barbu était boursouflé de piqûres de mites. Jacob ne savait que trop bien comment il se sentait. Il était lui-même encore assommé, comme Clara et Valiant, qui trébucha en descendant les marches de la cathédrale. Jacob portait Fox dans ses bras : sinon, les Goyls l'auraient chassée. Ils étaient des otages et des décorations humaines, l'escorte camouflée de l'amant de la fée, dont les troupes n'étaient plus qu'à un jour de marche.

Qu'as-tu fait, Jacob ?

Il avait protégé son frère. Et Will vivait. Avec une peau en jade, mais il vivait. Jacob ne regrettait qu'une chose : il avait perdu les feuilles de saule et avec elles tout espoir de se protéger, lui et les autres, de la Fée Sombre. Elle suivit Jacob des yeux quand il monta dans le carrosse avec Clara et Fox. Il sentait encore le feu de sa colère sur sa peau. Il s'était aussi fait une ennemie de l'impératrice, et avec elle de la moitié du monde derrière le miroir, pour sauver son frère.

Avant que les carrosses ne s'ébranlent, un Goyl sauta à côté de chacun des cochers. Ceux-ci durent descendre dès que le cortège atteignit un pont à la sortie de la ville. Les gardes qui escortaient les mariés essayèrent de les retenir, mais la Fée Sombre lâcha ses mites et les Goyls engagèrent les carrosses sur le pont qu'un ancêtre de la mariée avait construit, puis sur l'autre rive.

Une douzaine de carrosses, quarante soldats. Une fée qui protégeait son amant. Une princesse mariée au milieu des cadavres. Et un roi qui avait fait confiance à son ennemie. Il se vengerait.

Valiant se maudissait d'avoir pensé que c'était une bonne idée d'assister à un mariage impérial, mais Jacob se répétait sans cesse les mêmes mots : *Ton frère est en vie, Jacob. C'est tout ce qui compte.*

Des nuages sombres filaient dans le ciel. Les carrosses franchirent un portail derrière lequel une rangée de bâtiments sinistres entourait une vaste cour. À Vena, tout le monde connaissait la vieille usine de munitions… et l'évitait. L'usine était à l'abandon depuis que, quelques années plus tôt, la rivière avait débordé, charriant ses eaux et sa boue nauséabonde dans les bâtiments. Lors de la dernière épidémie de choléra, on y avait relégué beaucoup de malades qui y étaient morts, ce qui n'inquiétait pas les Goyls car ils étaient immunisés contre la plupart des maladies humaines.

— Qu'est-ce qu'ils veulent faire de nous ? chuchota Clara quand les carrosses s'arrêtèrent devant les murs rouges.

— Je ne sais pas, répondit Jacob.

Valiant grimpa sur le siège du carrosse et regarda la cour abandonnée.

— J'ai mon idée, grommela-t-il.

Will descendit le premier du carrosse doré. Le roi et son épouse suivirent, tandis que les Goyls faisaient descendre sans ménagement les otages. L'un d'entre eux repoussa l'impératrice, qui faisait mine de se diriger vers sa fille, et Donnersmarck la retint d'un geste protecteur.

La Fée Sombre se planta au milieu de la cour et observa les bâtiments vides. Elle ne laisserait pas son amant tomber une seconde fois dans une embuscade. Cinq mites se détachèrent de sa robe et s'envolèrent vers les murs rouges. Espions silencieux. Mort ailée.

Les Goyls regardaient leur roi. Quarante soldats qui venaient d'échapper à la mort sur le territoire de leurs ennemis. Et maintenant ? lisait-on sur leurs visages. Ils dissimulaient mal leur peur derrière la colère qui les étouffait. Kami'en fit signe à l'un d'eux, qui avait la peau en albâtre des espions.

— Va voir si le tunnel est sûr.

La voix du roi était sereine. S'il avait peur, il le cachait mieux que ses soldats.

— Je parie mon arbre d'or que je sais où ils veulent aller ! chuchota Valiant quand le Goyl à la peau d'albâtre disparut entre les bâtiments. Il y a quelques années, un de nos ministres les plus stupides a fait construire deux tunnels pour rejoindre Vena : il ne croyait pas à l'avenir du chemin de fer. L'un des deux devait approvisionner cette usine. On raconte que les Goyls l'avaient relié à leur forteresse occidentale et que leurs espions l'utilisaient.

Un tunnel. *On retourne sous terre, Jacob.* Si les otages ne sont pas exécutés avant.

Les Goyls les rassemblèrent. Jacob voulut prendre Fox dans ses bras pour qu'elle ne se perde pas dans la panique, mais un soldat le fit sortir brutalement du groupe. Jaspe et améthyste. Nesser. Jacob n'avait pas oublié les scorpions. Nesser. Fox voulut le suivre mais, quand la Goyl braqua son pistolet vers la renarde, Clara la saisit.

— Hentzau est plus mort que vif, souffla Nesser à Jacob en l'entraînant derrière elle.

Elle le poussa à travers la cour et passa devant le roi. Toujours flanqué de Will, il discutait avec deux officiers goyls qui avaient survécu au massacre. Ils n'avaient plus beaucoup de temps. Entre-temps, on avait dû découvrir les morts dans la cathédrale.

La Fée Sombre était maintenant au pied de l'escalier qui descendait à la rivière. Le bras de pierre d'un ponton s'avançait sur l'eau sur laquelle flottaient, telle une peau souillée, les déchets de la ville. Mais la fée regardait l'eau comme si elle voyait les lys parmi lesquels elle était née. *Elle va te tuer, Jacob.*

— Laisse-moi seule avec lui, Nesser, dit-elle.

La Goyl hésita, puis lança à Jacob un regard haineux avant de remonter l'escalier.

La fée passa la main sur son bras blanc. Jacob distingua encore les traces d'écorce.

— Tu as misé gros et tu as perdu.

— C'est mon frère qui a perdu, répliqua Jacob.

Il était si fatigué. *Dépêche-toi d'en finir*, pensa-t-il.

La Fée Sombre leva les yeux en direction de Will. Il était toujours à côté de Kami'en. Ils semblaient, plus que jamais, ne faire qu'un.

— Il était tout ce que j'espérais, dit-elle. Regarde-le. Toute cette chair de pierre. Semée rien que pour lui.

Elle se retourna.

— Je vais te le rendre. À une condition. Emmène-le loin, très loin, que je ne le retrouve jamais. Car sinon, je le tuerai.

Jacob n'en croyait pas ses oreilles. Il rêvait, la fièvre le faisait délirer. Il devait être encore allongé dans la cathédrale, avec les mites qui injectaient leur poison sous sa peau.

— Pourquoi ?

Il eut du mal à prononcer ce seul mot.

Pourquoi demandes-tu, Jacob ? Pourquoi veux-tu savoir si c'est un rêve ? Si oui, c'est un beau rêve, elle te rend ton frère.

La fée ne lui répondit pas.

— Emmène-le dans le bâtiment qui se trouve près de la porte, dit-elle en se tournant de nouveau vers l'eau. Mais dépêche-toi et prends garde à Kami'en. Il ne renoncera pas facilement à son ombre.

Du jaspe, de l'onyx, de la pierre de lune. En traversant la cour tête baissée, Jacob maudit sa peau humaine. Parmi tous les survivants goyls, aucun sans doute ne savait que c'était à lui qu'ils devaient leur salut. Heureusement, la plupart surveillaient les otages ou s'occupaient des blessés et Jacob atteignit les carrosses sans être inquiété.

Les Goyls en albâtre n'étaient toujours pas revenus. La princesse s'approcha de son époux, insistant pour lui parler. Avec un geste d'impatience, il finit par l'entraîner à l'écart. Will suivit le roi des yeux mais resta à sa place.

Maintenant, Jacob.

Quand il le vit surgir entre les carrosses, Will porta aussitôt la main à son sabre.

On joue à chat, Will ?

Son frère bouscula deux Goyls qui se trouvaient sur son passage et se mit à courir. Ses blessures ne semblaient guère le gêner. *Pas si vite, Jacob. Laisse-le approcher, comme quand vous étiez enfants.*

Retourner entre les carrosses, devant la baraque dans laquelle ils avaient enfermé les otages. Le bâtiment suivant était le plus proche du portail. Jacob poussa la porte. Un couloir sombre avec des fenêtres condamnées. Les taches de lumière sur le sol souillé ressemblaient à du lait renversé. Dans la salle suivante, il y avait encore les lits des victimes du choléra. Jacob se cacha derrière la porte ouverte. Comme autrefois.

Quand il entendit la porte claquer derrière lui, Will sursauta et, l'espace d'un instant, passa sur son visage la même surprise que jadis, quand Jacob se cachait derrière un arbre. Mais rien dans son regard n'indiquait qu'il le reconnaissait. Un étranger qui avait le visage de son frère. Mais Will attraperait la balle en or. Les mains ont leur propre mémoire. *Attrape, Will!* La balle l'avala comme la grenouille avale la mouche.

Dans la cour, le roi de pierre chercha en vain son ombre des yeux.

Jacob ramassa la balle et s'assit sur un lit. Son visage se reflétait dans l'or, déformé comme dans le miroir de son père. Il n'aurait su dire pourquoi il pensa soudain à Clara, peut-être à cause de l'odeur d'hôpital qui flottait encore entre les murs, à la fois si différente et pourtant la même que dans l'autre monde, mais, l'espace d'un instant, un bref instant, il se prit à imaginer comment ce serait d'oublier tout simplement la balle en or. Ou de l'enfermer dans le coffre de l'auberge de Chanute.

Qu'est-ce qui t'arrive, Jacob? C'est l'eau d'alouette qui agit toujours? Ou as-tu peur que, même si la fée tient sa promesse, ton frère reste pour toujours l'étranger au visage grimaçant de haine?

La fée apparut dans l'embrasure de la porte, comme si elle avait lu dans ses pensées.

— Tiens donc, dit-elle en regardant la balle en or. J'ai connu la fille qui jouait avec cette balle, longtemps avant ta naissance. Avec cette balle, elle a attrapé non seulement son époux, mais aussi sa sœur aînée – qu'elle n'a délivrée que dix ans plus tard.

Sa robe balayait le sol poussiéreux.

Jacob hésita, puis lui remit la balle.

— Quel dommage, murmura-t-elle en portant la balle à ses lèvres. Ton frère est tellement plus beau avec sa peau en jade.

Puis elle souffla sur la surface étincelante jusqu'à ce qu'une buée recouvre l'or, et rendit la balle à Jacob.

Devant son air sceptique, elle ajouta :

— Tu t'es trompé de fée.

Elle s'approcha si près de lui qu'il sentit son souffle sur son visage.

— Il y a quelque chose que ma sœur ne t'a pas révélé. Tout homme qui prononce mon nom est condamné à mort. À une mort lente, comme il convient à la vengeance d'une immortelle. Il te reste peut-être un an, mais tu la sentiras bientôt. Tu veux que je te la montre ?

Elle posa sa main sur la poitrine de Jacob, qui ressentit une douleur aiguë au-dessus du cœur. Du sang suinta à travers sa chemise et, quand il la déchira, il vit que la mite sur sa peau était revenue à la vie. Jacob attrapa son corps gonflé mais ses griffes étaient enfoncées si profondément dans sa chair qu'il eut la sensation de s'arracher le cœur.

— On prétend que, pour les hommes, l'amour est comme la mort, reprit la fée. C'est vrai ?

Elle écrasa la mite sur la poitrine de Jacob et il ne resta plus que la marque sur sa peau.

— Délivre ton frère dès que la buée aura disparu. Un carrosse attend à la porte, pour toi et ceux qui t'ont accompagné. Mais n'oublie pas : emmène-le loin de moi. Aussi loin que tu le pourras.

52. Et s'ils ne sont pas morts

La tour et les murs calcinés. Les traces récentes des loups. C'était comme s'ils venaient juste de partir mais, quand Jacob arrêta les chevaux au milieu des arbres, les roues du carrosse s'enfoncèrent dans la neige fraîche.

Fox sauta du carrosse et lécha la neige sur ses pattes pendant que Jacob descendait du siège du cocher et sortait la balle en or de sa poche. Il n'y avait pratiquement plus de buée sur la surface et le ciel nuageux du matin s'y reflétait. Jacob avait regardé la balle tant de fois durant le trajet que Fox avait sûrement deviné ce qui s'y cachait. Mais il n'avait encore rien dit à Clara.

Ils avaient mis deux jours pour revenir au château en ruine et, au dernier relais de poste, les garçons d'écurie leur avaient raconté que les Goyls avaient transformé le mariage de leur roi en massacre et que l'impératrice avait été enlevée. On n'en savait pas plus.

Fox se roula dans la neige comme pour laver sa fourrure de tout ce qu'elle venait de vivre. Clara resta immobile, les yeux tournés vers la tour. Son souffle formait de petits nuages blancs devant sa bouche et elle frissonnait dans la robe que Valiant lui avait achetée pour le mariage. La soie bleu pâle était sale et déchirée, mais le visage de la jeune fille évoquait toujours à Jacob des plumes humides, même si la nostalgie qu'elle avait de Will avait marqué ses traits.

— Une ruine ? s'exclama Valiant en descendant du carrosse et en regardant autour de lui, décontenancé. Qu'est-ce que ça veut dire ? Où est mon arbre ?

Un lutin sortit de l'ombre et ramassa à la hâte quelques glands dans la neige.

— Fox, montre-lui l'arbre.

Valiant suivit la renarde avec tant d'empressement qu'il faillit trébucher. Clara ne les suivit pas des yeux.

La première fois que Jacob l'avait vue au milieu des colonnes… cela lui semblait si loin, à présent.

— Tu veux que je rentre, n'est-ce pas ? dit-elle. Sois tranquille, je ne reverrai pas Will. Tu n'y peux rien changer. Je sais que tu as tout essayé.

Jacob lui prit la main et y déposa la balle en or. La surface était étincelante et l'or brillait comme si le jouet avait été pétri de soleil. *Tu t'es trompé de fée.*

— Frotte-la, dit-il, jusqu'à ce que tu puisses t'y voir comme dans un miroir.

Puis il la laissa seule et disparut derrière les murs en ruine. Will voudrait voir d'abord le visage de Clara. *Et ils vécurent heureux jusqu'à la fin de leurs jours.* À condition que la Fée Sombre ne l'ait pas trompé, comme l'avait fait sa sœur.

Jacob écarta le lierre qui poussait devant la porte de la tour et leva les yeux vers les murs noirs de suie. Il pensa à la première fois où il était descendu, accroché à une corde qu'il avait trouvée dans le bureau de son père. Évidemment.

La peau au-dessus de son cœur était toujours irritée et il sentait l'empreinte de la mite comme une brûlure sous sa chemise. *Tu as payé, Jacob, mais qu'as-tu reçu en échange ?*

Il entendit Clara pousser un petit cri.

Et une autre voix qui prononçait son nom.

Il y avait longtemps que la voix de Will n'avait été aussi douce.

Jacob les entendit chuchoter. Rire.

Il s'appuya contre le mur, noir de suie, humide du froid que retenaient les pierres.

La pierre.

C'était fini. Cette fée-là avait tenu sa promesse. Jacob le savait avant même d'écarter de nouveau le lierre. Avant de voir Will debout à côté de Clara. La pierre avait disparu et les yeux de son frère étaient bleus. Seulement bleus.

Allez, vas-y, Jacob.

Will lâcha les mains de Clara et regarda, médusé, Jacob apparaître entre les murs enneigés. Il n'y avait nulle trace de colère sur le visage de son frère. Nulle trace de haine. L'étranger à la peau de jade avait disparu. Même si Will portait toujours l'uniforme gris.

Il se dirigea vers Jacob sans quitter sa poitrine des yeux, comme s'il y voyait encore le sang du coup de feu du Goyl, et il l'étreignit aussi fort que quand il était enfant.

— Je te croyais mort, mais je savais que ça ne pouvait pas être vrai !

Will.

Il recula et contempla Jacob de nouveau, comme pour s'assurer qu'il ne lui manquait vraiment rien.

— Comment as-tu fait ? demanda-t-il en remontant la manche de son uniforme gris et en passant la main sur sa peau douce. Elle a disparu !

Il se tourna vers Clara.

— Je te l'avais dit : Jacob réussira. Je ne sais pas comment, mais il réussit toujours.

— Je le sais, répondit Clara.

Elle souriait et Jacob vit passer dans le regard qu'elle lui lança tout ce qu'ils avaient vécu.

Will passa la main sur son épaule, à l'endroit où le sabre avait déchiré le tissu gris. Savait-il que les taches venaient de son sang ? Non. Comment aurait-il pu savoir ? Du sang pâle comme celui des Goyls.

Il avait retrouvé son frère.

— Raconte-moi tout, dit Will en prenant la main de Clara.

— C'est une longue histoire, répondit Jacob.

Et il ne la raconterait jamais à Will.

Il était une fois un garçon qui partit pour apprendre la peur.

Un instant, Jacob crut déceler une trace d'or dans les yeux de Will, mais ce devait être le soleil du matin qui se reflétait dans ses pupilles.

Emmène-le loin, très loin.

– Regardez! Je suis plus riche que l'impératrice! Que dis-je! Plus riche que le roi Bec-de-Grive!

Des cheveux dorés. Des épaules dorées. Quand il apparut derrière les ruines, même Jacob eut peine à reconnaître Valiant. L'or lui collait à la peau comme le pollen des fleurs nauséabondes dont l'arbre avait couvert Jacob.

Le nain passa près de Will sans même le remarquer.

– Bon, je l'avoue! lança-t-il à Jacob, j'étais sûr que tu me trompais. Mais, pour ce prix-là, je te ramène tout de suite à la forteresse! À ton avis, cela nuira à l'arbre si je le déracine?

Fox surgit derrière le nain. Sa fourrure aussi était parsemée de flocons d'or. Mais en apercevant Will, elle s'arrêta net.

Qu'en dis-tu, Fox? Sent-il toujours comme eux?

Will ramassa une petite touffe d'or que le nain avait fait tomber de ses cheveux.

Valiant ne l'avait toujours pas remarqué. Il ne remarquait rien.

– Si je le laisse ici, vous seriez capable de secouer tout l'or de ses branches!

Il repartit en courant et faillit tomber en butant sur Fox. Will était là, il enlevait la neige de la petite touffe.

Emmène-le loin, très loin, que je ne le retrouve jamais.

Clara lança à Jacob un regard inquiet.

– Viens, Will, dit-elle. Rentrons à la maison.

Elle lui prit la main, mais Will se caressa le bras comme s'il sentait le jade repousser sur sa peau.

Emmène-le loin, Jacob.

— Clara a raison, Will, dit-il en lui prenant le bras, viens.

Et Will le suivit, en regardant autour de lui comme s'il avait perdu quelque chose.

Fox les accompagna jusqu'à la tour, mais elle s'arrêta devant la porte.

— Je reviens tout de suite ! dit Jacob tandis que Clara caressait la fourrure de la renarde en guise d'adieu. Veille à ce que le nain ramasse l'or avant que les corbeaux n'arrivent.

L'or miraculeux les attirait, ils arrivaient par nuées entières, et le croassement des corbeaux dorés pouvait rendre fou. Fox hocha la tête et fit demi-tour, mais le regard inquiet qu'elle lança en se retournant était destiné à Clara, non à Will. Elle n'avait pas oublié l'eau d'alouette. Quand l'oublierait-elle ? *Quand ils seront partis, Jacob.*

Il grimpa le premier à l'échelle de corde. Dans la tour, il tomba sur un lutin mort au milieu des coquilles de glands. Ce devait être un Stilz qui l'avait tué. Jacob poussa le petit corps sous des feuilles avant d'aider Clara à se hisser dans la pièce.

Ils se reflétaient tous les trois dans le miroir, mais seul Will s'en approcha et contempla son reflet comme si c'était celui d'un étranger. Clara vint le rejoindre et lui prit la main. Jacob recula jusqu'à ce que le verre sombre ne puisse plus capter son image. Will le regarda, surpris.

— Tu ne viens pas avec nous ?

Il n'avait pas tout oublié. Jacob le lut sur son visage. Mais il avait retrouvé son frère. Peut-être étaient-ils encore plus proches qu'avant.

— Non, dit-il, je ne peux pas laisser Fox toute seule, n'est-ce pas ?

Will le regarda. Que voyait-il ? Un couloir sombre ? Un sabre ?

— Tu sais quand tu reviendras ?

Jacob sourit.

Vas-y, Will.

Très loin, que je ne le retrouve jamais.

Will s'avança vers lui.

— Merci, mon frère, murmura-t-il en le serrant dans ses bras.

Puis il fit demi-tour… et s'arrêta encore une fois.

— Tu l'as déjà rencontré ? demanda-t-il.

Jacob se souvint du regard doré de Hentzau qui avait décelé sous ses traits ceux de son père.

— Non, répondit-il. Non, jamais.

Will hocha la tête. Clara lui prit la main, mais c'est Jacob qu'elle regarda quand son frère appuya ses doigts sur le miroir.

Et ils disparurent. Jacob resta là, il ne vit plus que son reflet dans le verre déformé. Lui et le souvenir d'un autre.

Fox attendait là où il l'avait laissée.

— Quel était le prix ? demanda-t-elle en le suivant jusqu'au carrosse.

— Le prix de quoi ?

Jacob détela les chevaux. Il les donnerait à Chanute en échange de ceux qu'il avait perdus. En espérant que les Goyls traiteraient bien la jument.

— Le prix à payer en échange de ton frère ?

Fox changea de silhouette. Elle portait sa robe, qui lui allait beaucoup mieux que celles qu'elle avait portées dans la ville.

— N'y pense plus. Il est déjà payé.

— Comment ?

Elle le connaissait trop bien.

– Je te l'ai dit. C'est payé. Que fait le nain ?

Fox regarda en direction des étables.

– Il ramasse l'or. Il en a pour plusieurs jours. J'aurais été vraiment contente que l'arbre le couvre de son pollen nauséabond.

Elle leva les yeux vers le ciel. Il recommençait à neiger.

– On devrait aller vers le sud.

– Peut-être.

Jacob passa la main sous sa chemise et sentit l'empreinte de la mite. *Il te reste peut-être un an.*

Et après ? Un an, c'était long et puis, dans ce monde-ci, il y avait un remède à tout. Il fallait juste le trouver.

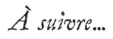

À suivre...

CORNELIA FUNKE

Cornelia Funke est née à Dorsten, en Allemagne, en 1958. Après ses études, elle passe trois ans comme travailleur social pour un projet éducatif auprès d'enfants en difficulté. Elle suit alors des cours d'illustration à Hambourg et devient illustratrice de jeux de société et de livres pour la jeunesse. Comme ces derniers ne lui conviennent pas, elle commence à écrire ses propres histoires pour les jeunes lecteurs. Elle est aujourd'hui en Allemagne l'écrivain pour la jeunesse le plus connu et le plus apprécié. Son œuvre a été récompensée par de nombreux prix et rencontre aussi un grand succès en Grande-Bretagne et aux États-Unis. Elle a été traduite en trente-cinq langues. Cornelia Funke vit à Beverly Hills, Los Angeles.

*Lire n'a jamais été
aussi fascinant
– et aussi dangereux.*

Découvrez Cœur d'encre
*la trilogie fantastique
au succès mondial!*

TOUS LES TITRES DE LA TRILOGIE

Disponibles en grand format et dans la collection Folio Junior

Disponible en grand format

Cœur d'encre

1

UN INCONNU DANS LA NUIT

Il pleuvait cette nuit-là une petite pluie fine, tout en murmures.

Des années plus tard, il suffisait que Meggie ferme les yeux pour l'entendre, comme des doigts minuscules qui cognaient contre la vitre.

Quelque part dans la nuit, un chien aboyait et Meggie avait beau se retourner dans son lit, elle n'arrivait pas à dormir.

Le livre qu'elle avait glissé sous son oreiller avant d'éteindre se pressait contre son oreille comme s'il voulait l'attirer de nouveau entre ses pages imprimées. « Oh, ce doit être très confortable de dormir avec un objet dur et anguleux sous la tête ! s'était exclamé son père la première fois qu'il avait découvert un livre sous son oreiller. Avoue ! Il te chuchote la nuit son histoire à l'oreille. » « Ça arrive ! avait répondu Meggie. Mais ça ne marche qu'avec les enfants. »

Alors, Mo lui avait pincé le bout du nez. Mo. Meggie n'avait jamais appelé son père autrement.

Cette nuit-là — où tout commença et où tant de choses changèrent pour toujours —, Meggie avait glissé un de ses livres préférés sous son oreiller et comme la pluie l'empêchait de dormir, elle se redressa, se frotta les yeux pour en chasser la fatigue et attrapa le livre. Quand elle l'ouvrit, le froissement des pages fut comme une promesse. Meggie trouvait que ce premier murmure était différent pour chaque livre, selon qu'elle en connût déjà l'histoire ou non.

Maintenant, il lui fallait de la lumière. Elle avait caché une boîte d'allumettes dans le tiroir de sa table de nuit. Mo lui avait défendu d'allumer des bougies la nuit. Il n'aimait pas le feu.

« Le feu dévore les livres », disait-il, mais enfin, Meggie avait douze ans et elle était en âge de faire attention. Meggie adorait lire à la lueur de la bougie. Sur le rebord de sa fenêtre, elle avait trois photophores et trois chandeliers. Elle était justement en train de maintenir son allumette au-dessus d'une des mèches noires lorsqu'elle entendit les pas dehors. Inquiète, elle souffla l'allumette — des années plus tard, elle s'en souviendrait parfaitement ! — et regarda dehors. C'est alors qu'elle le vit.

La nuit pâlissait sous la pluie et l'inconnu n'était guère plus qu'une ombre. Seul son visage, tourné vers la maison, était éclairé. Ses cheveux étaient collés sur son front trempé. La pluie ruisselait sur lui, mais il n'y prenait pas garde. Il était immobile, les bras serrés contre la poitrine comme s'il voulait se réchauffer, au moins un peu. Il regardait fixement la maison.

« Il faut que je réveille Mo ! » songea Meggie. Mais elle resta assise, le cœur battant, scrutant la nuit comme si l'inconnu lui avait communiqué son immobilité. Soudain, il tourna la tête et Meggie eut l'impression qu'il la regardait droit dans les yeux. Elle sauta de son lit, si vite que le livre ouvert tomba par terre. Pieds nus, elle se précipita dans le couloir sombre. Il faisait frais dans la vieille maison, bien que l'on soit déjà fin mai.

Dans la chambre de Mo, la lumière était allumée. Il restait souvent éveillé très tard et lisait. Meggie avait hérité de lui sa passion des livres. Quand elle avait fait un cauchemar et qu'elle venait se réfugier près de lui, rien ne l'aidait mieux à s'endormir que la respiration régulière de Mo et le bruit des pages qu'il tournait. Rien ne chassait mieux les mauvais rêves que le froissement du papier imprimé.

Mais la silhouette devant la maison n'était pas un rêve.

Le livre que Mo lisait cette nuit-là avait une couverture en lin bleu pâle. De cela aussi, Meggie se souviendrait plus tard. Tant de choses sans importance restent fixées dans la mémoire !

— Mo, il y a quelqu'un dans la cour !

Son père leva la tête et la regarda, l'air absent, comme toujours quand elle l'interrompait au milieu de sa lecture. Il lui fallait un petit moment avant de revenir de l'autre monde, de ce labyrinthe de lettres.

— Il y a quelqu'un ? Tu es sûre ?

— Oui. Il regarde notre maison.

Mo posa son livre.

— Qu'est-ce que tu as lu avant de t'endormir ? Dr Jekyll et M. Hyde ?

Meggie fronça les sourcils.

— S'il te plaît, Mo ! Viens avec moi.

Il ne la croyait pas mais il la suivit. Meggie le tirait derrière elle avec tant d'impatience qu'il trébucha contre une pile de livres.

Contre quoi d'autre aurait-il pu trébucher ? Dans cette maison, les livres s'amoncelaient partout. Il n'y en avait pas seulement sur les étagères comme chez les autres gens, non, ils s'entassaient sous les tables, sur les chaises, dans les coins. Il y en avait dans la cuisine et dans les toilettes, sur le téléviseur et dans la penderie, de petits tas, de grands tas, des livres volumineux, des minces, des vieux, des neufs... Ils accueillaient Meggie avec leurs pages grandes ouvertes sur la table du petit déjeuner, ils chassaient l'ennui des jours gris... et parfois, ils vous faisaient trébucher.

— Il est planté là, sans bouger ! chuchota Meggie en entraînant Mo dans sa chambre.

— Il a des poils sur la figure ? C'est peut-être un loup-garou.

— Arrête !

Meggie lui lança un regard sévère, bien que ses plaisanteries lui fassent oublier sa peur. Elle commençait à douter elle-même de la présence de l'homme sous la pluie... jusqu'à ce qu'elle s'agenouille devant sa fenêtre.

— Regarde ! Tu le vois ? murmura-t-elle.

Mo regarda dehors, à travers la pluie battante, et resta silencieux.

— Tu n'avais pas juré qu'il ne viendrait pas de cambrioleur chez nous parce qu'il n'y a rien à voler ? demanda Meggie à voix basse.

— Ce n'est pas un cambrioleur, répondit Mo, mais lorsqu'il se détourna de la fenêtre, il avait l'air si grave que le cœur de Meggie se mit à battre encore plus vite. Retourne au lit, Meggie, c'est une visite pour moi.

Et il sortit de la chambre, avant que Meggie ait pu lui demander quelle pouvait bien être cette visite, au milieu de la nuit. Inquiète, elle le suivit. Dans le couloir, elle l'entendit enlever la chaîne de la porte d'entrée et, quand elle arriva dans le vestibule, elle vit son père debout dans l'embrasure de la porte.

La nuit s'engouffra dans la maison sombre et humide, et le ruissellement de la pluie prit une sonorité menaçante.

— Doigt de Poussière ! cria Mo dans la nuit. C'est toi ?

Doigt de Poussière ? Que pouvait bien signifier ce nom ? Meggie ne se souvenait pas de l'avoir entendu et pourtant il lui était familier, comme un lointain souvenir qui ne voulait pas vraiment prendre forme.

D'abord, personne ne répondit. On n'entendait que le murmure de la pluie comme si, soudain, la nuit avait une voix. Puis des pas s'approchèrent de la maison et l'homme que Meggie avait vu dans la cour surgit de la pénombre. Il portait un long manteau que la pluie plaquait contre ses jambes et, quand il s'avança dans la lumière qui s'échappait de la maison, Meggie crut apercevoir, l'espace d'un instant, une petite tête poilue sur son épaule, qui émergeait furtivement de son sac à dos avant d'y disparaître à nouveau.

L'inconnu passa sa manche sur son visage mouillé et tendit la main à Mo.

— Comment vas-tu, Langue Magique ? demanda-t-il. Depuis le temps !

Mo hésita, puis serra la main que l'autre lui tendait.

— Oui, cela fait bien longtemps, dit-il en regardant derrière le visiteur comme s'il s'attendait à voir surgir une autre silhouette dans la nuit. Viens, tu vas attraper la mort. Meggie m'a dit que tu étais dehors depuis un moment déjà.

— Meggie ? Ah oui, bien sûr !

Doigt de Poussière suivit Mo dans la maison. Il observa Meggie avec tant d'insistance qu'elle en fut gênée et ne sut où poser les yeux. Finalement, elle le dévisagea à son tour.

— Elle a grandi.

— Tu te souviens d'elle ?

— Bien sûr.

Meggie remarqua que Mo fermait la porte à double tour.

— Quel âge a-t-elle ?

Doigt de Poussière lui sourit d'un étrange sourire. Meggie n'aurait pas su dire s'il était moqueur, hautain ou tout simplement gêné. Elle ne lui rendit pas son sourire.

— Douze ans, répondit Mo.

— Douze ans ! Mon Dieu !

Doigt de Poussière écarta de son front ses cheveux dégoulinants. Ils lui tombaient jusqu'aux épaules. Meggie se demanda de quelle couleur ils pouvaient bien être quand ils étaient secs. Les poils de sa barbe autour de la bouche aux lèvres fines étaient roux, comme la fourrure du chat errant auquel Meggie mettait parfois une soucoupe de lait devant la porte. Les poils poussaient aussi sur ses joues, comme la barbe naissante d'un jeune homme. Mais ils ne pouvaient cacher les balafres, trois grandes balafres pâles qui donnaient l'impression que le visage de Doigt de Poussière avait été cassé puis recollé.

— Douze ans ! répéta-t-il. Bien sûr. À l'époque, elle avait… trois ans, n'est-ce pas ?

Mo hocha la tête.

— Allez, viens, je vais te donner de quoi te changer.

Et il s'empressa d'entraîner son visiteur à sa suite, comme s'il avait soudain hâte de l'éloigner de Meggie.

— Et toi, Meggie, lui lança-t-il, va dormir.

Sans rien ajouter, il referma la porte de son atelier derrière lui. Meggie se retrouva dans le couloir, frottant l'un contre l'autre ses pieds gelés. Va dormir. Parfois, quand une fois de plus elle avait veillé trop longtemps, Mo la jetait sur son lit comme un sac de noix. D'autres fois, après dîner, il la poursuivait dans la maison jusqu'à ce qu'elle se réfugie dans sa chambre, pliée de rire et à bout de souffle. Il lui arrivait aussi d'être si fatigué qu'il s'étirait sur le canapé pendant qu'elle lui préparait un café avant d'aller au lit. Mais jamais, jamais encore, il ne l'avait envoyée se coucher de la sorte.

Un pressentiment mêlé d'angoisse l'envahit : avec cet inconnu au nom à la fois étrange et familier, quelque chose de menaçant était entré dans sa vie. Et elle regretta de toutes ses forces — si fort que cela lui fit peur — d'être allée chercher Mo au lieu de laisser Doigt de Poussière dehors, jusqu'à ce que la pluie l'emporte.

Lorsque la porte de l'atelier s'ouvrit de nouveau, elle sursauta.

— Tu es toujours là ! dit Mo. Va au lit, Meggie, allez !

Il avait cette petite ride au-dessus du nez, qui n'apparaissait que lorsqu'une chose l'inquiétait vraiment, et il la regardait sans la voir, comme s'il était complètement ailleurs. Le pressentiment de Meggie grandit, déployant au-dessus d'elle des ailes noires.

— Mets-le dehors, Mo ! dit-elle tandis qu'il l'entraînait vers sa chambre. S'il te plaît ! Mets-le dehors ! Je ne peux pas le voir !

Mo s'appuya contre le chambranle de sa porte.

— Quand tu te réveilleras demain, il sera parti. Promis.

— Promis ? Sans croiser les doigts ?

Meggie le regarda droit dans les yeux. Elle remarquait toujours quand Mo lui mentait, même s'il se donnait beaucoup de mal pour le lui cacher.

— Sans croiser les doigts ! dit-il et, pour le prouver, il leva les deux mains.

Puis il referma la porte derrière lui, tout en sachant qu'elle n'aimait pas cela. Meggie appuya son oreille contre la porte et écouta. Elle entendit des bruits de vaisselle. Tiens, Mo devait offrir un thé au renard à la moustache rousse pour le réchauffer.

« J'espère qu'il attrapera une pneumonie », songea Meggie. Il n'était pas obligé d'en mourir, comme la mère de son professeur d'anglais. Meggie entendit la bouilloire siffler dans la cuisine et Mo revenir dans l'atelier avec un plateau plein de vaisselle brinquebalante.

Quand il eut refermé la porte, elle se força à attendre quelques secondes, par prudence. Puis elle se faufila de nouveau dans le couloir.

À la porte de l'atelier de Mo était accrochée une plaque, une petite plaque en tôle. Meggie connaissait par cœur ce qui était écrit dessus. Dès l'âge de cinq ans, elle s'était entraînée à lire les lettres gothiques démodées :

> Il y a des livres que l'on déguste,
> D'autres que l'on dévore,
> Et quelques-uns, rares, que l'on mâche,
> et que l'on digère, entièrement.

À l'époque, alors qu'elle devait grimper sur une caisse pour déchiffrer le texte, elle croyait que le mot « mâcher » était à prendre au pied de la lettre, et elle s'était demandé, dégoûtée, pourquoi Mo avait accroché à sa porte les paroles d'un mangeur de livres.

Toute l'actu des romans

GALLIMARD JEUNESSE
des livres à gagner, des bandes-annonces,
des extraits, des chroniques en avant-première sur :

onlitplusfort.skyrock.com

Le papier de cet ouvrage est composé de fibres naturelles,
renouvelables, recyclables et fabriquées à partir de bois provenant
de forêts plantées et cultivées expressément pour la fabrication de
pâte à papier.

Mise en pages : Dominique Guillaumin
ISBN : 978-2-07-063477-4
Numéro d'édition : 176351
Dépôt légal : août 2010
Imprimé en Italie par Grafica Veneta S.p.A.

Loi n° 49-956 du 16 juillet 1949
sur les publications destinées à la jeunesse